Max Landorff

Der Regler

Thriller

Fischer TaschenBibliothek

Fischer TaschenBibliothek

Gabriel Tretjak ist der REGLER. Im Auftrag seiner Klienten greift er in ihre Biographie ein, legt sich an ihrer Stelle mit dem Schicksal an – ohne moralische Grenzen. Seine Preise sind hoch, seine Methoden bedienen sich wissenschaftlicher Erkenntnisse. Doch dann wird in einem Pferdetransporter die Leiche eines renommierten Hirnforschers gefunden, dem die Augen ausgeschält wurden. Das erste Opfer eines Mörders, dessen Spuren alle in eine Richtung weisen: zum REGLER. Bald wird klar, dass die Morde ihr Motiv in Gabriel Tretjaks Vergangenheit haben …

»Ein unterhaltsames, spannendes Buch, das ich quasi in einem Rutsch durchgelesen habe.« *Nele Neuhaus*

Max Landorff ist ein Pseudonym. Seine Thriller ›Der Regler‹ und ›Die Stunde des Reglers‹ sind Bestseller und in mehrere Sprachen übersetzt.

Weitere Informationen, auch zu E-Book-Ausgaben, finden Sie bei www.fischerverlage.de

MIX
Papier aus verantwortungsvollen Quellen
FSC® C013736

Veröffentlicht im Fischer Taschenbuch Verlag,
einem Unternehmen der S. Fischer Verlag GmbH,
Frankfurt am Main, März 2013

Umschlaggestaltung: bürosüd°, München
Umschlagabbildung: plainpicture/Arcangel und
gallerystock/Diego Merino
Satz: Dörlemann Satz, Lemförde
Druck und Bindung: Kösel, Altusried-Krugzell
Printed in Germany
ISBN 978-3-596-51287-4

Es ist nicht wahr, dass es nur Lösungen gibt, keine Probleme.
Es ist nicht wahr, dass die Zeit alle Wunden heilt.
Es ist nicht wahr, dass die Liebe Brücken baut.

Aber wer kann uns helfen?

Prolog

Er blickte über die glatte, bleigraue Oberfläche des Sees und sah das Schiff auf sich zukommen, genau mit der Spitze voraus. Die unsichtbare Linie, auf der es sich nun schon minutenlang näherte, stand exakt senkrecht zu der Bank, auf der er saß. Es war ein Mittwoch im Oktober, der erste im Oktober, um genau zu sein, und es war Viertel nach sechs Uhr abends. Außer ihm und der Angestellten der Fährlinie erwartete niemand das Schiff, das Alpino *hieß und nach genauem Plan jahr ein, jahraus auf dem Lago Maggiore kreuzte. Im Sommer waren manchmal so viele Leute an Bord, dass die* Alpino *aus der Ferne wie ein Flüchtlingsboot aussah, schwer stampfend, tief im Wasser liegend. Um diese Jahreszeit wirkte sie dagegen schnell und elegant, man konnte sehen, dass sie weiß war, weiß mit dunkelblauen Streifen an den Seiten und um Türen und Fenster.*

An der Anlegestelle befanden sich zwei runde Schilder, wie große weiße Uhren, mit roten Zeigern auf dem Zifferblatt, die von der Fährangestellten bewegt wurden. Das eine Schild zeigte die Ankunftszeit der nächs-

ten Fähre aus Richtung Cannobio an, das andere die Ankunftszeit des Schiffes aus Richtung Luino: fünf nach sechs. Die Sonne war schon hinter den Bergen verschwunden, der See lag im Schatten. Die Spitze der Alpino *war aus dem Dunst aufgetaucht, der sich über die Wasserfläche gelegt hatte. Die Fähre hatte Verspätung.*

In den letzten Tagen war das Wetter umgeschlagen. Der warme Herbst hatte sich in einen Vorboten des Winters verwandelt. Oben in den Bergen fiel schon Schnee, unten floss eiskaltes Wasser in den See. Gabriel Tretjak trug einen schwarzen Kaschmirmantel und einen dunkelgrauen Schal. Er stand auf, ging die paar Schritte auf den Landungssteg zu und blieb neben den beiden runden Schildern stehen, die Hände in den Manteltaschen. Er hatte keine Handschuhe an, das Metall des Revolvers in der rechten Tasche fühlte sich inzwischen warm an.

Es ließ sich in seinem Geschäft oft nicht vermeiden, jemandem zu drohen, und er geriet durchaus in gefährliche Situationen. Aber er arbeitete prinzipiell nicht mit Waffen, niemals. Er besaß nicht einmal eine. Doch das hier war etwas anderes. Vor nichts in seinem Leben hatte er jemals so große Angst empfunden wie vor dem, was in wenigen Augenblicken hier an diesem Anlegesteg seinen Anfang nehmen würde.

Die Alpino *fuhr einen Bogen und legte seitlich am Steg an. Eine Brücke aus Aluminium wurde ausgelegt, um die Passagiere von Bord zu lassen. Es waren nur drei. Zuerst kam ein großer Mann, der mit der einen Hand einen kleinen Jungen führte und mit der anderen ein gelbes Kinderfahrrad schob. Dann kam sie. Sie war kleiner, als er sie in seiner Vorstellung gespeichert hatte, irgendwie zarter. Der braune Wollmantel, in den sie sich gehüllt hatte, wirkte eine Idee zu groß, und die Mütze machte ihr Gesicht schmal.*

Als sie ihn erreicht hatte, stellte sie ihre Reisetasche auf die Holzbohlen, sah ihn an und sagte fast etwas verlegen: »Hast du lange gewartet?«

Er nickte. »Zwanzig Jahre.«

Sie warf ihm einen merkwürdigen Blick zu. Er nahm ihre Tasche vom Boden und schlug den Weg in den Ort ein. Sie ging neben ihm her.

»Es gibt nur das eine Hotel hier in deinem Ort«, sagte sie und deutete auf ein cremefarbenes Gebäude vor ihnen. »Wie ist es?«

»Nicht dein Standard«, antwortete er, »aber in Ordnung.«

Als die Alpino *wieder ablegte, um den See zurück in Richtung Cannobio zu überqueren, hatten sie den Eingang des Hotels erreicht.* Torre Imperial *stand in goldenen Buchstaben an der Glastür. Darunter waren drei Sterne gemalt.*

Teil 1

Die Täuschung

Erster Tag
11. Mai

Galle, Sri Lanka, 19.30 Uhr

Gabriel Tretjak saß in einem englischen Clubsessel und beobachtete den Kellner, der ihm einen Gin Tonic brachte. Der Kellner war mit schwarzer Hose, schwarzem Jackett und korrekt geknöpftem weißen Hemd bekleidet. Er war alt, und irgendetwas an diesem Mann, wahrscheinlich die leicht gestauchte, nach oben verschobene Nase und die ausgeprägten Falten um den Mund, erinnerte Tretjak an ein Panzernashorn, das er ein paarmal im Tierpark Hellabrunn gesehen hatte. Der Direktor des Zoos war von einem Pfleger erpresst worden und hatte Tretjak beauftragt, die unangenehme Geschichte zu beenden. Es ging um illegale Medikamente für exotische Tiere. Am Haus des Panzernashorns, wo der Pfleger gerade Dienst tat, hatte Tretjak das erste Mal auf ihn gewartet. Er liebte Rituale, deshalb trafen sie sich auch danach immer wieder an diesem Ort. Bis die Angelegenheit geregelt war. So hatte Tretjak einiges über Panzernashörner gelernt. Sie reagierten empfindlich auf kleinste Veränderungen in ihrer Umgebung, wurden sofort misstrauisch und unberechenbar. Das hatten sie gemeinsam mit fast allen Tieren: Veränderungen bedeuteten Gefahr. Gabriel Tretjak wusste, dass es bei Menschen nicht anders war. Auch bei ihnen weckten Veränderungen die Wachsamkeit, er hatte sich das oft zunutze gemacht. Aber im Unterschied zu Panzernashörnern mussten es für Menschen größere Veränderungen sein. Wenn es sich nur um Kleinigkeiten handelte, um geringe Abweichungen vom Gewohnten, die den Fluss der Dinge nicht wirklich durcheinanderbrachten, blieben die Menschen schläfrig, gutmütig, fast einfältig. Sie interpretierten diese Kleinigkeiten falsch und begriffen ihre tatsächliche Bedeutung erst später. Manchmal lagen zwischen der falschen Wahrnehmung und dem Begreifen nur ein paar Minuten, manchmal Jahrzehnte.

Der Kellner fragte ihn, ob er auch etwas zu essen wünsche. Tretjak verneinte. Er hatte bereits eine Reservierung für 21 Uhr im Restaurant, das ums Eck des Foyers lag und dessen Tische schon weiß eingedeckt waren.

Tretjak war sich ziemlich sicher, dass der Mann, auf den er in der Hotelhalle wartete, eine kleine Veränderung am heutigen Tag falsch einschätzte. Die Tatsache nämlich, dass ihn seine Ehefrau noch nicht angerufen hatte. Nach allem, was Tretjak inzwischen über ihn wusste, war dem Mann vielleicht nicht einmal aufgefallen, dass das übliche Telefonat nicht stattgefunden hatte – obwohl es eine feste Gewohnheit war, wenn er auf Geschäftsreisen war. Nun ja, es würde nicht mehr lang dauern, dann würde er die Bedeutung dieser Änderung erkennen.

Tretjak sah auf die Uhr, es war Viertel vor acht. Plötzlich befiel ihn wieder das Gefühl, das ihn in letzter Zeit öfters heimgesucht hatte. Eine Art von Müdigkeit, ein Gefühl des Überdrusses. Früher hatte er genau diese Momente genossen, diese Momente vor der Zuspitzung, diese Annäherung an einen dramatischen Wendepunkt im Leben eines anderen Menschen, der davon noch nichts ahnte. Aber seit ein paar Wochen ertappte er sich bei dem Wunsch, diesen Moment vorübergehen zu lassen – ohne einzugreifen.

Tretjak saß mit seinem Gin Tonic im Foyer des Hotels *New Oriental* in Galle, der Hafenstadt im Südwesten von Sri Lanka. Er hatte einen elfstündigen Flug hinter sich – Lufthansa LH 2016, München–Colombo – und eine vierstündige Autofahrt. Der kleine, schweigsame Fahrer hatte seinen Peugeot geschmeidig wie ein Motorboot über riesige Schlaglöcher und zwischen Eselsfuhrwerken, Tuk-tuk-Schwärmen und nicht verkehrssicheren Lkws hindurchgesteuert. In ein paar Stunden würde ihn der Fahrer denselben Weg wieder zurückfahren, zurück zum Flughafen Colombo, zu Flug LH 2017, der im Morgengrauen nach München abhob. Tretjak war nur für diesen einen Abend gekommen – um einen Menschen aus seiner Schläfrigkeit zu reißen.

Es war heiß in der Hotelhalle. Die alten hölzernen Ventilatoren an der Decke kreisten müde vor sich hin. Einer quietschte, er hing direkt über dem schwarzen Piano im linken Bereich der Halle, wo sich auch die Bar befand. Eine Gruppe von drei Engländern hielt sich dort auf, jeder hatte einen Cocktail vor sich, gelegentlich stieß einer von ihnen eine merkwürdige Salve von kurzen Zischlauten aus, wenn ihn etwas belustigte.

Jetzt trat ein bulliger Mann in Khakihosen und einem grünen Ralph-Lauren-Poloshirt durch die breite, offenstehende Eingangstür. Er schwitzte, sein Gesicht war gerötet, er trug eine Pilotensonnenbrille. Zielstrebig schritt er auf die Rezeption zu und sagte mit einer tiefen lauten Stimme und leichtem deutschen Akzent: »Room number seven, please.«

Tretjak hatte sich erhoben und trat seitlich hinter den Mann, in zwei Metern Abstand. »Glückwunsch, Herr Schwarz«, sagte er. »Die Sieben ist das beste Zimmer hier.«

Der Mann drehte sich um, schob seine Sonnenbrille in die Stirn, musterte Tretjak aus fragenden blauen Augen.

»Genießen Sie Ihren kleinen Urlaub, Herr Schwarz?«, fragte Tretjak.

Dem Mann war jetzt deutlich anzusehen, wie er sein Gedächtnis durchforstete. Kannte er diesen Fremden von irgendwoher? »Ja, das tue ich«, antwortete er schließlich, »darf ich fragen –«

»Wir müssen reden, Herr Schwarz«, unterbrach Tretjak. »Ich habe im Restaurant einen Tisch bestellt. 21 Uhr.«

»Ich wüsste nicht …« Der Mann schüttelte den Kopf. »Ich kenne Sie nicht, und ich wüsste nicht, worüber wir uns unterhalten sollten.«

»Oh, Verzeihung, mein Name ist Tretjak. Wir werden uns über Ihr Leben unterhalten, Herr Schwarz. Ich bin gekommen, um es zu ändern. Mit Ihrer Hilfe natürlich.«

Der Mann, der Schwarz hieß und über den Gabriel Tretjak mehr wusste als jeder andere in dessen Leben, wurde ungehalten. »Hören Sie, Sie müssen mich verwechseln. Ich denke nicht daran, mein Leben zu ändern. Und wenn, würde ich mich kaum mit Ihnen darüber unterhalten.« Ein amüsiertes Glitzern zeigte sich in seinen Augen, ein Zeichen, dass er wieder Sicherheit gewann. Ein Verrückter eben, den er da vor sich hatte, nichts weiter. »Wissen Sie, dieses Land bietet viele Attraktionen. Ich bin keine davon. Guten Abend.«

Nach diesen Worten wandte er sich um zur Rezeption, nahm den Messingschlüssel mit der Nummer 7 von der Theke und war schon auf halbem Weg zur

Treppe linker Hand, als Tretjak sagte: »Wenn Sie die Sache mit Union Carry nicht hinkriegen, werden Sie Ihren Vorstandsjob verlieren. Das sagt jedenfalls Ihr Aufsichtsrat.«

Schwarz blieb stehen, drehte sich um, blickte Tretjak an.

»Um 21 Uhr, Herr Schwarz«, sagte Tretjak. »Machen Sie sich keine Sorgen. Wir werden alles regeln.« Er wandte sich zum Rezeptionisten hinter der Theke: »Room number five, please.« Tretjak nahm den Schlüssel entgegen, lächelte Schwarz zu, der immer noch verblüfft dastand, und ging an ihm vorbei zur Treppe.

Das war gut gelaufen, dachte er. Schwarz war irritiert genug. In seinem Zimmer würde ihm jetzt auffallen, dass seine Frau sich nicht gemeldet hatte, und er würde sie anrufen. Besser gesagt: Er würde versuchen, sie anzurufen. Dieser Versuch würde seine Irritation noch steigern. Denn unter der Handynummer seiner Frau würde er die Ansage hören: »Die von Ihnen gewählte Rufnummer ist nicht vergeben.« Und auf der Festnetznummer würde niemand abheben.

Tretjak ging auf sein Zimmer, stellte seine Aktentasche ab, rückte einen Stuhl ans Fenster, setzte sich und schloss die Augen. Die Fenster in diesem Hotel hatten keine Scheiben, sondern nur Läden mit Holzlamellen. Man hörte die Geräusche von draußen, das

Zirpen der Insekten, das Rufen der Kinder. Das *New Oriental* in Galle war ein gewisser Geheimtipp, ein altes Hotel im englischen Kolonialstil. Das große dunkelbraune Holzbett war bestimmt zweihundert Jahre alt. Es stand unter einem hohen Himmel aus gespannten Netzgardinen, die bis zum Boden reichten und die Moskitos abhielten. Tretjak würde dieses Bett nicht benötigen. Er stand auf, ging ins Badezimmer und nahm eine lange, kühle Dusche.

Beim Blick in den Spiegel beschloss er, wieder mehr Sport zu machen. Jetzt, da der Sommer kam, konnte er in München von seiner Wohnung aus morgens wieder direkt zur Isar laufen, am Fluss entlang, dann über die Montgelasbrücke in den Englischen Garten und am Haus der Kunst vorbei zurück. Tretjak legte Wert darauf, seine Figur zu halten. Er war jetzt 44 Jahre alt und trug seit über 25 Jahren unverändert Anzuggröße 50. Seine schwarzen Haare zeigten noch keine Anzeichen von Grau, und das würde vermutlich auch so bleiben. Die Haare hatte er von seiner Mutter geerbt, und in ihrer ganzen Familie gab es buchstäblich keine einzige graue Strähne. Tretjaks Haare waren dick, und er trug sie relativ lang. Jetzt waren sie nass, und er kämmte sie nach hinten aus der Stirn.

Er nahm aus seiner Aktentasche ein Paar neue Unterhosen und zog sich wieder an. Eine dunkelblaue Hose aus Synthetic-Material, ein langärmliges beiges T-Shirt. Barfuß schlüpfte er in seine dunkelbraunen Slipper. Im Zimmer hatte sich inzwischen der Duft der aufgeschnittenen Papayafrüchte ausgebreitet. Sie waren auf einer flachen Schale drapiert, die auf dem Tisch stand. Tretjak setzte sich wieder auf den Stuhl am Fenster und überlegte, wie er das Treffen unten im Speisesaal eröffnen sollte. Er durfte das Tempo nicht verlieren, das er an der Rezeption vorgelegt hatte, er musste die Spannung hochhalten. Tretjak beschloss, etwas zu spät nach unten zu gehen und als Entschuldigung anzuführen: »Ich habe bis eben noch mit Ihrer Frau telefoniert, Herr Schwarz, und, nun ja, Sie kennen sie ja …«

Vom ersten Gespräch hing viel vom Gelingen der Mission ab, das wusste Tretjak aus Erfahrung. Aber in diesem Fall schien ihm die Angelegenheit nicht besonders schwierig zu sein. Es handelte sich eher um einen Routineauftrag. Tretjak hatte ihn schon ablehnen wollen, er hatte keine Lust, sich zu langweilen. Aber dann hatte seine Auftraggeberin, Melanie Schwarz, einen Satz gesagt, der ihn zum Schmunzeln gebracht hatte. Diesem Satz verdankte er nun die Tatsache, dass er in wenigen Minuten in den Genuss des »großen Currys« kommen würde, der Spezialität des Restaurants im *New Oriental*. Er hatte vorbestellt, damit keine Zeit durch das Studium der Karte und die Auswahl der Speisen verlorenging. Das Gericht, so hatte man ihm erklärt, bestand aus zahlreichen

Schälchen feinster Gemüse-, Fleisch- und Fischspeisen und unterschiedlichster Soßen, alle sehr scharf und geeignet, Schweißperlen auf die Stirn zu treiben.

Melanie Schwarz fühlte sich in einem Leben gefangen, aus dem sie entkommen wollte, aber nicht konnte. Ein Geflecht aus Schuldgefühlen, Verantwortung und Mutlosigkeit hielt sie zurück, dazu die Angst, in einem neuen, eigenen Leben zu versagen. Als junge Frau war sie ein Schlagersternchen gewesen, hatte es mit zwei Liedern in die Hitparaden geschafft: *Du bist jetzt allein* und *Die Wahrheit tut weh.* Aber ihre Karriere war kurz gewesen, es war bald still geworden um sie. Einmal war sie noch in den Schlagzeilen aufgetaucht mit einem angeblichen Selbstmordversuch, schließlich war sie völlig aus der Öffentlichkeit verschwunden. Dann lernte sie Peter Schwarz kennen, der eine sichere Burg um sie herum errichtete aus einer Familie und einem hohen Lebensstandard. Inzwischen hatten die beiden eine erwachsene Tochter, die in London eine Tanzausbildung machte. Sie bewohnten eine herrliche Dachgeschosswohnung in Berlin am Gendarmenmarkt und ein kleines restauriertes Gut außerhalb Potsdams mit einem Pferdestall. Melanie war schon als Kind gern geritten. Peter Schwarz hatte ihr einen Traum verwirklicht. Aber inzwischen hatte sie einen neuen Traum. Am Ende ihres Gespräches hatte sie auf das Stück Papier gestarrt, auf dem Tretjak den Plan skizziert hatte, und dabei gesagt: »Ich habe kein eigenes Geld. Ich kann Sie nicht bezahlen.« Tretjak, der schon drauf und dran gewesen war, den Auftrag abzulehnen, war hellhörig geworden. Er hatte sie angesehen und dabei beobachtet, wie sie all ihren Mut zusammennahm, um diesen einen Satz zu sagen: »Am Ende müssen Sie meinen Mann auch noch dazu kriegen, Ihre Arbeit zu bezahlen.«

Am schärfsten waren die Linsen gewesen. Selbst Tretjak, der von klein auf gewohnt war, scharf zu essen, hatte bei diesem Gericht Tränen in die Augen bekommen. Schwarz hatte es nach einem Test mit einer winzigen Menge auf der Gabelspitze nicht mehr angerührt.

Der Kellner mit dem Nashorngesicht war jetzt dabei, die vielen Schälchen abzuräumen. Zurück auf dem Tisch blieb eine gläserne Karaffe Mineralwasser, eine fast volle Flasche Haut-Médoc und ein paar Gläser.

»Wünschen die Herren noch ein Dessert?«

Tretjak blickte Schwarz fragend an.

Schwarz schüttelte den Kopf. »Kaffee. Espresso. Doppelt.«

Tretjak nickte dem Kellner zu und bedeutete ihm, dass er sich diesem Wunsch anschloss. Dann griff er nach der Aktentasche, die neben seinem Stuhl auf dem Fußboden abgestellt war, nahm sie auf den

Schoß, öffnete sie und entnahm ihr ein einziges weißes Blatt Papier und einen dunkelblauen Kugelschreiber der Marke Parker, legte beides vor sich auf den Tisch und stellte die Tasche wieder auf den Boden.

»Sie möchte also ein neues Leben anfangen«, sagte Schwarz, mehr zu sich selbst als zu Tretjak. »Das kann sie mir aber nicht selbst sagen … Dafür braucht sie einen wie Sie. Wie ist sie auf Sie gekommen?« Er blickte Tretjak in die Augen. »Schlafen Sie mit ihr?«

Tretjak machte sich nicht die Mühe zu antworten und schwieg. Er ließ Schwarz Zeit. Manche Menschen verstummten, wenn sie eine schlechte Nachricht erhielten. Andere mussten die Dinge aussprechen und immer wieder wiederholen, um sie zu begreifen. Zu diesen gehörte Schwarz. Er war getroffen, das war ihm anzusehen. Seine Hände zitterten, als er sich Wasser einschenkte. Der Bulle wankte.

»Die Flügel noch mal ausbreiten, so, so … War das Melanies Formulierung, oder haben Sie sich die ausgedacht? Eine friedliche Scheidung … eine kleine Wohnung … nur eine kleine Summe Geld für den Start … Was für einen Start? Und darüber soll ich jetzt mit Ihnen reden? Was wollen Sie denn eigentlich in diesem Spiel?«

Der Kaffee kam, und die beiden Männer ließen ihn schweigend kalt werden in den Tassen, die sich gegenüberstanden. Bis auf einen Tisch im entfernt liegenden hinteren Eck war das Restaurant inzwischen leer. Die ältere Dame, die dort saß, war in ein Buch vertieft. Aus der Küche drang das leise Geklapper, das am Ende eines langen Tages in allen Restaurantküchen der Welt entstand.

Tretjak war zufrieden. Er musste diesem Mann in diesem Restaurant in Sri Lanka, der in Kürze wieder aus seinem Leben verschwinden würde, jetzt nur noch ganz deutlich die Regeln erklären. Er musste ihm nur noch klarmachen, dass es vorerst kein Gespräch mit seiner Frau geben würde. Dass seine Frau verreist war und nur er, Tretjak, wusste, wo sie war. Dass sie erst zurückkehren würde, wenn alles genauso arrangiert wäre, wie sie es sich wünschte. Eine Stunde noch, schätzte Tretjak, dann würde er draußen auf die Terrasse treten und dem Fahrer winken.

In diesem Moment trat der Mann von der Hotelrezeption an ihren Tisch. Es war der Moment, den Tretjak später immer wieder rekapitulieren sollte. Er hatte den Mann schon aus den Augenwinkeln gesehen, wie er zügig das Foyer durchquerte, im Restaurant kurz stehen blieb und sich umsah, dann entschlossen auf sie zusteuerte. Rückblickend war sich Tretjak sogar sicher, dass er sogar schon gesehen hatte, wie der Mann hinter der Rezeption den Telefonhörer aufgelegt hatte, bevor er sich auf den Weg machte. Rückblickend wusste Tretjak genau, dass er ungehalten gewesen war wegen der – sicher unnötigen – Störung, die auf ihn zukam.

»Herr Tretjak, da war ein Anruf für Sie«, sagte der Rezeptionist.

Das menschliche Gehirn ist eine Entscheidungsmaschine. Ununterbrochen verarbeitet es riesige Mengen von Daten, um ständig, in buchstäblich jeder Sekunde, Entscheidungen zu fällen, blitzschnell, mit einem einzigen Zweck: das Überleben zu sichern.

»Ein Anruf? Für mich? Sind Sie sicher?«

»Kein Zweifel. Der Anrufer sagte, er habe eine wichtige Nachricht für Gabriel Tretjak. Seinen Namen hat er nicht genannt.« Er blickte auf einen Zettel. »*Sieger im vierten Rennen, Pferd Nummer 6, Nu Pagadi.* Das ist die Nachricht.«

Schon beim Überqueren einer Straße vollführt das menschliche Gehirn eine wahre Meisterleistung. Es schätzt die Länge des Weges von einer Straßenseite zur anderen ab und die Zeit, die benötigt wird, ihn zurückzulegen, inklusive rauf und runter am Bordstein. Es schätzt die Entfernung und die Geschwindigkeit des Autos ab, das sich nähert, berechnet die Zeit, die es braucht, bis es die eigene Position erreicht hat, bezieht die Bodenbeschaffenheit in die Berechnungen mit ein, auch die zwei Radfahrer von rechts – und entscheidet dann: Gehen oder stehen bleiben? Wenn nur eine dieser Berechnungen falsch ist, ist das Leben des Menschen beendet, und sein

Hirn breitet sich als klebrige Masse auf dem Asphalt aus.

Im *New Oriental* in Sri Lanka entschied Gabriel Tretjaks Gehirn in diesem Moment, dass von diesem Anruf keine Gefahr ausging, dass es sich um einen Irrtum handeln musste. Niemand wusste, wo Tretjak sich zu diesem Zeitpunkt befand. Und er war noch nie in seinem Leben bei einem Pferderennen gewesen.

»Danke«, sagte Tretjak also nur, wartete, bis der Rezeptionist sich zurückgezogen hatte, griff nach seinem Kugelschreiber und beugte sich nach vorn, um die Stille zwischen Schwarz und sich zu beenden.

»Hören Sie mir jetzt genau zu, Herr Schwarz«, begann er. »Ich weiß, dass Sie vorhaben, übermorgen nach Mumbai weiterzufliegen. Sie wollen dort eine Kooperation Ihres Unternehmens mit dem indischen Chiphersteller Union Carry abschließen.« Tretjak machte eine kleine Pause. »Ich weiß auch, dass hinter der Sache eine Intrige aus Ihrem eigenen Vorstand heraus steckt. Die Kooperation wird nicht zustande kommen, und im Aufsichtsrat sind die Weichen bereits gestellt, dass Ihr Scheitern Sie den Job als Vorstandsvorsitzenden kosten wird.«

Schwarz sah Tretjak über den Tisch hinweg ratlos an. Vor drei Stunden war sein Leben noch klar gewesen, überschaubar, ausgeleuchtet bis in den kleinsten Winkel, ein gutes Leben ohne größere Probleme am

Horizont. Er hatte an diesem 11. Mai eine kleine Bootsfahrt unternommen, mit einem Führer natürlich, der ihn in einem Einbaum einen Fluss hoch ins Landesinnere gerudert hatte. Er war auf einer kleinen Insel voller Mangobäume spazieren gegangen, er hatte Alligatoren am Flussufer gesehen. Er hatte von dem Einbaum aus eine SMS an seine Tochter in London geschrieben, die ihm den Aufenthalt im *New Oriental* zum Geburtstag geschenkt hatte. Sie hatte auf einer Sri-Lanka-Reise dort Station gemacht, und als sie hörte, dass ihr Vater geschäftlich in Indien zu tun haben würde, befand sie, dies sei eine gute Gelegenheit für ihn zu einer kleinen viertägigen Auszeit. Mal was anderes, Dad, als deine vollklimatisierten anonymen Hotels, mal was Neues, mal was nur für dich … Am Abend war er bester Laune ins Hotel zurückgekehrt.

Nun saß er einem Fremden gegenüber, der ihm eröffnet hatte, dass seine Frau ihn verlassen wollte, besser gesagt, dass sie ihn schon verlassen hatte – und dass er dabei war, seinen Job zu verlieren. Die Firma, deren Vorstandsvorsitzender er war, stellte Kühlaggregate her. Der Deal mit Union Carry betraf einen elektronischen Steuerungschip, mit dessen Hilfe die Kühlaggregate weltweit kompatibler und konkurrenzfähiger würden. Das jedenfalls hatten ihm seine Experten versichert und in einer beeindruckenden Präsentation aufbereitet. Früher hatte es im Vorstand einen eigenen Posten für internationale Kooperationen gegeben. Aber im Zuge der Verschlankung im Personalbereich hatte man auch in der Unternehmensführung Zeichen setzen wollen und den Bereich dem Vorsitzenden zugeordnet, der sich auf seine Experten verlassen musste. Was verstand dieser Tretjak von Kühlaggregaten?

»Ich habe in meiner Tasche ein paar Unterlagen, die Ihnen beweisen werden, was ich sage«, erklärte Tretjak. »E-Mails, Akten- und Telefonnotizen, Belege für geheime Treffen. Ich werde sie Ihnen hierlassen, Sie können sie in aller Ruhe lesen. Keine erfreuliche Lektüre. Ich schlage Ihnen jetzt eine klare Abmachung vor, Herr Schwarz.«

Tretjak schob die Tischdecke etwas zur Seite, legte das Blatt Papier auf das Holz, um eine harte Unterlage zu haben, und zog mit dem Stift eine Linie auf der weißen Fläche, genau in der Mitte, von oben nach unten. »Auf der linken Seite dieses Papiers halten wir fest, was *Sie* tun werden«, sagte er. »Auf der rechten Seite halten wir fest, was *ich* tun werde. Lassen Sie uns bei Ihren Aufgaben anfangen.«

Tretjak sprach jetzt sehr eindringlich, machte kleine Pausen zwischen den Sätzen, ließ sein Gegenüber nicht aus den Augen. Wenn er einen Punkt abgeschlossen hatte, notierte er ein paar Stichworte auf dem Papier.

»Ihre Frau stammt aus Heidelberg, dorthin will sie

zurück. Sie werden Ihrer Frau in Heidelberg einen kleinen Buchladen eröffnen, Schwerpunkt esoterische Fachliteratur. Dieser Laden wird voraussichtlich nie wirtschaftlich tragfähig werden, aber Sie werden Ihre Frau unterstützen und immer für ein kleines Auskommen sorgen. Das und eine kleine Wohnung in der Innenstadt, zwei Zimmer, Balkon, mehr wünscht sie sich nicht. Sie werden außerdem mit Ihrer Tochter sprechen, werden ihr erklären, dass ihre Eltern sich trennen, dass es im Guten geschieht, dass es kein böses Blut gibt. Ihre Anwälte werden die Scheidungspapiere vorbereiten. Und Sie werden Ihrer Frau einen Brief schreiben. Darin werden Sie ihr sagen, dass Sie ihr nicht böse sind, auch nicht deshalb, weil sie diesen Weg gewählt hat, um ihre Entscheidung durchzusetzen. Sie werden ihr schreiben, dass sie in Ihnen lebenslang einen Freund haben wird. Sie werden die beiden Pferde in Potsdam verkaufen, aber so, dass sie es gut haben, dass Ihre Frau die Tiere besuchen kann; Sie wissen, wie sehr sie an ihnen hängt. Sie werden mit Melanies Eltern reden, und Sie werden mit Ihren eigenen Eltern reden. Sie werden jetzt schon eine Familienfeier für Weihnachten vorbereiten. Vielleicht in dem wunderschönen Gut am Schaalsee, das Ihre Frau so liebt. Alle werden anreisen und Heiligabend feiern, alle werden sich vertragen. Falls Sie bei irgendeinem dieser Vorhaben auf Probleme stoßen, was ich nicht glaube, werden Sie mich anrufen.«

Die linke Hälfte des Papiers war jetzt voll. Fein säuberlich untereinander standen die Stichworte, davor jeweils ein waagrechter Strich. Tretjak beugte sich wieder zu seiner Tasche hinunter, entnahm ihr einen dunkelbraunen Aktendeckel, der mit einem Lederband verschnürt war, und legte ihn auf den Tisch. »Dies sind die Unterlagen, von denen ich gesprochen habe«, sagte er und griff erneut zum Kugelschreiber.

»Mein Teil der Abmachung: Ich werde Ihren Job retten. Ich werde dafür sorgen, dass Ihre beiden Widersacher im Vorstand das Unternehmen verlassen. Dass der Aufsichtsrat wieder hinter Ihnen steht. Das wird natürlich nur funktionieren, wenn Sie genau tun, was ich sage.«

Er schrieb auf die rechte Seite des Papiers: *Feinde eliminieren.* Und darunter, neuer Strich: *Aufsichtsrat umdrehen.* Dann setzte er noch einen dritten Strich darunter. *Jahresbonus verdoppeln.* »Sie sollten am Ende etwas mehr Geld auf dem Konto haben. Auch deshalb, weil Sie mich bezahlen müssen.«

Tretjak saß wieder auf der Rückbank des Peugeots, auf dem Weg nach Colombo. Im Dunkeln war die Fahrt noch abenteuerlicher, aber der kleine schweigsame Fahrer machte den Eindruck, als wisse er genau, was er tat. Es war jetzt kurz vor Mitternacht, er errechnete kurz die Zeitverschiebung zu Europa. Dort war es erst Nachmittag. Er griff zu seinem Telefon und wählte die Nummer eines Hotels an der Portugiesischen Atlantikküste bei Sintra. Es hieß *Palacio de Seteais*, war ein kleines umgebautes Schloss, zauberhaft gelegen auf einem Hügel zwischen uralten Bäumen mit Blick aufs Meer. Melanie Schwarz war nicht auf ihrem Zimmer, also hinterließ er nur eine Nachricht. »Bin auf dem Weg zu Ihrem Buchladen ein ganzes Stück weitergekommen. T.«

Später im Flugzeug des Lufthansafluges 2017, erste Klasse, erste Reihe, lehnte er sich zurück und dachte noch einmal an diesen Peter Schwarz, der jetzt die Unterlagen gelesen haben müsste. Irgendwie war er ihm sympathisch gewesen, obwohl es zu seinen Geschäftsprinzipien gehörte, nicht in solchen Kategorien zu denken. »Sie waren doch mal ein ausgezeichneter Squash-Spieler, Herr Schwarz«, hatte er ihm gegen Ende ihres Gesprächs gesagt. »Sie wissen also, dass man die Mitte des Feldes besetzen muss, sie auf keinen Fall aufgeben darf.«

Wenn man einen Menschen für die Zukunft manipulieren wollte, gab es nur einen wirklich sinnvollen Weg: zurück. Man musste in seine Vergangenheit gehen. Tretjak hatte das von einem CIA-Psychologen gelernt. »Wenn Sie nach Mumbai fliegen, bewegen Sie sich ganz weit weg von der Mitte in die äußerste Ecke des Feldes«, hatte er zu Schwarz gesagt. »Das dürfen Sie nicht, so wie der Spielverlauf sich darstellt. Sie müssen morgen in Ihr Hauptquartier zurück …«

Tretjak lehnte den Imbiss ab, trank nur ein Glas Wasser, stellte die Lehne seines Sitzes in die waagrechte Position und schlief mit dem beruhigenden Gefühl ein, dass sich die Dinge ganz so entwickeln würden, wie er es geplant hatte.

Als er am frühen Morgen Ortszeit seine Wohnung in München aufschloss, bemerkte er eine kleine Veränderung. Der Stapel mit gelesenen Zeitungen auf dem Fußboden im Flur war immer noch da. Das bedeutete, dass seine Putzfrau, die treue Frau Lanner, nicht erschienen war. Aber dafür konnte es schließlich tausend Gründe geben. Tretjak maß dieser kleinen Veränderung in seinem Alltag keine Bedeutung bei.

Autobahn A 9, Berlin–München, 18 Uhr

Seit fast acht Stunden war Max Krug jetzt unterwegs. Genau 611 Kilometer hatte er bislang zurückgelegt in seinem schwarzen Pferdetransporter. Krug hatte sich den modernsten aller Transporter gekauft, Doppelkabine mit elektronisch gesicherten Türen und mit Innenwänden, die sich per Fernbedienung spielend leicht verschieben ließen. Links neben dem Steuerrad war ein kleiner Bildschirm eingelassen, auf dem er sehen konnte, was sich im Transportraum abspielte. Die hochempfindliche Webcam hatte er selbst angebracht. Es war eine Art Hochsicherheitstransporter, und genau das wollte Krug, schließlich fuhr er einen Goldschatz spazieren. Das vielleicht beste Rennpferd Europas, gerade einmal vier Jahre alt. Welch eine Zukunft dieses Pferd vor sich hatte! Nu Pagadi hieß es, ein russisches Sprichwort, das so viel bedeutete wie »Na, warte«. Krug war selbst auf diesen Namen gekommen. Er hatte vor vielen Jahren als Soldat der Nationalen Volksarmee in Leningrad an einer Militärakademie studiert. Schon damals hatte er es gern gehört, von den Russen oft leicht spöttisch gesagt: »Nu Pagadi.«

Eine halbe Million Euro hatte das Pferd bereits für Krug gewonnen. Er war zu abergläubisch, um darüber nachzudenken, wie viel Geld noch folgen könnte. Einem Pferd konnte schließlich schnell etwas passieren. Deshalb hatte er es teuer versichern lassen, für alle Fälle, und über 100 000 Euro für diesen Transporter investiert.

Nu Pagadi reiste immer allein, die linke Box blieb auf den Fahrten leer. Die Kamera war nur auf die rechte Box gerichtet. Daher sah Krug die dicke graue Decke nicht, die seit dem letzten Stopp an einer Raststätte am Boden der linken Box lag und unter der sich etwas verbarg. Etwas Großes, das sich nicht bewegte.

Ungefähr zwanzig Kilometer später fiel Krug zum ersten Mal auf, dass Nu Pagadi nervös wurde, unruhig. Er schnaubte, scharrte mit den Hufen, trippelte hin und her. Krug wurde auch nervös, denn Nu Pagadi war normalerweise die Ruhe selbst, auch auf den Fahrten. War die Fahrt diesmal einfach zu lang? Oder was war los?

Krug kannte natürlich die Geschichten von den Marotten großer Rennpferde auf Reisen. Der französische Superhengst Ourasi war nur bereit, in einen Transporter zu steigen, wenn vor ihm eine kleine weiße Ziege in den Wagen ging. Andere gaben nur Frieden, wenn ein bestimmtes anderes Pferd mitreiste, der beste Freund sozusagen. Fing Nu Pagadi nun auch mit solchen Zicken an? Krug sah auf dem Bildschirm, dass sein Pferd von Minute zu Minute unruhiger wurde. Es war klar, dass er anhalten musste. In fünf Kilometern war der nächste Parkplatz angekündigt. Vielleicht hatte Nu Pagadi einfach Hunger. Für diesen Fall war er gerüstet. Krug hatte alle seine Leibspeisen dabei, Karotten, Bananen, seinen süßen Milchbrei.

22,6 Kilometer nördlich vom Stadtzentrum Münchens war die genaue Lage des kleinen Parkplatzes, auf den Max Krug abbog. Was dort geschah, sollte er in seinem Leben nie mehr vergessen. Er würde dreieinhalb Monate später einen Psychologen aufsuchen, einen Trauma-Spezialisten, der ihm die Bilder dieser paar Momente auf dem Parkplatz aus dem Gehirn vertreiben sollte, die ihm seither den Schlaf raubten.

Krug gab den Sicherheitscode ein, die Hintertür des Transporters öffnete sich, und er sah sofort die Decke, die dort nicht hingehörte, die er da nicht hingelegt hatte. Außer ihm konnte niemand an den Transporter. Krug hob die Decke und sah den Mann, brauner Anzug, weißes Hemd, kein Mantel. Der Mann lag auf dem Bauch, er bewegte sich nicht. Ein schlanker Mann mit Glatze. Krug dachte sofort, den Mann kenne ich nicht, das ist ein Fremder. Vielleicht denkt man das immer, wenn man einen Toten sieht. Tote sehen immer wie Fremde aus. Tote sollen so aussehen.

Krug versuchte, den Puls zu fühlen. Aber es gab keinen Puls mehr. Dann machte Krug den Fehler, den Mann umzudrehen. Es war nur ein ganz klein wenig Blut zu sehen, unbedeutend wenig. Doch mit dem Gesicht war etwas passiert. Etwas Furchtbares. Immer wieder sprach Krug diese Szene später mit dem Therapeuten durch. Immer und immer wieder sollte er diesen Moment durchleben. Nur so, sagte der Therapeut, würden ihn die Bilder eines Tages wieder verlassen.

An alles andere, was in den Stunden danach auf diesem Parkplatz geschah, konnte sich Krug später kaum erinnern. Die Polizei war irgendwann da, klar. Irgendwann auch ein zweiter Pferdetransporter, in den er Nu Pagadi am Zügel führte. Er musste wohl einen ziemlich erbärmlichen Eindruck hinterlassen haben, dachte Krug später, wie er allen um sich herum erklärt hatte, wie großartig und wertvoll dieses Pferd sei. Und das im Angesicht eines toten Menschen … Ach ja, an den Namen des Kommissars, der ihn verhörte, konnte er sich auch noch erinnern. Kaum an dessen Aussehen – außer, dass er eine auffallende Narbe auf der Wange hatte –, aber der Name war bei Krug hängengeblieben. Der Kommissar hieß Maler, August Maler, und Maler war der Name eines berühmten Rennpferds gewesen, das vor vielen Jahren das Deutsche Derby gewonnen hatte. Krug sagte seinem Therapeuten später, er hoffe sehr, dass er dem Kommissar das nicht auch noch mitgeteilt habe.

Bei Nu Pagadi waren keinerlei Nachwirkungen zu verzeichnen. Krug ließ ihn untersuchen, man wusste ja nie. Aber alles war in Ordnung, physisch wie psychisch. Nur zwei Tage nach dem schrecklichen Zwischenfall gewann Nu Pagadi in München-Daglfing sein nächstes Rennen, überlegen, wie üblich. Es war das vierte Rennen des Abends. Krugs Therapeut sollte später sagen, irgendwo müsse der Ausdruck ja herkommen, ein reichlich unsensibler Mensch habe das Gemüt eines Pferdes.

Zweiter Tag
12. Mai

Sankt-Anna-Platz, München, 14 Uhr

August Maler trug eine graue Cordhose, ein beiges Hemd und seine leichte beige Stoffjacke. Beige und grau, das waren seine Farben, egal, was er zum Anziehen kaufte, am Ende war es immer etwas Graues oder etwas Beiges. Seine Frau hatte ihm einmal ein rotes Hemd gekauft. Oft trug er es nicht.

Sankt-Anna-Platz, Hausnummer 9, so lautete die Adresse von Gabriel Tretjak. Kommissar Maler leistete sich den Luxus, sich an diesem warmen Nachmittag ein paar Minuten auf die grüne Parkbank zu setzen, direkt vor der einen Kirche, der großen, und gegenüber der anderen Kirche, der kleinen. Maler hatte keinen besonderen Bezug zu Kirchen, aber der Sankt-Anna-Platz, das war einer seiner Lieblingsorte in München. Die beiden Kirchen, die mächtigen Kastanienbäume, vorne rechts das Knopfgeschäft, daneben die Bäckerei mit der dicken Türkin und deren noch dickerem Sohn. Die Schule, das Café, die Galerie und die Metzgerei. Maler fuhr oft schnell bei der

Metzgerei vorbei und holte sich zwei Leberkässemmeln. Heute ließ er es jedoch sein. Der morgendliche Blick auf die Waage hatte eine gewisse Erschütterung hinterlassen.

Gleich vorn an der Ecke am Sankt-Anna-Platz gab es ein Lokal, das früher mal ein *Wienerwald* gewesen war, dann ein Italiener, dann ein Café. Zurzeit war es wieder ein Italiener. Aber die eigentliche Bedeutung lag für Maler darin, dass in diesem Lokal mal Teile einer Fernsehserie gedreht worden waren, *Münchner Geschichten* hatte sie geheißen, lange her. Maler hatte die Serie geliebt, und er liebte sie heute noch, er hatte alle Folgen auf DVD. Eine Gruppe junger Leute, Spezialisten in der Leichtigkeit des Seins, große Träume, keine Regeln – irgendwie ging es hauptsächlich darum. Maler musste schmunzeln, als ihm ein Dialog aus der Fernsehserie einfiel. Der Charly, die Hauptfigur, steigt in ein Taxi. Der Fahrer fragt: »Wohin wollen wir fahren?« Charly antwortet: »Irgendwohin.« Und der Fahrer sagt: »Irgendwohin, das ist schwer.«

Maler dachte jetzt auf seiner Bank, was er hier eigentlich immer dachte: Sankt-Anna-Platz, da müsste man wohnen, das wäre ein Traum. Aber der Stadtteil Lehel war im ohnehin teuren München einer der teuersten Flecken. Wie sollte sich ein Polizist das jemals leisten können? Aber er dachte noch etwas anderes, und dieser Gedanke überraschte ihn selbst: Wenn der Typ mit dem Pferd vierzig Kilometer früher auf einen

Parkplatz gefahren wäre, dann müssten sich jetzt die Kollegen aus Ingolstadt mit dem grausigen Mord beschäftigen. Mit einem Toten in einem Pferdetransporter. Und mit einem Handy. Und er könnte auf der Bank sitzen bleiben, auf die jetzt die Sonne schien, die gerade hinter der kleinen Kirchenkuppel hervorgekommen war. Kommissar August Maler, 51 Jahre alt. War da jemand schon ein bisschen müde geworden?

Ein paar Minuten später läutete Maler bei Tretjak. Die Stimme aus der Sprechanlage kam schnell: »Ja, bitte?«

»Mein Name ist Maler. Ich komme von der Polizei. Ich müsste mich mit Ihnen unterhalten.«

Maler hatte sich angewöhnt, sich als Polizist vorzustellen. Mordkommission klang ihm für die ersten Worte zu dramatisch.

Tretjak stand schon an der Tür, als Maler die Treppe zum zweiten Stock hinaufkam. Ein gutaussehender Mann, dunkler, fast südländischer Typ. Er trug Jeans und darüber ein weißes Hemd. Er grinste leicht. »Das ist ein Tag. Das Finanzamt ist schon da, und jetzt kommt auch noch die Polizei …«

Der Kommissar wurde in einen großen Raum geführt, eine Art Wohnküche. Er sah einen Herd, einen großen Kühlschrank, eine Theke und davor einen schwarzen Tisch, auf dem ein paar Ordner lagen, einer davon aufgeschlagen. An dem Tisch saß eine junge Frau, die Tretjak als Beamtin vom Finanzamt München II vorstellte: »Frau Neustadt führt eine Steuerprüfung bei mir durch. Wir sind sozusagen mittendrin.«

»Maler«, sagte Maler und gab Frau Neustadt die Hand. Dann wandte er sich zu Tretjak: »Sie müssen müde sein. Sie hatten einen anstrengenden Flug, bis heute morgen. Wie lange fliegt man genau von Colombo?«

»Woher wissen Sie das?«, fragte Tretjak.

»Deshalb bin ich hier«, antwortete Maler, »aber ich müsste mit Ihnen allein sprechen.«

»Habe schon verstanden«, Frau Neustadt stand auf und fing an, ihre Sachen zusammenzupacken. »Dann machen wir hier einen Punkt, Herr Tretjak, und machen übermorgen weiter, wie wir besprochen haben. Ich gebe Ihnen noch mal meine Karte« Sie lachte und gab auch Kommissar Maler eine Visitenkarte. »Wer weiß, vielleicht können Sie ja auch mal das Finanzamt brauchen.«

Nachdem sie gegangen war, stellte Tretjak eine Flasche Mineralwasser und ein Glas auf den Tisch. »Also …?«

Kommissar Maler öffnete ein Kuvert und legte Tretjak zwei Fotos hin. Auf beiden war derselbe Mann zu sehen. »Kennen Sie diesen Mann?«

»Nein.«

»Das ist Professor Harry Kerkhoff aus Rotterdam, ein sehr bekannter Hirnforscher. Man muss leider hinzufügen, das *war* Professor Kerkhoff. Er wurde gestern ermordet.«

»Mein Gott«, sagte Tretjak, »aber ich verstehe noch nicht ganz: Was habe ich damit zu tun?«

»Wir haben bei der Leiche ein Handy gefunden. Ein merkwürdiges Handy, wenn Sie so wollen. Keine einzige Nummer gespeichert, auch sonst nichts. Und es wurde nur ein einziges Mal damit angerufen, und zwar gestern. Der Anruf ging nach Galle, in Ihr Hotel. Mit diesem Handy wurde Ihnen eine Nachricht übermittelt, wir haben das inzwischen rekonstruiert.«

»Das stimmt, ich saß gerade beim Essen, da kam der Rezeptionist und sagte, ein Mann habe mir eine dringende Nachricht hinterlassen.«

»Und was war das für eine Nachricht?«

»Ein völliger Nonsens. Ich habe nichts verstanden. Es war ein Hinweis auf ein Rennpferd, das irgendein Rennen gewinnen sollte. Ich war im Leben noch nie auf einer Rennbahn. Ich habe das Ganze für einen Irrtum gehalten, eine Verwechslung.«

Maler trank einen Schluck Wasser. »Können Sie sich noch an den Namen dieses Pferdes erinnern?«

»Ja, Nu Pagadi. Ich wusste mal, was das heißt, irgendwas Russisches. Ein merkwürdiger Name für ein Pferd, fand ich. Deshalb habe ich ihn mir gemerkt.«

»Nu Pagadi. Das bedeutet: ›Na, warte.‹« Maler machte eine Pause. »Herr Tretjak, wir haben die Leiche des Professors in einem Pferdetransporter auf einem Autobahnparkplatz gefunden. In der linken Box war der Tote, in der rechten stand das Pferd. Nu Pagadi. Ist übrigens was Besonderes, das Pferd. Soll richtig viel Geld wert sein.«

Das Gespräch zwischen den beiden dauerte nicht mehr lange. Maler fragte, wer alles gewusst habe, dass Tretjak in dem Hotel in Galle gewesen war, und nach dem Grund für Tretjaks Reise. Und irgendwann sagte er noch: »Sie müssen nachdenken, was diese Nachricht bedeuten könnte.«

Die große Kirchenuhr am Sankt-Anna-Platz schlug halb vier, als Kommissar Maler das Haus verließ. Zwei Glockenschläge, wie immer zur halben Stunde. Maler hatte bei der Polizei einen Lehrmeister gehabt, seinen langjährigen Chef, der ihm viel beigebracht hatte. Eines davon war: Vermeide es, soweit möglich, ein inneres Urteil zu fällen über Leute, über die du ermittelst. Werte nicht, halte es in der Schwebe, beantworte dir nicht, ob du Leute sympathisch oder unsympathisch findest, glaubwürdig oder nicht. Denn jedes Urteil verengt den Blick, beschränkt die Wahrnehmung. Ein guter Polizist hat keine Schubladen fürs Denken, hatte sein Chef oft gesagt.

Maler stieg in seinen Wagen, einen beigen BMW,

und hielt sich auch diesmal dran: Kein schnelles Urteil über Gabriel Tretjak. Nur eine Beobachtung speicherte er ab: Normalerweise stellten Leute, denen man eine solch dramatische Nachricht bringt, Fragen. Wie ist der Mann gestorben? Wie wurde er gefunden? Welche Überlegungen stellte die Polizei bislang an? Diese Dinge wollten die Menschen meistens wissen. Bei Tretjak war es anders. Er hatte zugehört und geantwortet. Sonst nichts.

Als Maler auf den Mittleren Ring einfuhr, konnte er sich eines kleinen Urteils dann aber doch nicht erwehren. Es galt der schmalen blonden Steuerprüferin, der er in Tretjaks Wohnung kurz die Hand gegeben hatte. Ihm fiel sein Zimmergenosse in der Herzklinik ein, mit dem er wochenlang ein Zweibettzimmer geteilt hatte. Sie hatten sich mit der Zeit ein kleines Spiel ausgedacht. Bei jeder Frau, die ins Zimmer kam oder der sie irgendwo in der Klinik begegneten, setzten sie Beruf und Nationalität in Beziehung zum Aussehen. Interessant waren die Erwartungsklischees wie »Krankenschwestern sind hübscher als Putzfrauen«, der Witz bestand in Aussagen wie »Für eine Engländerin wäre sie hübsch, für eine Krankengymnastin nicht«. Maler war sich ganz sicher, dass sich sein Zimmerkumpel und er im Fall der Frau vom Finanzamt einig gewesen wären: Für eine Steuerprüferin sah sie ziemlich gut aus.

München, Sankt-Anna-Platz, 17 Uhr

Es gibt nur eins, was das menschliche Gehirn nicht kann: *nicht* lernen. Das hatte er immer gesagt. Das war eine der Standarderöffnungen in Kerkhoffs berühmten Vorträgen gewesen. Tretjak betrachtete das Foto auf dem Bildschirm. Harry Kerkhoff lachte sein überhebliches, blitzendes Lachen. Es war ein altes Foto, bestimmt zehn Jahre alt, aufgenommen auf irgendeiner Feierlichkeit, zu später Stunde. Kerkhoff im Smoking, Tretjak auch. Er stand auf dem Bild neben ihm. Kerkhoff hatte damals noch seinen Lockenkopf gehabt; später, als ihm die ersten Haare ausfielen, hatte er sich sofort eine Glatze rasiert. Er rasiere jetzt morgens eben eine größere Fläche, hatte er gesagt, als Tretjak ihn beinah nicht erkannt hatte, Abschiede solle man nicht zu lange hinauszögern. Tretjak nahm die Maus und klickte durch ein paar weitere alte Bilder von Harry Kerkhoff, die Google gefunden hatte – bis ein neueres auftauchte. Tretjak griff zum Telefon und wählte die Nummer von Kerkhoffs Sohn in Rotterdam. Aber niemand nahm ab.

Der Raum, in dem sich Tretjak befand, war ursprünglich als Wohnzimmer vorgesehen. Er war fast sechzig Quadratmeter groß, hatte zwei fünfeckige Erkerfenster und eine Glastür, die auf einen kleinen Balkon führte. Tretjak brauchte kein Wohnzimmer und hatte den Raum umgestaltet. Den Parkettboden hatte er abschleifen und ölen lassen, aber nicht versiegeln. Vor den Fenstern und der Tür zum Balkon liefen mattweiße Rollos in Aluschienen, die bis zum Boden reichten. Meistens waren sie geschlossen, wie auch jetzt. An den weißen Wänden hing kein einziges Bild. Auch die Stahlträger, die an zwei Stellen die Decke stützten, wo früher Wände gewesen waren, waren weiß gestrichen. Wenn man den Raum betrat, nahm man zwei Bereiche wahr, die wie kleine Inseln wirkten. Rechts ein riesiger Tisch des holländischen Designers Piet Hein Eek, zusammengeleimt aus unzähligen kleinen pastellfarbenen Hölzern, dick überzogen mit Bootslack, drei Meter zwanzig lang, einen Meter vierzig breit. Keine Stühle, nur eine Bank davor, ohne Lehne. Die gesamte Fläche des Tisches und auch die Sitzfläche der Bank waren bedeckt mit Stapeln von Papieren, Büchern, Zeitungsausschnitten, Aktendeckeln, alles fein säuberlich aufeinandergetürmt, an den Kanten ausgerichtet, sichtlich einer Ordnung folgend.

Die andere Insel, links im Raum, sah aus wie eine Art Cockpit. Dort saß Tretjak jetzt, in einem schlichten anthrazitfarbenen Bürostuhl, vor sich drei Flachbildschirme, die halbkreisförmig auf einer Art Konsole angeordnet waren. Die zugehörigen Rechner, Modems und Drucker befanden sich unter der Konsole, hinter hellgraulackierten Metallblenden.

Tretjak hatte seinen Stuhl etwas nach links gedreht, bediente mit der rechten Hand die Maus auf einem kleinen Pult und blickte auf einen weiteren Bildschirm, überdimensional, der an der Wand angebracht war. Dort war jetzt das offizielle Foto aus dem Verzeichnis der Universität Rotterdam zu sehen: Professor Doktor Harry Kerkhoff, 58, Vizepräsident der Universität, Dekan der Fakultät für Biochemische Wissenschaften. Auf den kleineren Bildschirmen hatte Tretjak verschiedene Dateien aufgerufen. Die Liste von Kerkhoffs Buchveröffentlichungen, ein Mitschnitt seines Auftritts vor der Ethikkommission der EU zum Thema Stammzellenforschung, Pressemeldungen zu dem Leichenfund gestern. Ein Bildschirm zeigte das Protokoll, das Tretjak nach seiner letzten Begegnung mit Kerkhoff geschrieben hatte. Acht Jahre war das her.

Wenn das Gehirn eine Information bekommt, wird es diese Information immer sofort verarbeiten, es wird aus dieser Information lernen. Man kann die Zeit nicht zurückdrehen zu dem Moment, als das Gehirn die Information noch nicht hatte. Es war Kerkhoffs große Begabung gewesen, sein Wissen auf solch verständliche Botschaften zu verdichten.

Wann gibt man wem welche Information – und was bewirkt sie? Was löst sie aus? Zu diesem Thema hatten sie sich vor Jahren immer wieder getroffen, Tretjak hatte den Hirnforscher mit Fragen provoziert – und seine Antworten notiert, analysiert, benutzt, hatte damit seine Methoden verfeinert. Wann bekommt wer welche Information?

Vielleicht war sein Nein auf die Frage des Kommissars, ob er Kerkhoff kenne, eine Art Reflex gewesen. Der Reflex eines Mannes, der immer darauf bedacht war, einen Informationsvorsprung vor seinem Gegenüber zu haben. Tretjak bereute seine Antwort. Vielleicht hatte es auch an der Arbeit mit der Steuerprüferin gelegen, dass er sich spontan entschieden hatte, eine Information lieber nicht preiszugeben.

Er rollte den Stuhl zurück und stand auf. Die Wand hinter ihm verbarg einen einzigen, großen Schrank. Alle Unterlagen zu seinen Klienten und ihren speziellen Fällen waren darin aufbewahrt. Ein Archiv voller Verbindungen und Verwicklungen, voller persönlicher Geheimnisse, voller Informationen, die irgendwann irgendwo von Nutzen gewesen waren – und es jederzeit wieder sein konnten.

Hinter einer der Türen lag ein Kühlschrank. Tretjak öffnete ihn, nahm eine kleine Flasche stilles Hildon-Mineralwasser heraus und einen Tablettenstreifen, auf dem der Schriftzug *Tavor* aufgedruckt war. Er nahm zwei Tabletten und trank das Mineralwasser in einem Zug. Er schloss die Tür, stellte die Flasche auf den Boden und setzte sich wieder vor die Bildschirme. Er blickte in die Augen des Wissenschaftlers auf dem großen Foto. Was hattest du in einem

Pferdetransporter zu suchen, Harry? Was hat dein Tod mit mir zu tun? Wer hat mich angerufen? Du?

Unser Gehirn sucht ständig nach Ordnung. Es will Strukturen erkennen – in allem, was ihm aufgetischt wird vom Leben. Kerkhoff hatte darüber ein bemerkenswertes Buch geschrieben: *Über die Korrelation von Emotion und strukturellem Denken.* Wir suchen nach der Struktur einer Geschichte, wenn wir einen Film sehen, wir suchen nach der Struktur im Charakter eines Menschen, den wir kennenlernen, wir wollen den Ablauf von Ereignissen dadurch verstehen, dass wir ein Muster erkennen. »Füttere das Gehirn des Menschen mit Struktur«, hatte Kerkhoff gesagt, »dann nimmst du ihm die Angst.«

Tretjak beschloss, den Kommissar später anzurufen, dessen Visitenkarte noch auf dem Küchentisch lag. Er würde ihm die Wahrheit sagen: Ja, er hatte Kerkhoff gekannt. Er hatte ihn gut gekannt.

19 Uhr 20 zeigte die Digitalanzeige am unteren Rand des Bildschirms an. Es wurde Zeit, er musste aufbrechen. Sein Tisch in der *Osteria* war reserviert, wie immer der Tisch in der zweiten Nische rechts vom Eingang. Ein Klient wartete dort. Oder besser: ein Mann, der sein Klient werden wollte. Ein Landtagsabgeordneter, kein bekannter, eher ein Hinterbänkler. Tretjak wusste bisher nur ein paar Stichworte. Der Name des Mannes stand auf der Kundenliste eines Callgirlrings, der Männer mit jungen Ukrainerin-

nen belieferte – und jetzt aufgeflogen war. »Helfen Sie dem Mann, Tretjak. Regeln Sie das. Bitte.« Diese Nachricht hatte er nach der Landung aus Sri Lanka auf seiner Mailbox abgehört. Die Stimme war die eines Ministers gewesen, eines Ministers der Bundesregierung in Berlin.

Tretjak betätigte eine Tastenkombination auf der Tastatur, und alle Bildschirme wurden schwarz. Ein paar Augenblicke blieb er noch sitzen und starrte auf die große schwarze Fläche an der Wand. Mit Kerkhoff zusammen hatte er damals das erarbeitet, was er später als »die sieben Gebote« seines Jobs bezeichnete. Es war Kerkhoff gewesen, der ihm gesagt hatte: »Das, was du tust, greift in Lebensgeschichten ein, in Wertesysteme von Menschen … Du spielst Schicksal, ist dir das eigentlich klar? Wenn du das weiter betreiben willst, brauchst du feste Grundsätze, die dein Handeln strukturieren, eine Art innere Verfassung. Ein paar unverrückbare Pfeiler, an denen du dich festhalten kannst. Wenn du die nicht hast, wirst du ins Schwimmen geraten, und es wird gefährlich. Nicht nur für dein Konto, sondern auch für deine Seele.«

Tretjak stand auf, begab sich in sein Ankleidezimmer und zog sich um. Er wählte ein frisches weißes Hemd und den dunkelblauen Anzug, den er im März in Mailand gekauft hatte. Er steckte sein Telefon ein, schlüpfte in einen leichten schwarzen Sommermantel. Mehr brauchte er nicht. Papier und Stift würden wie immer schon bereitliegen auf seinem Tisch im Lokal.

Die Klingel gab einen angenehm melodischen Ton von sich. Dann eine Stimme in der Sprechanlage: »Ihr Taxi ist da, Herr Tretjak.«

Als Tretjak fast vier Stunden später das italienische Restaurant *Osteria* in der Schellingstraße 95 verließ, beschloss er, zu Fuß nach Hause zu gehen. Es war zwar noch nicht richtig warm, aber die Luft würde ihm guttun. Er blieb vor dem Restaurant kurz stehen, knöpfte seinen Mantel bis unter den Hals zu, blickte nach oben zum Himmel und erkannte trotz der Straßenlaternen: sternklar. Für einen ganz kurzen Moment stellte sich ein Gefühl aus seiner Jugend ein. Das passierte selten, sehr selten. Und wenn, dann immer ohne Vorwarnung, überfallartig. Diesmal war es ein schönes Gefühl, ein Gefühl der Erleichterung. Damals, in der Zeit, als er 11, 12 Jahre alt gewesen war, hatte ein sternklarer Himmel die Möglichkeit zur Flucht bedeutet. Dann wusste er, dass er in dieser Nacht dem Elend entkommen konnte, weit weg, Lichtjahre weit weg. Wenn er in sein Zimmer ging und den Koffer mit seinem Fernrohr holte, hatte er den Segen all der Menschen, die damals sein Leben beherrschten. Sie sagten dann etwas in der Sprache, die er nicht verstand. Aber er sah an ihrem Lächeln, dass es etwas Nettes war.

Tretjak wandte den Blick vom Himmel ab nach vorn in Richtung Ludwigstraße und schlug ein zügiges Tempo an.

Der Landtagsabgeordnete war ihm widerlich gewesen. Ein schwitzender Mann mit aufgesetzter, unterwürfiger Gestik, den ganzen Abend darauf bedacht, Mitleid zu erregen. Vermutlich, dachte Tretjak, hatte er sogar tatsächlich das Gefühl, dass er Mitleid verdiente. Immer wieder von neuem hatte er Tretjak beschrieben, was alles passieren würde, wenn sein Name öffentlich mit dem Callgirlring in Verbindung gebracht würde. Seine Familie, sein Ruf als Politiker, seine Existenz.

Tretjak hatte ihm schon nach der Vorspeise die Frage gestellt »Was könnte ich denn für Sie tun?« und diese Frage später noch zweimal wiederholt. »Sie sollen mir helfen«, hatte der Mann immer wieder geantwortet.

Bei derartigen Gesprächen in der *Osteria* saß Tretjak immer mit dem Rücken zur Eingangstür. Daher hatte er die außerordentlich attraktive Frau in dem schwarzen Hosenanzug nicht bemerkt, als sie das Lokal betrat. Erst als er seinen Tisch verließ, um die Toilette aufzusuchen – in Wahrheit, um das anstrengende Gespräch zu unterbrechen –, fiel sie ihm auf. Sie saß an der Bar, glatte dunkelbraune Haare, unauffälliges Make-up, kein Schmuck, nur ein großer, silberner Ring. Und als er an der Bar vorbeiging, hatte er eine Sekunde lang den Eindruck, sie würde ihm etwas sagen wollen. Aber dann schob sich der Kellner Mario zwischen sie.

»Sie wollen nichts, gar nichts an Ihrem Leben ändern«, hatte Tretjak am Ende des Essens zu dem Landtagsabgeordneten gesagt. »Sie wollen nur davonkommen.« Er hatte an Kerkhoff gedacht und an das erste der sieben Gebote, das einfachste: Ein Auftrag, den man nicht annehmen will, wird abgelehnt. »Ich habe keinen Zugang zu Polizeiakten, ich kann keine Beweismittel manipulieren, verstehen Sie?« Es war ihm klar, dass die meisten Menschen, mit denen er zu tun hatte, bei diesen Worten ungläubig reagieren würden. Gab es überhaupt irgendetwas, zu dem Tretjak keinen Zugang hatte? »Alles, was ich für Sie tun könnte, wäre, Ihnen eine neue Telefonnummer zu beschaffen. Wie alt sollten die Mädchen denn sein?«

Tretjak sah, dass sein Gegenüber die Ironie überhaupt nicht wahrgenommen hatte. Früher hätte er nie eine derartige Bemerkung gemacht. Er wäre kühl und höflich geblieben. Der Mann würde sich beim Minister beschweren, aber das war kein Problem. Der Minister kannte Tretjaks Grundsätze – aus eigener Erfahrung.

»Tut mir leid, Herr Abgeordneter«, hatte er abschließend gesagt. »Ich kann Ihren Auftrag nicht annehmen. Bleiben Sie ruhig sitzen, trinken Sie den

Wein aus. Die Rechnung ist bezahlt, Sie sind mein Gast.«

Als Mario ihm seinen Mantel gebracht hatte, sah er, dass die Frau an der Bar verschwunden war. Mario bemerkte seinen Blick und lächelte. »Die wollte Sie unbedingt sprechen. Sie hat gesagt, es sei sehr wichtig.« Der Kellner hatte strikte Anweisung, Gespräche am Tisch in der Nische 2 unter keinen Umständen zu unterbrechen.

Tretjak hatte die Ludwigstraße erreicht, ging auf die Feldherrnhalle und die erleuchtete Theatinerkirche zu. Hinter *Schumann's Bar* bog er in den Hofgarten ein, als sein Handy eine Nachricht ankündigte. Tretjak blieb stehen, holte das Telefon aus der Manteltasche und las die SMS:

Ich bin die Frau aus der Osteria. Ich muss Sie sprechen.

Tretjak war nicht übermäßig überrascht, dass eine ihm fremde Person seine Telefonnummer herausgefunden hatte. Aber er entschied sich, nicht zu reagieren, steckte das Telefon weg und ging weiter. Aber das Signal kam noch einmal, der Wortlaut der SMS war exakt derselbe. Tretjak blieb erneut stehen – und schrieb jetzt zurück: *Mich spricht man nur auf Empfehlung.*

Ich habe eine Empfehlung, kam sofort die Antwort. *Von Ihrem Vater.*

Tretjak stand vollkommen still, ohne eine einzige

Bewegung. Ein flüchtiger Beobachter hätte ihn im Dunkeln für einen der neu gepflanzten Alleebäume halten können. Dann nahm er das Telefon ans Ohr und stellte eine Verbindung zu der unbekannten Nummer her. Eine Frauenstimme meldete sich.

»Ja?«

»Das ist die falsche Empfehlung«, sagte Tretjak. »Ich habe meinen Vater über zwanzig Jahre nicht gesprochen, und das wird so bleiben. An dieser Stelle endet unser Gespräch.«

Tretjak war entschlossen, die rote Taste zu drücken, trotzdem zögerte er einen kurzen Augenblick. So hörte er noch die Frauenstimme und den Anfang eines Satzes: »Das ist ein Fehler, begreifen Sie …« Erst dann war die Leitung unterbrochen.

Er stand immer noch zwischen den Bäumen. Das Display des Telefons ließ sein Gesicht in einem blassen, bläulichen Licht leuchten, als er einen Servicecode eintippte, der umgehend seine Handynummer änderte – und die neue Nummer automatisch per SMS an alle Personen in seinem Kontaktspeicher verschickte. So schnell würde ihn diese Frau nicht mehr erreichen können.

Dritter Tag
13. Mai

München, Hofgarten, 10 Uhr

Gabriel Tretjak hatte keine Sekretärin, kein Büro, keine Mitarbeiter. Er delegierte nichts. Er legte viel Wert auf diese Exklusivität: Seine Auftraggeber konnten sicher sein, dass Tretjak persönlich alles erledigte, was nötig war. Er verschickte die Mail, er schrieb den Brief, er unternahm die Reisen. Ein Ein-Mann-Unternehmen, das nur funktionierte, wenn es perfekt organisiert war. Er hatte die Abläufe immer weiter verbessert. Tretjak hatte sich dabei von einem Spezialisten beraten lassen, dem Inder Rashid Manan, der auf der ganzen Welt die Organisation großer Krankenhäuser umstrukturierte. Manan war in Peking tätig, in New York, in Mumbai wie in Paris. Er hatte die Methode der konkurrierenden Prioritäten entwickelt, die er zum Kern eines jeden neuen Klinikplans machte. In einem Krankenhaus ging es in jeder Minute um die Fragen: Was ist das Wichtigste, das geschehen muss? Was ist das Zweitwichtigste, das geschehen muss?, und so weiter. Die Klinik mit den

Tausenden Patienten war sozusagen die Hardware, die eine Software brauchte. Und die lieferte Rashid Manan.

Tretjak rückte die gleichen Fragen in den Mittelpunkt seines Arbeitsalltags. Was war jetzt sofort zu tun? Was war morgen dran? Was in einer Woche? Was hatte Zeit? Und was hatte sich erledigt? Er befand sich stetig auf verschiedenen Zeitschienen, die er jeden Morgen neu miteinander abstimmte.

Für den heutigen Vormittag hatte er sich vier Telefonate vorgenommen. Der vierte Anruf war eigentlich unbedeutend, hatte nichts zu tun mit den wichtigen anderen Zeitschienen. Doch genau dieser Anruf sollte ihn ratlos und beunruhigt zurücklassen.

Es war kurz nach zehn Uhr, als Tretjak von seiner Wohnung Richtung Hofgarten spazierte. Er telefonierte gerne in diesem Park, weil es dort so ruhig und friedlich war. Am liebsten vorn unter den Arkaden, wo man meinen konnte, man sei in Italien, nur ohne Menschen.

Er rief eine Nummer in seinem Handy auf. Er wollte den Auftrag von Melanie Schwarz, den er vorgestern in Galle auf den Weg gebracht hatte, weitgehend abschließen.

»Ja, Fritzen.«

»Hier Gabriel Tretjak. Ich wünsche Ihnen einen guten Morgen.«

»Das wünsche ich Ihnen auch, Herr Tretjak. Also, was soll ich sagen? Ich denke, ich muss mich bei Ihnen bedanken. Ich habe Ihr Päckchen mit den Unterlagen erhalten und den Sachverhalt geprüft, soweit dies in der kurzen Zeit möglich war. Es scheint eine Tatsache zu sein, dass unsere zwei Vorstände hier eine Intrige am Laufen haben. Das ist natürlich höchst unerfreulich, es hätte ja nicht nur Herrn Schwarz den Job gekostet, sondern uns eine Menge Geld.«

»Nach meinen Informationen«, sagte Tretjak, »sieht es für Ihre Firma noch ganz gut aus. Ich schätze, Herr Schwarz kann die Kooperation mit Union Carry jetzt noch hinkriegen.«

»Ach, Herr Tretjak, ich liebe Ihren Optimismus. Wir werden sehen. Ihren Vorschlag habe ich schon umgesetzt: Ich habe Meinhardt und Busse angekündigt, dass Sie heute Morgen noch Anrufe von Ihnen erhalten. Ich habe mir erlaubt, ein paar Worte zu verlieren. Sagen wir es so: Sie sind ganz schön ins Schwitzen gekommen.«

Das Gespräch zwischen Tretjak und Joachim Fritzen, dem Aufsichtsratsvorsitzenden der Firma für Kühlmittelaggregate, war problemlos, da man sich kannte. Sie hatten vor vier Jahren schon einmal zusammengearbeitet. Tretjak suchte bei jedem Auftrag immer sofort nach einer Verbindung in seine Netzwerke, dem Ansatzpunkt für einen Hebel. Ein zufriedener Klient von früher war immer ein guter Ausgangspunkt.

Fritzen hatte damals selbst den Auftrag erteilt. Der Job war reibungslos verlaufen, von der Sorte, die Tretjak mochte: Als alles zu Ende war, hatte es nur Gewinner gegeben.

Joachim Fritzen war damals noch Vorstandsvorsitzender eines anderen Unternehmens gewesen. Die wirtschaftliche Situation der Firma war derart angespannt, dass es überlebensnotwendig war, einen großen Auftrag in der Türkei zu bekommen. Doch es existierte ein Mitkonkurrent, eine andere Firma, die im Vorteil schien. Tretjak wurde eingeschaltet – und Fritzens Firma bekam den Zuschlag. Sicher, Tretjak hatte Druck gemacht, auch Tricks angewandt, aber er hatte auch dafür gesorgt, dass die andere Firma einen vergleichbaren Auftrag in Aserbaidschan erhielt.

Das war seine Philosophie: Ein System kann man nur verändern, wenn man nicht selbst drinsteckt, sondern von außen kommt. Manchmal können Dinge nur dann geregelt werden, wenn einer am Rande die Regie übernimmt.

»Ach, noch eine Frage, Herr Fritzen: Will Ihre Tochter immer noch Journalistin werden?«

»Ja, leider. Es ist ihr einfach nicht auszureden.«

»Wer weiß«, sagte Tretjak, »vielleicht ist die Wahl gar nicht so schlecht. Was ich sagen wollte: Ich habe erfahren, dass die Augsburger Allgemeine eine vorzügliche Volontärsausbildung hat. Und die suchen auch gerade: Wenn sie möchte, kann sie sofort anfangen.«

»Herr Tretjak, Sie beschämen mich. Ich muss mich ja schon wieder bedanken.«

»Nein, ich bitte Sie. Sie wissen doch, so etwas gehört bei mir zum Service.«

Das zweite Telefonat war um einiges kürzer. Tretjak setzte Herrn Meinhardt über ein paar Dinge in Kenntnis. Erstens: Seine Machenschaften waren aufgeflogen. Zweitens: Er würde die Firma verlassen. Drittens: Treffpunkt am Flughafen München, 8.30 Uhr, Terminal 1, im Käfer-Bistro. Dauer des Treffens: höchstens 15 Minuten. Tretjak würde ihm ein Schriftstück zur Unterschrift vorlegen – ein Schuldeingeständnis samt der Verpflichtung, dem geschädigten Peter Schwarz 50 000 Euro auf dessen Privatkonto zu überweisen.

»Und was passiert, wenn ich morgen nicht zum Flughafen komme?«, hatte Meinhardt schließlich gefragt.

»Dann wird die Staatsanwaltschaft eingeschaltet. Herr Fritzen und ich sind der Ansicht, dass Ihre Vorgehensweise der letzten Wochen den Tatbestand der Geschäftsschädigung und Untreue erfüllen. Sie haben es in der Hand, sich und der Firma das zu ersparen.«

»Ich werde kommen«, hatte Meinhardt geantwortet.

Der andere, dieser Busse, gab sich deutlich selbstbewusster und aggressiver am Telefon. Tretjak wollte nicht zu viel Zeit vergeuden und entschloss sich deshalb nach ein paar Minuten, eine Trumpfkarte zu spielen, die er in der Hinterhand hatte. Die Unterlagen der Detektei, die Tretjak damit beauftragt hatte, Busse zu beobachten, waren stichhaltig: Der Mann hatte eine Geliebte, der er ein Apartment bezahlte – und es existierten noch dazu kompromittierende Aufnahmen aus einem sogenannten Saunaclub. Tretjak beschrieb sie ihm am Telefon und beobachtete dabei zwei Jungen, die im Park Federball spielten. Der Wind, der gerade aufkam, machte es ihnen schwer. Als er schließlich auflegte, war klar, dass auch Busse sich morgen früh zum Flughafen bequemen würde.

Das vierte Telefonat war eher privater Natur. Tretjak näherte sich bereits dem Ausgang des Hofgartens, als er die Nummer seiner Putzfrau wählte, die gestern nicht gekommen war. Sie kam immer montags und war eigentlich sehr zuverlässig. Er wollte sich erkundigen, ob etwas nicht in Ordnung war, aber vor allem wollte er fragen, ob sie vielleicht heute noch vorbeikommen könnte. Morgen hatte er den nächsten Termin mit der Steuerprüferin, und es sollte doch alles sauber sein, wenn das Finanzamt kam.

Die Tochter der Putzfrau ging an den Apparat. Das war gut so, denn die Mutter konnte nahezu kein Deutsch. Sie war Argentinierin und vor vielen Jahren nach Deutschland gekommen. Ihre Kraft hatte für ein neues Leben gereicht, aber nicht für eine neue Sprache. Seit fünf Jahren putzte Rosa Lanner bei ihm. Sie konnten sich nicht unterhalten, was ihm nur recht war. Er musste ohnehin schon genug reden. Aber die Frau hatte etwas an sich, was er mochte. War es Anstand? Pflichtgefühl? Oder war es die Art, wie sie seine Hand schüttelte, sie warmherzig in ihre beiden Hände nahm?

»Aber Herr Tretjak, ich verstehe nicht. Meine Mutter ist doch mit Ihnen unterwegs. Sie sagte, sie fährt mit Ihnen zu Ihrem Haus auf dem Land. Sie wollte gleich ein paar Tage bleiben, weil so viel zu putzen sei.«

»Haus auf dem Land? Ich habe kein Haus auf dem Land. Und ich habe nichts mit Ihrer Mutter besprochen. Da müssen Sie oder Ihre Mutter etwas verwechseln.«

»Herr Tretjak, meine Mutter ist seit zwei Tagen nicht zu Hause gewesen. Und sie hat von Ihnen gesprochen, ganz sicher. Um Himmels willen, was kann denn sein?« Die Stimme der Tochter kippte. Sie werde jetzt sofort herumtelefonieren, und sobald sie etwas wisse, werde sie sich bei ihm melden.

Es war früher Nachmittag, als Carolina Lanner anrief. Ihre Stimme glühte vor Aufregung. Tretjak dachte erst, sie weinte.

»Meine Mutter hat sich gemeldet. Danke, danke, Herr Tretjak. Meine Mutter ist so überglücklich. Danke, Herr Tretjak, wir wissen alle nicht, was wir sagen sollen.«

»Ich verstehe gar nichts«, antwortete Tretjak und wurde für einen Augenblick ärgerlich, »wofür wollen Sie sich bedanken?«

»Wofür? Meine Mutter hat alles erzählt. Wie ein Fahrer sie zum Flughafen gebracht hat, sie in ein Flugzeug gesetzt hat, in die erste Klasse. Und sie nach Buenos Aires geflogen ist. Meine Mutter. Zum ersten Mal wieder in Argentinien. Zum ersten Mal wieder bei ihrer Familie. Meine Mutter hat geweint vor Glück. Und alles haben Sie ermöglicht und bezahlt, Herr Tretjak. Sie sind ein so guter Mensch, ein so guter Mensch!«

Tretjak wurde klar, dass es sinnlos war, das Missverständnis auflösen zu wollen. Denn ein Missverständnis musste es ja sein. Was sollte es sonst sein? Wer kam auf die Idee, eine Putzfrau in seinem Namen um die halbe Welt zu schicken, in der ersten Klasse? Gabriel Tretjak spürte eine Angstwelle, die seinen Körper hochwanderte. Er fragte die Tochter, wann die Mutter zurück sein würde und wieder zum Putzen kommen könne.

»Nächste Woche, Herr Tretjak, aber Sie wissen das doch am besten. Nächsten Montag wird sie bei Ihnen sein, wie immer.«

München, Gerichtsmedizin, 12 Uhr

Die Gerichtsmedizinerin war eine freundliche, rundliche Frau mit schwäbischem Akzent. Man konnte gar nicht anders, als zu assoziieren: Spätzle, Linsen, Maultaschen. Kommissar Maler kannte sie schon lange, und jedes Mal fiel ihm der Kontrast auf – hier die Medizinerin mit ihrer sympathischen Fraulichkeit, dort die brutale Realität der Toten, die sie untersuchte.

Im Fall des Mordes an Harry Kerkhoff hatte die Gerichtsärztin keinerlei Spuren gefunden, die direkte Rückschlüsse auf den Täter zuließen. Die Todesursache war ein Messerstich in die Leber. Es gab noch zwei weitere Messerstiche, einer hatte die Nierengegend getroffen, der andere die rechte Lunge. Die Messerstiche waren zielgerichtet so gesetzt worden, dass kaum Blut nach außen gedrungen war. Da hatte einer genau gewusst, was er tat. Wohl das Werk eines Profis. Die Mordwaffe musste ein spitzes, dünnes, sehr scharfes Messer gewesen sein, fast wie ein Dolch. Genaueres lasse sich im Moment noch nicht sagen.

Der Zeitpunkt des Todes lag zwischen sechs und

zehn Stunden vor dem Auffinden der Leiche in dem Pferdetransporter. Harry Kerkhoff hatte Alkohol im Blut gehabt, etwa 1,2 Promille. So viel habe man nach »drei Schöppele Wein«, wie es die Medizinerin ausdrückte.

Was den Mord so besonders grausam machte, war die Tatsache, dass der Täter dem Opfer beide Augen entfernt hatte – mit einem runden, löffelartigen Gegenstand. Es könne eine Art Kugelzange verwendet worden sein, wie sie in Eisdielen zum Herausschaben der Eiskugeln gebraucht würde, erklärte die Ärztin. Man müsse davon ausgehen, dass die Augen beim Herausschälen nicht beschädigt worden seien – es sehe so aus, als habe der Täter sie mitnehmen wollen. Da das Entfernen mit hoher Präzision vorgenommen worden sei, müsse man davon ausgehen, dass der Täter das nicht zum ersten Mal gemacht habe. Maler suchte nach einer Reaktion im Gesicht der Ärztin, aber er fand nichts. Frau Doktor hatte sich gut unter Kontrolle.

Eine Eiskugelzange. Als er das Wort hörte, wusste Maler, dass es wieder losgehen würde. Wenn er an sehr gewalttätigen Fällen arbeitete, begannen die Tagträume, wie er sie nannte. Plötzlich, mitten am Tag, tauchten diese Bilder auf. Immer nach dem gleichen Schema: Er sah die Szene, die er gerade erlebte, angereichert mit einer Katastrophe. Da sah er dann eine Kellnerin in einem Café, plötzlich voller Blut, und es fehlte ihr der rechte Arm. Oder er fuhr im Auto und sah vor sich auf der Straße einen schrecklichen Unfall mit vielen Leichen. Es dauerte immer nur ganz kurz, den Bruchteil einer Sekunde. Und war wieder weg. Als würde sein Blick durch kurze hineingeschnittene Bildsequenzen ergänzt.

Maler hatte sich immer vorgestellt, diese Tagträume fungierten wie eine Art Transformator seines geschundenen Polizistenhirns. Die schlimmen Dinge, die er in seiner Arbeit erleben musste, würden als kleine Schnipselbilder ausgespuckt, damit er sie loswerden konnte. Diese Theorie hatte er zu seiner Beruhigung entwickelt, damit konnte er leben. Erzählt hatte er von diesen Bildern nie jemandem. Unter Polizisten gab es die stille Übereinkunft: Über die eigene Sensibilität, soweit vorhanden, schwieg man am besten. Nicht einmal gegenüber seinem langjährigen Assistenten Rainer Gritz hatte er diese Bilder jemals erwähnt. Doch nicht etwa aus Scham. Gritz, der lange, dünne Gritz, war der beste Polizist, den er kannte, der genaueste, der hartnäckigste. Zu keinem hatte er so viel Vertrauen wie zu ihm. Wenn er ihm davon erzählt hätte, da war sich Maler sicher, dann hätte Gritz alles in Erfahrung gebracht, was man über solche Phänomene in Erfahrung hätte bringen können. Gritz hätte ihn überflutet mit Wissen. Und genau das wollte Maler nicht. Er wollte keine Informationen. Er wollte die Bilder vergessen, wann immer es möglich war.

Doch dann war die Geschichte mit seinem Herzen passiert, und so kam es, dass Kommissar Maler während eines wochenlangen Aufenthalts in der Reha-Klinik am Lusterbacher See öfters einer alten Dame gegenüber gesessen hatte, der leitenden Psychologin des Hauses. Sie war deutlich über achtzig Jahre alt, aber niemand wäre auf die Idee gekommen, nach einer möglichen Altersgrenze zu fragen – sie war die Inhaberin der Klinik.

Ihr Spezialgebiet waren Träume. Sie fragte immer als Erstes, was Maler geträumt habe. Und ihr erzählte er es, die Sache mit seinen Tagträumen. Die Frau hatte weiße Haare und eine angenehme, ruhige Stimme. Und genauso angenehm und ruhig reagierte sie auch auf seine Erzählungen. Sie berichtete von ihren eigenen Träumen in den Nächten, davon, dass sie jahrzehntelang Mordphantasien durchlebt habe. »Und ich sage Ihnen, Herr Kommissar, mir ging es während des Träumens gut. Ich bin nur manchmal am Morgen über mich erschrocken.« Sie unterhielten sich ausführlich über das Wesen des Bösen und darüber, warum kein Mensch vor ihm sicher war. Maler behielt aus diesen Gesprächen, dass er seine Bilderattacken als eine Art Fieberthermometer begreifen musste. Je häufiger diese Bilder kamen, desto dringlicher signalisierte ihm seine Seele, dass sie überfordert war.

Diesmal vergingen nur drei Stunden nach dem

Verlassen der Gerichtsmedizin, bis die Bilder kamen. Das erste sah Maler an der Ampel: Der Fahrer des neben ihm haltenden Taxis hatte plötzlich keinen Kopf mehr. Das zweite Bild blitzte am Zeitungskiosk auf, noch kürzer als sonst – der ganze Kiosk war in Blut getaucht.

Maler machte einen Spaziergang. Er verließ das Polizeipräsidium gleich hinter dem Dom, ging zum Odeonsplatz, durch den Hofgarten hindurch Richtung Sankt-Anna-Platz, seine übliche Route, wenn er ein bisschen zur Ruhe kommen wollte. Er hoffte, dass dieser Tretjak nicht gerade jetzt aus der Wohnung kommen und ihm über den Weg laufen würde. Am Morgen hatte ihn Tretjak angerufen. Er hatte sich dafür entschuldigt, gestern nicht die Wahrheit gesagt zu haben: Er kannte diesen Kerkhoff sehr wohl, und sogar recht gut.

Maler hatte noch die schwäbische Stimme der Gerichtsmedizinerin im Ohr. Sie hatte gesagt, als Kerkhoff die Augen entfernt worden seien, sei er bereits tot gewesen. Der Täter habe sein Opfer nicht gefoltert. Man müsse wohl davon ausgehen, dass er mit der Tat eine Botschaft loswerden wollte.

Vierter Tag
14. Mai

München, Sankt-Anna-Platz, 14 Uhr

Sie kam mit dem Fahrrad. Tretjak hatte erwartet, sie auf der Rolltreppe aus der U-Bahn-Station auftauchen zu sehen. Er war überrascht, als er ihre Stimme hinter sich hörte.

»Sieht irgendwie nicht sehr anstrengend aus, Ihr Job, Herr Tretjak«, sagte sie.

Es war früher Nachmittag, die Sonne schien, Tretjak saß an einem Tisch vor dem Café am Sankt-Anna-Platz und hatte einen Espresso vor sich. Fiona Neustadt schob ihr Fahrrad neben den Tisch, stellte es in den Ständer und setzte sich auf den Stuhl ihm gegenüber. Die Uhr der großen Kirche schlug zwei Mal. Dann schlug auch die Uhr der kleinen Kirche zwei Mal. Die Steuerprüferin war pünktlich auf die Minute. Sie trug ein knielanges weißes Kleid mit schwarzen Punkten im Sixties-Stil, darüber eine Jeansjacke. Ihre Füße steckten in dunkelblauen Segeltuchschuhen, die Haare hatte sie zu einem Pferdeschwanz gebunden.

»Im Finanzamt scheint es schon richtig Sommer zu sein«, sagte er.

Sie lachte. »Und bei den Unternehmensberatern nicht? Oder …«, sie zog etwas spöttisch die Augenbrauen hoch, »besser gesagt bei den ›persönlichen Unternehmens- und Wirtschaftsberatern‹. Sie könnten mich zu einem Kaffee einladen. Cappuccino bitte.« Sie hatte eine dieser hässlichen Umhängetaschen aus robustem Kunststoff dabei und entnahm ihr jetzt eines von Tretjaks Kassenbüchern, die sie beim ersten Termin mitgenommen hatte. Sie war verwundert gewesen, dass er etwas so Altmodisches für seine Buchführung benutzte. Tretjaks Kassenbücher waren schwarze Kladden, DIN A4, die nach einem ganz einfachen Prinzip funktionierten: Links waren handschriftlich die Einnahmen verzeichnet, rechts die Ausgaben, unten auf jeder Seite waren die Zahlen beider Spalten aufsummiert. Auf der jeweils nächsten Seite erschienen diese Summen oben als Übertrag. Die aufgeführten Beträge waren mit Auftragsnamen und Stichworten wie *Flugticket Rom* oder *Honorarabschlag* bezeichnet. Die Belege zu den Einträgen waren separat in Ordnern abgeheftet, die Tretjak zur Vorbereitung des Termins auf dem Tisch in seiner Küche aufgereiht hatte.

Das Kassenbuch, das Fiona Neustadt jetzt aufschlug, war gespickt mit selbstklebenden gelben Zetteln. Tretjak sah, dass auf jedem eine Notiz stand, meistens mit einem Fragezeichen am Ende. Fiona Neustadt hatte eine kantige, beinahe männliche Schrift, fiel ihm auf.

»Sie sehen«, sagte sie, »es liegt einige Arbeit vor uns. Aber ich kann Sie beruhigen, das sieht nach mehr aus, als es ist. Die meisten Fragen sind harmlos, ich ahne die Antwort und benötige oft nur eine Bestätigung.«

So begann dieser Nachmittag mit einem gemeinsamen Kaffee in der Sonne.

Tretjak hatte sich schon am frühen Morgen, auf der Fahrt zu seiner Verabredung am Flughafen, dabei ertappt, dass er sich fast ein wenig freute auf die Begegnung mit der Steuerprüferin. Im Gegensatz zu anderen Menschen hatte er keinerlei Befürchtungen, was die Überprüfung seiner Bücher anging. Ihm war immer klar gewesen: Sein Geschäft spielte sich vorwiegend in Grauzonen ab, rechtlichen Grauzonen, moralischen Grauzonen, es lebte von Diskretion, vom Agieren im Hintergrund und Verborgenen – zu alldem auch noch eine undurchsichtige Buchhaltung, das konnte er sich nicht leisten. In seinem Job hatte er es mit vielen Gegnern zu tun, immer wieder neuen, immer wieder anderen. Es war wichtig, sie zu identifizieren und zu kennen. Unnötige Gegner musste man vermeiden. Beim Finanzamt war das ganz einfach. Man musste nur pünktlich bezahlen. Und genau das tat er. Er konnte also die Gesellschaft dieser interessanten Frau genießen. Fiona Neustadt war intelligent, hübsch – und sympathisch. Er konnte sich von ihr ablenken lassen von den beunruhigenden Gedanken, die immer wieder anklopften. Hatte der Mord an Kerkhoff etwas mit ihm zu tun? Was war das für eine Sache mit seiner Putzfrau? Was und vor allem wer steckte dahinter? Warum nur hatte er dem Kommissar die falsche Antwort gegeben? Als er ihn angerufen und sie korrigiert hatte, war ihm sofort klargeworden, dass der Mann seine Verbindung zu dem Hirnforscher bereits selbst herausgefunden hatte. Er schien wachsam und misstrauisch, er würde beginnen, in Tretjaks Geschäften herumzustochern. Und die Polizei war etwas anderes als das Finanzamt.

Als Tretjak die Tür zu seiner Wohnung aufstieß, um Frau Neustadt den Vortritt zu lassen, bemerkte er ihr Parfum. Der Duft von Grapefruit, so schien es ihm. Oder Limette? Später, als sie am Küchentisch saßen und arbeiteten, sah er, dass sie am linken Handgelenk neben der alten IWC-Uhr, Modell *Ingenieur*, eines dieser bunten, billigen Stoffbänder gebunden hatte, die mit einem Wunsch verbunden waren und die man so lange tragen musste, bis sie von selbst abfielen. Das war neu, und Tretjak fragte sich, was Fiona Neustadt sich wohl gewünscht hatte.

Zum Klang der Kirchenglocken, die die Viertelstunden schlugen, arbeiteten sie der Reihe nach die gelben Zettel ab. Einige Fragen drehten sich um Spesen, die nicht einem bestimmten Klienten oder Auftrag zuzuordnen waren. Tretjak dachte an den Landtagsabgeordneten und erklärte Fiona Neustadt, dass nur etwa ein Fünftel der Menschen, die ihn kontaktierten, tatsächlich zu Auftraggebern wurde. Gelbe Zettel klebten auch an all den Stellen der Kladde, an denen Tretjak den Betrag in der Einnahmespalte mit dem Vermerk *bar erhalten* versehen hatte. *Honorar 75 000 Euro, bar erhalten. Honorar, erster Abschlag, 50 000 Euro, bar erhalten,* Einmal sogar *500 000 Euro, bar erhalten.*

Tretjak präsentierte zu jedem dieser Einträge die Kopie einer von ihm ausgestellten Quittung, den zugehörigen Einzahlungsbeleg bei der Bank und die korrekte Auflistung in seiner Steuererklärung. Was es aber in diesen Fällen nicht gab, war der Name des Klienten – auf den Quittungskopien waren die Namen verdeckt. An diesem Punkt hatte Tretjak mehr Diskussion mit der Steuerprüferin erwartet. Er hätte eine sorgfältig vorbereitete juristische Argumentation zu bieten gehabt, die seine Klienten schützte. Aber Fiona Neustadt bemerkte nur beiläufig dazu: »Dann wollen wir das mal wie eine Art Arztgeheimnis betrachten.« Sie verglich nur die Zahlen, überprüfte, ob die eingetragenen Beträge mit denen auf den Quittungen übereinstimmten. Sie hatte zu diesem Zweck eine Brille mit schwarzem Gestell aufgesetzt, über deren Rand hinweg sie ihn gelegentlich musterte. Zeitweise saßen sie sich minutenlang schweigend gegenüber, während die Spitze ihres Stiftes systematisch Zahlenreihe für Zahlenreihe abtastete. Einmal brühte Tretjak für beide Tee auf, zweimal holte er eine neue Wasserflasche aus dem Kühlschrank. Die beiden Stücke American Cheese Cake, die er unten im Café noch gekauft hatte, ließen sie unberührt auf der Arbeitsplatte stehen.

Allmählich baute sich hier in seiner Küche ein Gefühl in ihm auf, das Tretjak überraschte: Er beneidete diese junge Frau. Ein richtiger Beruf, ein übersichtlicher Alltag mit einem Fahrrad und einer Umhängetasche, einer kleinen Wohnung, wie er vermutete. Und mit Wünschen, die man sich ums Handgelenk binden konnte.

Tretjak hatte sein hervorragendes Gedächtnis immer als Geschenk gesehen, es hatte ihm immer genutzt. Heute, jetzt, bei dieser Arbeit, schien es ihm die Luft zu nehmen. Mit jedem Eintrag in seinen Büchern, über den sie sprachen, spulten sich in seinem Gehirn die Geschichten und Schicksale ab, die dazugehörten, und es marschierten die Menschen auf, entfalteten sich längst vergangene Situationen aufs Neue. Während die Finanzbeamtin drei Jahre seines Lebens ganz der buchhalterischen Perspektive unterwarf, saß er in seiner Küche, zurückgeworfen auf die Unordnung menschlicher Gefühle und Verhaltensweisen. Er fühlte sich plötzlich unwohl, spürte, dass sein Puls zu schnell ging, dass seine Hände feucht wurden. Kurz dachte er daran, den Termin abzubrechen. Später überlegte er gelegentlich, wie sich wohl alles entwickelt hätte, wenn er es getan hätte. Er entschuldigte sich und suchte das Badezimmer auf. Er nahm zwei Tavor und spritzte sich kaltes Wasser ins Gesicht.

Als er zurück in die Küche kam, fragte Fiona Neustadt: »Ist alles in Ordnung mit Ihnen? Sie sehen blass aus.«

»Alles in Ordnung«, antwortete er.

Sie klappte das Kassenbuch zu, das vor ihr auf dem Tisch lag. »Darf ich Sie etwas Persönliches fragen?«

»Bitte.«

Sie nahm ihre Brille ab, beugte sich nach vorn, stützte die Ellbogen auf den Tisch, das Gesicht in die Hände und sah Tretjak direkt an. »Ich kenne die Bücher von Unternehmensberatern«, sagte sie. »Ich kenne die Bücher von Anlageberatern, Management-Trainern … Die sehen alle anders aus. Da gibt es Projektblätter, Projektphasen, Kostenkalkulationen. Es gibt Rückvergütungen, Erfolgsbeteiligungen …« Sie machte eine Pause. »Was ist wirklich Ihr Job, Herr Tretjak? Für welche Art von Beratung zahlen Menschen so viel Geld?«

Beinahe hätte er es gesagt: Es ist keine Beratung. Ich sage meinen Klienten nicht, was *sie* tun sollen. Ich *tue* es für sie. Ich schicke sie weg aus ihrem Leben und trete vorübergehend an ihre Stelle. Erst wenn alles geregelt ist, kommen sie zurück. »Woher haben Sie diese schöne Uhr?«, fragte Tretjak stattdessen.

Sie lächelte, hob das Handgelenk und schaute die Uhr an. »Von meinem Großvater«, sagte sie. »Ich hab sie schon bewundert, als ich ganz klein war. Als ich achtzehn wurde, hat er sie mir geschenkt. Ein Jahr später ist er gestorben.«

Sie sagte nicht: Sie haben meine Frage nicht beantwortet. Sie sagte auch nicht: Verstehe schon, Sie können nicht darüber reden. Sie nahm einfach die nächste Kladde, schlug sie auf, griff nach ihrer Brille und sagte: »Jeden Monat überweisen Sie 2000 Euro an eine Kirchengemeinde in Niederbayern. Das ist ein Dauerauftrag. Man könnte vermuten, dass es sich um eine Spende handelt, Sie lassen sich aber keine Spendenquittung ausstellen.«

Tretjak spürte, dass die Tabletten wirkten und er ruhiger wurde. »Ich will den Pfarrer in dieser Gemeinde unterstützen. Er leistet großartige Arbeit. Er soll nicht glauben, ich täte es aus steuerlichen Gründen.«

Sie sah ihn an. »Sind Sie eine Art Robin Hood?«

Der melodische Ton der Haustürklingel ertönte. Die Kriminalpolizei sollte später den Zeitpunkt 17 Uhr 55 zu den Akten nehmen.

»Ich möchte für Herrn Tretjak etwas abgeben«, sagte eine Stimme aus der Sprechanlage. Ein paar

Sekunden später stand der zugehörige Mann vor der Eingangstür. Er trug die orange Jacke eines Kurierdienstes und hielt einen riesigen Blumenstrauß in den Händen, verpackt in durchsichtiger Folie. Es war ein auffälliger Strauß, ausschließlich Rosen, aber in ganz verschiedenen Farben. »Den soll ich Herrn Tretjak persönlich in die Hand geben«, sagte der Mann. »Und diese Nachricht.«

Tretjak nahm die Blumen und ein kleines weißes Kuvert entgegen. Nachdenklich schloss er die Tür.

»Oh«, sagte Fiona Neustadt, als er mit dem Strauß in die Küche zurückkam, »da haben Sie bei irgendwem einen guten Eindruck hinterlassen. Und wie es aussieht, war es kein Mann.«

Tretjak sah, dass sie ihre Umhängetasche packte und Anstalten machte, den Termin zu beenden. Er stellte die Blumen in die Spüle, schloss den Abfluss und drehte den Wasserhahn auf. Stehend öffnete er das Kuvert. Es enthielt eine Karte mit einem einzigen Satz, geschrieben mit Maschine: *Leichentücher sind weiß.* Tretjak beobachtete das Wasser, das in die Spüle lief. Als der Spiegel den oberen Rand erreicht hatte, drehte er den Wasserhahn mechanisch wieder zu. Die Kirchenglocken schlugen sechs.

Erst jetzt bemerkte er Fiona Neustadt, die etwas verlegen in der Tür stand, die Tasche umgehängt, die Jacke zugeknöpft, offensichtlich in der Annahme, sie sei unfreiwillig Zeugin eines intimen Momentes geworden. »Ich geh dann mal lieber«, sagte sie. »Wir können ja wegen des nächsten Termins telefonieren.«

Tretjak nickte stumm. Er würde den Kommissar informieren müssen. *Leichentücher sind weiß* … Was zum Teufel lief hier ab?

»Ich habe Ihnen noch ein paar Fragen aufgeschrieben … Sie liegen auf dem Tisch«, sagte Fiona Neustadt, wandte sich um, trat in die Diele. Er hörte ihre Schritte Richtung Wohnungstür.

»Warten Sie«, sagte er und ging ihr nach.

Sie blieb stehen, drehte sich zu ihm, die Hand schon an der Türklinke.

»Haben Sie heute Abend schon etwas vor? Sind Sie verabredet?«, fragte Tretjak.

Sie blickte ihn verwundert an. Der Blick einer Finanzbeamtin, die sich fragte, ob hier jemand gerade dabei war, eine Grenze zu überschreiten.

»Verzeihung«, sagte Tretjak. »Ich wollte nicht … Ich wollte Ihnen nur etwas zeigen.«

Jetzt lächelte sie. »Was wollten Sie mir denn zeigen?«

»Vergessen Sie's«, sagte Tretjak.

»Ich bin mit einer Freundin um sieben zum Badminton verabredet«, sagte sie. »Danach habe ich Zeit.«

Tretjak zögerte noch einen Augenblick, dann lächelte auch er. »Sie können sich richtig lange verausgaben«, sagte er. »Was ich Ihnen zeigen will, sieht man nur, wenn es stockdunkel ist.«

Bozen, Italien, 17 Uhr

Es war ein fast heißer Spätfrühlingstag, als Maria um kurz nach fünf ihre kleine Wohnung verließ, direkt über der Eisdiele am Waltherplatz. Sie hatte die blaue Strickjacke angezogen und drüber die dunkelblaue Schürze. Etwas zu warm, aber das störte sie nicht. Zum Hotel waren es zu Fuß genau acht Minuten.

Die kleine Maria. Irgendwann musste sie einmal hübsch gewesen sein. Doch für eine Frau von 83 Jahren war das längst keine Kategorie mehr, vor allem nicht für eine Frau wie die kleine, alte Maria, von der nie irgendwelche Männergeschichten bekannt geworden waren. Nein, sagte sie immer, dazu hatte ich nie Zeit. Sie sei eben mit dem Hotel verheiratet gewesen, all die Jahrzehnte. Mit dem Hotel *Zum blauen Mondschein* in Bozen, einem der besten der Stadt. Das Hotel hatte ein paarmal den Besitzer gewechselt, der Standard war der gleiche geblieben. Im wunderschönen Garten mit den vielen Bäumen wurde gefrühstückt, zu Mittag und zu Abend gegessen. Von den Zimmern konnte man hinunterschauen in den Garten, vom Garten hochsehen zu den Zimmerfenstern, die von grünen Fensterläden eingerahmt wurden.

Maria war seit fast siebzig Jahren Zimmermädchen im *Blauen Mondschein* und hatte die verschiedenen Besitzer kommen und gehen sehen. Als einmal bekannt geworden war, dass ein neuer Inhaber mit dem Gedanken spiele, Maria in die Rente zu schicken, hatte der Bürgermeister von Bozen einen Brief geschrieben. Bozen sei eine komplizierte Stadt, ein bisschen Österreich, ein bisschen Italien, das Zusammenleben hier sei eine fragile Angelegenheit. Man sei stolz auf den *Blauen Mondschein*, und zwar auch deshalb, weil das Hotel immer großen Wert auf die Traditionspflege gelegt habe. Und der Bürgermeister schrieb, zu dieser Tradition gehöre Frau Maria Unterganzner. Italiener wie Österreicher könnten sich das Hotel ohne sie nicht vorstellen. Man bitte darum, dies zu berücksichtigen.

Maria war sehr schmal und wurde mit den Jahren immer dünner, so dass man schnell den Eindruck bekommen konnte, schon ein kleiner Windstoß könne sie umwehen. Aber dieser Eindruck war ganz falsch. Maria fehlte niemals, nicht einen Tag. Sie hatte manchmal Fieber und des Öfteren schwere Gelenkschmerzen, aber sie erschien immer zur Arbeit. Sie hatte eine sanfte Stimme und wirkte sehr warmherzig. Wer sie aber besser kannte, wusste, dass sie keine großen Gefühle zuließ. Im Grunde prallte alles an ihr ab, die kleinen und die großen Schicksalsschläge. Was eben so passierte in einem Hotel, über die Jahrzehnte – Maria stand am nächsten Tag auf und machte ihre Arbeit.

Sie redete nie über vergangene Zeiten. Schon gar

nicht über die vielleicht härteste Zeit, die das Hotel erlebt hatte. Die Besitzerin war plötzlich schwerkrank geworden, konnte nicht mehr arbeiten. Der Ehemann war nicht da, er war von einem Tag auf den anderen verschwunden. Man merkte dem Hotel an, dass es keine Führung hatte. Die Krise endete erst mit dem Tod der Chefin. Mehr als dreißig Jahre war das her. Als das Hotel zum 80. Geburtstag von Maria eine Feier ausrichtete, wollte man auch den kleinen Jungen einladen, der damals mit seiner kranken Mutter im Hotel gelebt hatte. Sein Name war Gabriel Tretjak. Man dachte, es würde Maria freuen, wenn er als längst erwachsener Mann bei dem Fest auftauchen würde. Es war gar nicht so leicht gewesen, seine Adresse ausfindig zu machen: München, Sankt-Anna-Platz. Man schickte die Einladung zweimal los. Doch Tretjak reagierte nicht, es kam nicht einmal eine Absage von ihm.

An diesem Tag begann Maria ihre Spätschicht wie an jedem anderen Tag mit einem kurzen Gespräch an der Rezeption. Sie fragte immer, welche Gäste einen Titel hätten, wer Doktor sei, Herr Professor oder Herr Magistrat. Oder auch Frau Professor, Frau Doktor, wie es in letzter Zeit häufiger vorkam. Sie liebte Titel, und sie liebte es, ihre Gäste mit ihren Titeln anzusprechen, wenn sie ihnen begegnete. Zwischen halb sechs und sechs deckte sie die Betten in den Zimmern auf.

Sie mochte das und machte es auf eine besondere Weise: die weißen Laken bekamen von ihr einen speziellen Knick. Ein Gast hatte ihr einmal gesagt, es sehe ein bisschen aus wie das abgeknickte Ohr eines großen weißen Hasen.

Maria wusste, dass im Zimmer 242 ein Herr Professor abgestiegen war. Ein neuer Gast, der noch nie vorher im *Blauen Mondschein* gewesen war. Um kurz vor sechs klopfte sie an die Tür und betrat das Zimmer, als niemand reagierte. Zuerst fiel ihr der große Blumenstrauß auf, der neben dem Fernseher stand. Es waren bunte Rosen, viele Rosen in allen möglichen Farben. Der Strauß kam sicher nicht vom Hotel, das wusste Maria. Sie stellten nur kleine Blumensträuße in die Zimmer, immer mit Blumen aus dem Garten. Dort wuchsen nur gelbe Rosen und ein paar wenige orange.

Erst danach fiel Maria auf, dass der Herr Professor doch im Zimmer war. Er lag im Bett, zugedeckt von den weißen Laken, die nicht mehr weiß waren, sondern von einem tiefen Rot durchtränkt. Maria bemerkte, dass überall im Zimmer 242 Blut war, am Boden, an der Decke. Sie schrie nicht. Sie verließ das Zimmer, schloss die Tür und lief den Gang bis zur Treppe, vielleicht ein ganz klein wenig schneller als sonst. Maria ging die zwei Stockwerke hinunter und sagte an der Rezeption Bescheid, dass etwas passiert war.

Fünfter Tag
15. Mai

Mörlbach, Jedlitschka-Hof, 0 Uhr 15

Ein Mann sollte nicht bemüht sein, anderen zu zeigen, dass er etwas wert ist. Er sollte sich selbst etwas wert sein. Das macht ihn attraktiv. Gabriel Tretjak war Student, als er diese Sätze gelesen hatte – in einem Interview mit einer französischen Filmschauspielerin, für die er schwärmte. Sie wolle, sagte die Schauspielerin, nicht gleich sehen, dass ein Mann einen teuren Anzug trug. Sie wolle, nachdem sie mit ihm im Bett gewesen sei, das über den Stuhl geworfene Jackett anfassen und *fühlen*, was er sich wert sei, Kaschmir zum Beispiel, am besten handrolliert. Tretjak erinnerte sich an diese Sätze. Und er erinnerte sich, wie sehr es ihn als Kind beeindruckt hatte, dass Rolls Royce im Fahrzeugbrief unter der Rubrik Leistung angeblich keine Zahl angab, sondern nur ein Wort: *enough*.

Fiona Neustadt, die sich am Nachmittag mit den hohen Honoraren in Tretjaks Büchern beschäftigt hatte, hielt offenbar nach einem auffälligeren Wagen

Ausschau. Tretjak fuhr einen anthrazitfarbenen BMW ohne Typenbezeichnung und optischen Schnickschnack, mit genug Leistung und einer Sonderausstattung im Innenraum, die sich vor allem dadurch auszeichnete, dass man sie nicht gleich sah.

Als er Fiona Neustadt wie verabredet am Rotkreuzplatz vor dem Eiscafé Scarletti stehen sah, stellte er sofort fest, dass sie sich nicht an seine Anweisungen gehalten hatte. Sie trug Jeans, Turnschuhe, einen dünnen grauen Pullover und eine schwarze Lederjacke. Er machte mit der Hupe auf sich aufmerksam, und sie stieg ein.

»Wo ist Ihre Mütze?«, sagte er, während er den Wagen Richtung Mittleren Ring wendete. »Wo sind die Handschuhe? Sie werden frieren. Es ist kalt, da, wo wir hinfahren.«

»Nun sagen Sie schon: Wo fahren wir denn hin?«

Ihm war schon am Nachmittag aufgefallen, dass sie ein iPhone hatte. »Möchten Sie das Ziel in Ihr iPhone eingeben?«, fragte er.

»Google Maps?«, fragte sie und holte das Telefon aus der Jackentasche.

»Nein«, sagte er. »Google Maps ist zu klein. Geben Sie M-51 in die normale Suchmaske ein, und suchen Sie nach Bildern. Großes M und die Ziffern 5 und 1.«

Fiona Neustadt tippte auf ihrem Display. Er fuhr vom Ring auf die Autobahn nach Garmisch-Partenkirchen. Es war schon nach Mitternacht. Die Straßen waren leer. Den Weg, den er jetzt einschlug, war Tretjak immer nur allein gefahren. Er wunderte sich ein bisschen über sich selbst, dass es heute anders war. Aber in letzter Zeit wunderte er sich öfter über sich selbst. Immer deutlicher verspürte er die Sehnsucht, Dinge anders zu machen als sonst, seine Gewohnheiten, seine Rituale, seine Grundsätze ein bisschen durcheinanderzubringen. Wie ein Planet, der seine Umlaufbahn verlassen wollte.

»Aha«, hörte er vom Beifahrersitz. Und sah bei einem Seitenblick das Bild auf dem Display des iPhones.

»Das ist die Strudelgalaxie M 51«, sagte er. »Im Englischen heißt sie ›Whirlpool‹. Sie ist 25 Millionen Lichtjahre entfernt und steht im Sternbild Jagdhunde. Dort reisen wir hin. Einverstanden?«

Tretjak wusste nicht, ob Fiona Neustadt klar war, was eine Galaxie war, ob sie das Foto mit dem Bewusstsein betrachtete, dass es sich hier um eine Ansammlung von Milliarden Sonnen handelte, unserer eigenen Galaxie, der Milchstraße, durchaus ähnlich. Aber er spürte, dass die Aufnahme Eindruck auf sie machte. Die weit ausholenden Arme der Spirale, die rötlichen und bläulichen Flecken, die das Alter der Sonnen anzeigten, die dunklen Staubbänder zwischen der strahlenden Lichtmenge – und das alles vor dem tiefschwarzen Himmel des Weltalls.

»Haben Sie Musik im Auto?«, fragte sie, als er an

der Ausfahrt Hohenschäftlarn von der Autobahn abbog.

»Nein«, antwortete Tretjak. »Sie müssten etwas im Radio suchen. Ich höre fast nie Musik. Aber wir sind gleich da.«

Er lenkte den Wagen in Richtung Mörlbach. Die Straße verlief durch leicht hügeliges Gelände, über Felder, durch Waldstücke. Tagsüber hätte man die Alpenkette am Horizont gesehen. Aber jetzt war es vollkommen dunkel, nur gelegentlich zeigte sich ein Licht, das zu einem Haus gehörte. Einmal tauchte rechts am Straßenrand ein Reh im Scheinwerferlicht auf. Sie fuhren die letzten Minuten schweigend, die Stille bekam allmählich etwas Angespanntes.

Tretjak griff zu seinem Telefon und drückte eine Kurzwahltaste. »Frau Jedlitschka, ich bin's, Ihr Untermieter«, sagte er. »Ich bin gleich da, würden Sie die Beleuchtung auf dem Hof ausmachen? Danke.«

Wie oft hatte er angeboten, eine Fernsteuerung zu installieren, um die Lampen abzuschalten. Aber die alte Frau Jedlitschka hatte ihm erklärt, dass sie wegen der Durchblutungsstörung in den Beinen ohnehin nicht schlafen könne und Nacht für Nacht in der Küche sitze. Und die junge Familie schliefe im Nebengebäude und würde vom Klingeln ihres Telefons nicht gestört. Zwischen Mörlbach und Bachhausen bog Tretjak ziemlich plötzlich auf einen Weg ab. Es war fast acht Jahre her, dass Tretjak in dieser Gegend südlich von München tagelang umhergefahren war, um einen guten Standplatz für sein Teleskop zu finden. Er war dabei oft in die Irre gegangen, hatte mit den falschen Leuten geredet, es war eine zeitraubende Angelegenheit gewesen. Aber schließlich hatte er zufällig von einer Anhöhe aus den Jedlitschka-Hof entdeckt. Ganz einsam lag er da, ohne Nachbarn weit und breit. Ein ziemlich großes altes Bauernhaus, im ersten Stock von einem Holzbalkon umrahmt, an dem Blumenkästen mit Geranien befestigt waren. Neben dem alten Haus stand ein kleinerer Neubau, bungalowartig, mit Terrasse und einem runden Schwimmbecken für Kinder. Vor den beiden Häusern erstreckte sich ein quadratischer, betonierter Innenhof, links begrenzt von einer großen Holzscheune mit zwei Getreidesilos daneben, rechts von einer gemauerten Gerätehalle für Traktoren und Anhänger.

Für die Rückseite dieser Maschinenhalle, dafür hatte sich Tretjak interessiert. Von hier aus hatte man einen freien Blick nach Süden, mit tiefem Horizont und kilometerweiter Landschaft ohne Gebäude, die nachts störendes Licht erzeugten. Die Familie Jedlitschka hatte damals aus dem alten Bauern und seiner Frau bestanden, ihrem Sohn und dessen Frau und zwei kleinen Kindern. Tretjak hatte mit dem alten Bauern verhandelt, einem offenen, freundlichen Mann mit bayrischem Schnauzbart, der eine kleine

Hasenscharte verdeckte. Zweimal hatte er ihn aufgesucht, dann war die Abmachung auf dem Tisch: Tretjak durfte an der Rückseite der Gerätehalle eine kleine Sternwarte errichten mit einem fest installierten Teleskop. Für den Platz und das bisschen Strom, das er benötigte, würde er eine jährliche Pacht zahlen. 600 hatte der Bauer vorgeschlagen, und Tretjak, dem die niedrige Summe fast peinlich gewesen war, hatte 800 geboten. Lachend hatte Jedlitschka bei 700 eingeschlagen. Einen Vertrag wollte er keinen: »Wenn Sie keinen Lärm machen und kein Licht, können's gern noch zwanzig Jahre lang hier in den Himmel schaun.« Jedlitschka war inzwischen tot, ein Herzinfarkt auf dem Bulldog bei der Maisernte, aber die Abmachung bestand weiter. Einmal im Jahr, kurz vor Weihnachten, besuchte Tretjak die Familie mit kleinen Geschenken. Sonst sah man sich nicht, denn Tretjak kam immer nur im Dunkeln. Ein Feldweg umrundete den ganzen Hof, auf ihm konnte man direkt zur Sternwarte gelangen, zu dem kleinen weißen Häuschen mit der drehbaren Kuppel auf dem Dach.

Fiona Neustadt erwies sich als brauchbare Begleiterin auf dem Weg ins Weltall. Sie stellte keine Fragen und überließ es ihm zu erklären, was er für wichtig hielt. Die Sache mit der Dunkelheit zum Beispiel: Keinerlei Licht, damit sich die Pupillen vergrößern, nur eine schwache Rotlicht-Taschenlampe war erlaubt. Tretjak nahm die Finanzbeamtin an der Hand, als sie den Wagen verließen und im roten Schein der Taschenlampe durch die Finsternis stapften. Die Sache mit der Wärme: Keine Heizung in der Nähe des Fernrohres, sonst flimmert die Luft, und die Bilder werden unscharf. Als sie die Sternwarte betreten hatten, öffnete Tretjak ein kleines Schränkchen, entnahm ihm zwei Fleecepullover, eine Fleecemütze und Wollhandschuhe und gab sie seiner Begleiterin, die in einer Ecke des Raumes wartete, während er das Teleskop einsatzbereit machte. Tretjak beherrschte jeden Handgriff wie im Schlaf, bewegte sich in der Dunkelheit sicher und schnell.

Sein Teleskop war ein Celestron C14, Spiegeldurchmesser 35 Zentimeter, ein schwarzes Rohr, das in der Mitte des Raumes auf einer schwarzen Säule montiert war. Eine komplizierte Vorrichtung mit Gegengewichten erlaubte es, das Gerät in jede Richtung und jeden Winkel zu drehen. Auf einer elektrischen Steuereinheit gingen rote Lichtpunkte an. Über ihren Köpfen öffnete sich jetzt mit leisem Motorengeräusch die Kuppel um einen Spalt von einem Meter Breite, gab den Blick auf den Sternenhimmel frei. Die frische Nachtluft trug den Geruch der umliegenden Wiesen herein.

Tretjak schraubte ein Okular in das Teleskop. »Setzen Sie sich hier auf den Beobachtungsstuhl«, sagte er. »Geht gleich los.«

Er hatte hier so viele Nächte verbracht. Manchmal blieb er, bis es hell wurde. Die Verlässlichkeit des Universums hatte etwas ungeheuer Beruhigendes, fand er. Mit dem Teleskop konnte er alte Bekannte aufsuchen mit wunderbaren Namen, Sterne wie Beteigeuze, Gasregionen, in denen neue Sterne entstanden wie der Orionnebel, Milchstraßensysteme wie die Galaxie mit dem schwarzen Auge. Es gab Supernova-Überreste und Dunkelwolkengebilde, Kugelsternhaufen und Doppelsterne … zu jeder Jahreszeit andere. Im Laufe einer Nacht zogen die Bekannten über das ganze Firmament, und das ziemlich schnell. So dass man am Ende glaubte, statt auf dem Beobachtungsstuhl auf einem Karussell zu sitzen, und es stimmte ja auch, die Erde war ein Karussell, ein winziges Karussell auf einem unendlich großen Rummelplatz.

Tretjak erklärte der Steuerprüferin, dass alles, was sie jetzt sah, längst der Vergangenheit angehörte. Wenn das Licht 25 Millionen Jahre brauchte, um von der Strudelgalaxie hierherzukommen, dann war das Bild der Galaxie auch 25 Millionen Jahre alt.

Je besser sich ihre Augen an die Dunkelheit gewöhnten, desto heller wurde es für sie in Tretjaks Sternwarte. Schließlich konnten sie die Konturen ihrer Gesichter erkennen und das Funkeln ihrer Augen. Fast zweieinhalb Stunden verbrachten sie so gemeinsam.

Einmal musste Tretjak an ihre Frage vom Nachmittag denken, was genau eigentlich sein Job sei. Und er erinnerte sich daran, wie er einmal mit der Bäuerin Jedlitschka in ihrer Küche gesessen hatte und sich mit ihr, die von Jahr zu Jahr schwerer atmete, deren Beine immer weiter anschwollen, darüber unterhalten hatte. Warum die Menschen so große Sehnsucht hatten, dass jemand anders etwas für sie erledigte. »Je angesehener sie sind, je mehr Geld sie haben, desto größer wird diese Sehnsucht«, hatte er gesagt. Und er hatte ihr ein bisschen erzählt, was seine Klienten von ihm wollten, nur Harmloses natürlich. Am Ende hatte sie gesagt: »Sie sind also ein Regler ...« Und nach einer Weile hatte sie hinzugefügt: »Wissen S', Herr Tretjak, früher hätten S' damit kein Geld verdient. Früher wären die Leute zu geizig gewesen, jedenfalls in dieser Gegend. Vielleicht hat's auch noch nicht so viel gegeben – zum Regeln.« Seit diesem Tag nannte ihn die alte Bäuerin nur noch so: den Regler.

Tretjak drehte das Teleskop in Richtung des Sternbilds Löwe, wo ein hellleuchtender Punkt zu sehen war. »Das ist der Planet Jupiter«, sagte er und blickte auf die Uhr. »In vier Minuten können Sie beobachten, wie einer seiner Monde vor ihm vorbeizieht.«

»In vier Minuten«, sagte Fiona Neustadt. »Was machen wir, wenn er Verspätung hat?« Sie rieb fröstelnd die Hände aneinander.

Es war fast drei Uhr, als Tretjak seinen Wagen wieder am Münchner Rotkreuzplatz anhielt, vor dem längst geschlossenen Café. Fiona Neustadt hatte die Fleecesachen ausgezogen und auf den Rücksitz geworfen. Er gestand sich ein, dass er damit rechnete, sie würde sich jetzt zu ihm auf den Fahrersitz herüberbeugen, für einen kleinen Kuss und ein Danke. Aber das passierte nicht. Sie wirkte müde, öffnete die Beifahrertür, hatte einen Fuß schon auf der Straße, als sie ihn noch einmal anblickte und sagte: »Das war sehr interessant. Ich habe das noch nie gesehen. Gute Nacht.« Dann fiel die Tür zu, und sie verschwand in dem Durchgang zu einem Wohnblock. Als Tretjak später in seiner Tiefgarage die Kleidungsstücke zusammenlegte, um sie im Kofferraum zu deponieren, hielt er kurz inne und roch daran. Grapefruit. Ohne Zweifel.

Brennerautobahn, 3 Uhr nachts

Unter den Münchnern gab es einen Glaubenskrieg, wie man am schnellsten mit dem Wagen nach Südtirol kam: über die Autobahn Richtung Salzburg, Abzweigung Kufstein, oder über die Autobahn Richtung Garmisch-Partenkirchen und den Ort Scharnitz. Kommissar Maler gehörte zur Fraktion Garmisch-Partenkirchen. Besonders während der Hauptreisezeit, das war seine Überzeugung, gelangte man hier schneller zum Brennerpass und über den Pass nach Südtirol.

Es war keine Hauptreisezeit und mitten in der Nacht, trotzdem fuhr Maler die gewohnte Strecke. Kurz nach drei Uhr morgens war es jetzt, die Fahrbahn fast gespenstisch leer. Über dem Lichtkegel wölbte sich ein auffallend klarer Sternenhimmel. Maler war zügig vorangekommen, Zirler Berg, Brennerpass, das lag alles schon hinter ihm. Er fuhr schon auf der italienischen Autobahn mit der grünen Beschilderung und passierte gerade die Abfahrt Brixen, als sein Telefon läutete.

Das konnte nur seine Münchner Dienststelle sein. Oder die Kollegen aus Südtirol. In jedem Fall würde man ihm neue Informationen zu dem merkwürdigen Leichenfund durchgeben wollen. Maler holte das Telefon aus seiner Jacketttasche und hielt es mit der rechten Hand ans Ohr. Er hasste Freisprechanlagen.

»Ja?«

»Kommissar Maler?« Eine Frauenstimme.

»Ja.«

»Wir sind uns in der Wohnung von Gabriel Tretjak begegnet«, sagte die Frauenstimme. »Ich bin die Steuerprüferin. Neustadt ist mein Name.«

Maler ging vom Gas, um den Geräuschpegel im Wagen zu senken. Die Tachonadel fiel auf 120. Links am dunklen Berghang tauchte die erleuchtete Silhouette einer Burg auf.

»Ja, Frau Neustadt, ich erinnere mich.«

»Ich möchte Sie treffen, Herr Kommissar, und Ihnen etwas sagen«, sagte die Frau am Telefon.

Maler sah auf die Uhr am Armaturenbrett. »Und das ist so wichtig, dass Sie mich um diese Zeit anrufen?«

»Ich denke ja. Können wir uns treffen?«

Ein grünes Schild huschte vorbei. *Bolzano/Bozen 45 Kilometer.*

»Jetzt?«, fragte Maler. »Ich fürchte, das wird nicht möglich sein. Sie müssen mit dem Telefon vorliebnehmen.«

»Nein, das möchte ich nicht.«

»Ich bin dienstlich unterwegs, wissen Sie«, sagte er. »Ich weiß nicht genau, wann ich zurück bin.«

Eine Pause entstand. Maler glaubte trotz der Motorgeräusche den Atem der Steuerprüferin zu hören. »Melden Sie sich doch, wenn Sie zurück sind«, sagte sie schließlich und legte auf.

Maler überlegte kurz, ob er sie zurückrufen sollte, um sie zu überreden, ihre Information gleich preiszugeben, entschied sich dann aber dagegen. Als ermittelnder Kommissar bekam man häufiger Anrufe dieser Art, die letztlich nichts wert waren, da sie nur etwas über die Psyche des Anrufers verrieten und nichts zur Aufklärung des Falles beitrugen.

Er wollte sich jetzt aufs Fahren konzentrieren. Bald würde er die Autobahn verlassen. Neben ihm auf dem Beifahrersitz lag eine Zeitschrift, die neue Ausgabe des *Psychologie Journals.* Er hatte sie vor seiner Abfahrt noch am Hauptbahnhof besorgt. Die Titelgeschichte hieß: *Kann man die Seele umprogrammieren, Professor Kufner?*

Ein Wort meldete sich in seinen Gedanken, das sich dort während der Fahrt festgesetzt hatte. Der Bozener Kommissar, der ihn am späten Abend über den Mord an dem Psychologieprofessor Norbert Kufner im Hotel *Zum blauen Mondschein* informiert hatte, hatte dieses Wort nicht benutzt. Doch dass er seinen Münchner Kollegen verständigt hatte, lag an einer Auffälligkeit der Leiche, die mit den Augen zu tun hatte. Auf diese Auffälligkeit achteten seit zwei Tagen die Morddezernate in ganz Europa. Sie hatte das Wort in Malers Gehirn nach vorn gekramt. Und dort saß es jetzt, direkt hinter der Stirn: *Eiskugelzange.*

Kochel am See, 17 Uhr

Sie gaben ein schönes Bild ab, da unten auf der Terrasse. Die schöne Mutter, der hübsche Sohn. Sie trank Espresso und ein Glas dunklen Sherry, er eine Cola, eine richtige Cola, wie er sagte, nix Light, nix Zero. Sie redeten, sie lachten, sie wirkten sehr entspannt.

Er sprach davon, was er später einmal werden

wollte. Er wolle etwas Sinnvolles tun, Entwicklungshelfer vielleicht, sagte er. Vielleicht nach Afrika gehen. Irgendwohin, wo er helfen könne. Er geriet in seinen Sound, wie er es häufig tat. Er wolle nicht sein wie die anderen, er wolle etwas tun, das wirklich etwas wert sei. Die Welt wolle er verbessern. Er wisse, sagte er, dass er ein besonderer Mensch sei, ein besonders sensibler Mensch.

So wie er auf der Terrasse, so redeten viele junge Leute. Die Mutter hatte diesmal keine Lust zu widersprechen. Sie wollte jetzt einfach nicht an die Ratschläge der Therapeuten denken: »Sie sollten darauf achten, dass jedes Gespräch mit Ihrem Sohn eine Struktur hat, einen Anfang und ein Ende. Am allerwichtigsten ist, dass zum Schluss klar ist, wie das nächste Gespräch weitergeht. Sie müssen mit Ihrem Sohn ein Kommunikationsnetz flechten, das ihn hält.« Der letzte Therapeut, der ihr das gesagt hatte, war klein und dick und hatte auffallend unreine Haut. Wenigstens für den Moment konnte ihr der Typ gestohlen bleiben. Sie war froh über die freundliche Stimmung. Sie war froh, dass ihr Lars nicht auf die Nerven ging. Auch der Sherry half ein bisschen, sie mochte seine erste, leichte Wirkung. Man wurde etwas gnädiger gegenüber dem Rest der Welt. Zu dem ihr Sohn ja auch irgendwie gehörte.

Sie erinnerten sich zusammen an frühere Urlaube, an die langen Autofahrten. Sie hatte ihm immer einen Überraschungskoffer gepackt, mit lauter kleinen Geschenken drin. Für den Urlaub, für die Fahrt. »Mein allerschönster Urlaub«, sagte Lars, »war damals Korsika.« Und die lange Fahrt auf der Fähre. »Ja, sagte sie, das war schön.« So plätscherte das Gespräch dahin. »Weißt du noch?« »Ja.« Der gelbe Plastikpinguin, der draußen im Meer verschwand. Das Tischtennisturnier am Strand von Ravenna, das Lars gewann. Neun Jahre alt war er damals. Mein Gott, die Zeit.

Irgendwann sagte Lars: »Du bist die tollste Mama der Welt.« Dazu stand er auf und umarmte sie. »Mama, es wird alles gut werden. Versprochen.« Dann ging er auf sein Zimmer.

Sie hatte für sich und Lars zwei Apartments in einer Ferienanlage in Kochel am See gemietet. Fünfzig Kilometer von München entfernt. Es schien ihr genau die richtige Entfernung. Von Kochel war man schnell in München, von München war man schnell in Kochel. Wie und wo immer sich dieser Gabriel Tretjak ein erstes Treffen mit ihrem Sohn vorstellen würde.

»Ich hol dich in zwei Stunden zum Abendessen ab«, rief sie ihm noch nach.

»Okay, Mama.«

Als Charlotte Poland zwei Stunden später am Apartment ihres Sohnes klopfte, öffnete niemand. Sie klopfte lauter. Keine Reaktion. Sie rief auf seinem Handy an. Dort war nur die Ansage zu hören: »Der Teilnehmer ist vorübergehend nicht zu erreichen.« Sie besorgte sich unten an der Rezeption einen Schlüssel für sein Zimmer. Die große Reisetasche, die sie ihm gepackt hatte, war da. Die kleine Umhängetasche fehlte. Sie ging wieder zur Rezeption und fragte, ob jemand ihren Sohn gesehen habe. Ja, hieß es, er habe sich vor gut einer Stunde ein Taxi bestellt, mit dem er dann auch weggefahren sei. Sie fragte, ob man bei dem Taxiunternehmen nachfragen könne, wohin ihr Sohn gefahren sei. Natürlich, man werde es versuchen.

Sie ging auf ihr Zimmer zurück. Als sie ihre Handtasche öffnete, ahnte sie es bereits. Ihre Geldbörse war weg, mit allem Geld, allen Kreditkarten, ihren Papieren. Lars musste sie draußen auf der Terrasse gestohlen haben, als sie kurz auf der Toilette gewesen war. Lars wusste, dass sie die Geldbörse zum Bezahlen nicht brauchte, sie ließ sich die Rechnung wie immer aufs Zimmer schreiben. Sie rief die Servicenummer ihrer Bank an und ließ alle ihre Karten sperren. Eine Stunde hatte Lars Zeit gehabt. Bei den letzten Malen waren es immer rund zweitausend Euro gewesen, die Lars sich mit den Karten besorgt hatte. Der kleine dicke Therapeut hatte ihr geraten, beim nächsten Vorfall unbedingt die Polizei einzuschalten. Sie sollte ihren eigenen Sohn anzeigen.

Charlotte Poland setzte sich auf das Hotelbett. Sie betrachtete sich in der Spiegeltür des Wandschrankes. Sie hatte etwas Farbe bekommen. Stand ihr gut, fand sie. Auch ihr weißes Kleid gefiel ihr. Sie gehörte zu den Frauen, die sich gern anschauten. Ihr Verleger hatte einmal zu ihr gesagt, sie sei zu schön für eine Autorin. Einer Frau mit einer solchen Modelfigur und solchen großen Augen glaube man nicht, dass sie auch noch klug sei. Die Fotos auf ihren Büchern waren jedenfalls dezent gehalten. Das Gesicht im Profil, schwarzweiß.

Ich bin reich und schön, dachte sie. Und sonst? Sie zog sich aus und legte sich aufs Bett. Das hatte sie sich angewöhnt, sie kam am besten zur Ruhe, wenn sie nackt war und die Augen schloss. Sogar den großen Panther-Ring von Cartier zog sie sich vom Finger. Sie hatte ihn sich selbst geschenkt, als zum ersten Mal eines ihrer Bücher auf die Bestsellerliste gekommen war.

Ihre Romane hatten immer das gleiche Thema: die trügerische Idylle, das Leben mit doppeltem Boden. Sie wusste sehr genau, warum sie diese Geschichten liebte. Sie schrieb so gerne über den doppelten Boden, weil der doppelte Boden ihr Lebensthema war. Eine Freundin hatte ihr einmal gesagt, sie liebe den Betrug, weil sie sich nur in diesem Betrug wahrhaftig fühle. Schöner hätte man es nicht ausdrücken können, es war sozusagen der Klappentext ihres Lebens.

Es war still in dem Hotelzimmer. Sie glaubte, ein leises Sirren von der Minibar zu hören. Von der offenen Balkontür kam ein einsames Vogelpiepsen. Das Bild vom doppelten Boden gefiel ihr, weil es bedeutete, dass es einen festen Boden darunter gab. Es gab den Schein, ein Leben, das gut aussah, das man präsentieren konnte. Den doppelten Boden – der aber nur funktionierte, wenn er einen Halt hatte. Der Betrug interessierte sie nur im Kontrast zur Rechtschaffenheit, zur Biederkeit. Verdammt nochmal, wollte sie am liebsten rufen, ich brauche den schönen Schein!

Ihr Kopf produzierte jetzt Bilder von ihrem Sohn. Lars im Krankenhaus, kurz nach der Geburt. Ein stilles Baby, so still, dass die Ärzte fürchteten, es stimme vielleicht etwas nicht mit ihm. Lars im Kindergarten, das hübscheste Kind von allen, blond, süß, strahlend. Es gab niemanden, der sich nicht in ihren Kleinen verliebte. Lars auf den Schultern seines Vaters. Wie sie zusammen Fußball spielten im Garten ihres neuen Hauses. Lars mit Konrad, dem besten Freund, lachend vor dem Computer in seinem Zimmer. Die Bilder hatten bei Lars immer gestimmt. Wie jetzt auch, noch vor zwei Stunden, unten auf der Terrasse. Natürlich hätte sie stutzig werden müssen, dass er sie plötzlich umarmte, das ständige »Mama, Mama«. Es hatte in letzter Zeit nie etwas Gutes bedeutet, wenn er so gefühlig wurde. Als wäre diese Süßlichkeit die Ankündigung des nächsten Aggregatszustands.

Lars war zehn, als der Klassenlehrer erstmals zu einem Gespräch bat. Mitschüler würden sich beschweren, dass er sie bestehle, dass er sie schlage. Kurz darauf stand die Polizei vor der Tür. Er hatte im Kaufhaus zwei Computerspiele geklaut und war dabei erwischt worden. Lars war elf, da musste er die Schule wechseln, und im selben Jahr noch fanden sie für ihn eine Privatschule. Er war zwölf, als Konrads Mutter anrief und sagte, die beiden könnten sich von nun an nicht mehr treffen. Es seien verschiedene Dinge vorgefallen, sie wolle nicht darüber sprechen. »Ersparen Sie das mir und uns«, sagte sie. Und: »Frau Poland, ich kann es nicht anders ausdrücken, ich habe Angst vor Ihrem Sohn.«

Der erste Therapeut, den ein Jugendrichter Lars aufzwang, fragte sie, ob sie wisse, dass ihr Sohn gern Tiere quäle. Der bislang letzte Arzt, der mit ihr über ihren Sohn gesprochen hatte, vor etwa sechs Wochen, fragte sie, ob sie eigentlich wisse, dass ihr Sohn drogensüchtig sei. Er nehme alles, was er kriegen könne. Hasch, Crack, Heroin. Lars war vier Tage zuvor vierzehn Jahre alt geworden. Anfangs hatte sie nicht geglaubt, was ihr andere über ihren Sohn erzählten, doch es hatte immer gestimmt.

Es war nicht leicht gewesen, den Leiter des Erziehungsheims zu überreden, Lars für den Trip nach Kochel Ausgang zu geben. Seit zwei Monaten war er dort untergebracht, so hatte es der Richter angeordnet. Sie glaube, die Reise sei wichtig für ihn, hatte sie gesagt. Und: »Ich werde ihn wieder zurückbringen.«

»Mama, es wird alles gut werden«, hatte Lars auf der Terrasse gesagt, »versprochen.« Sie wusste inzwischen genau, was die Mutter von Konrad gemeint hatte, als sie sagte, sie habe Angst vor ihm.

Das Hoteltelefon neben dem Bett klingelte. Jemand von der Rezeption war dran. Man habe inzwischen mit dem Taxifahrer gesprochen, der den Sohn abgeholt hatte. Es sei keine lange Fahrt gewesen. Sie hätten zweimal bei einem Geldautomaten gehalten, und dann sei es weiter zum Bahnhof gegangen. Da sei er ausgestiegen. Und noch etwas: Er habe den Taxifahrer überredet, die Fahrt auf die Zimmerrechnung zu schreiben. 16 Euro 40. War das in Ordnung?

»Natürlich«, sagte Charlotte Poland, »natürlich.«

Lars, ihr Sohn, 14 Jahre alt. Weißes, glattes Gesicht. Blonde, verstrubbelte Haare. Ein Piercing in der Lippe. Ein kleines Tattoo im Nacken, ein blauer Drachen. Ihr Sohn, den auf den ersten Blick immer alle mochten. Die Diagnose der Ärzte konnte man ja auch nicht sehen. Lars, ihr Sohn, der chronische Lügner.

Es war eine Persönlichkeitsstörung. Er war nicht in der Lage, sich vorzustellen, was morgen sein würde. Zu erleben, zu fühlen, dass das Leben mehr war als der Augenblick. Die Währung des Augenblicks war für Lars die Lüge. Mama, es wird alles gut. Solche Sätze erzielten Wirkung. Auch wenn das Taxi schon wartete. »Ihr Sohn«, hatte ein Therapeut gesagt, »kann mit dem Wort ›später‹ nichts anfangen.« Moral ohne Zeitdimension funktioniere nicht. In der Therapie müsse man versuchen, ihm Zeitbrücken zu bauen. Nur so könne er aus seinem morallosen Zustand herausfinden.

Es gab bei Lars keinen doppelten Boden. Es gab keine versteckten dunklen Seiten. Es gab *nur* dunkle Seiten, dachte sie. Nichts sonst. Sie richtete sich auf, setzte sich auf die Bettkante. Sie betrachtete ihren nackten Körper im Spiegel. Manchmal war ihre linke Brust ein wenig größer als die rechte. Wie heute. Mein Kind ist ein Monster, dachte sie. Sie merkte gar nicht, dass sie jetzt laut zu sprechen anfing. Dass sie zu dem Mann sprach, dessen Idee es gewesen war, hierher zu kommen. »Paul«, sagte sie, »mein Sohn ist ein Monster. Man muss dieser Wahrheit ins Auge schauen. Es kann doch sein, Paul, dass nicht nur du ein Monster als Sohn hast – sondern ich auch.«

Es war kurz vor Weihnachten gewesen, vor einem knappen halben Jahr, als sie über ihre Söhne gesprochen hatten. Charlotte hatte gerade erfahren, dass gegen Lars ein weiteres Verfahren wegen Körperverletzung vorlag. Sie erzählte Paul davon und breitete ihre Leidensgeschichte vor ihm aus. Bis zu diesem Zeitpunkt hatte sie nicht gewusst, dass Paul überhaupt einen Sohn hatte. Paul, der mit Nachnamen Tretjak hieß, sagte: »Lars ist fast noch ein Kind. Er ist kein Monster, und er wird auch keines.« Da kenne er sich aus. Er habe seit vielen Jahren keinen Kontakt zu seinem Sohn Gabriel. Aber eines wisse er ganz sicher: Er verdiene den Namen Ungeheuer. Und, sagte Paul Tretjak damals, er wisse sehr wohl, dass er daran eine gewaltige Mitschuld trage.

Sie kramte ihr Handy aus der Handtasche und drückte die Nummer von Paul Tretjak. Es läutete drei Mal, dann ging er ran.

»Hallo, Charlotte.«

Sie hörte gern seine Stimme, mochte es, wie er ihren Vornamen aussprach, die Betonung auf Char*lotte*. Sie duzten sich noch nicht lange. »Hallo, Paul. Wo bist du gerade?«

»Wo ich immer bin. Über den Wolken, weißt du doch.«

Über den Wolken bedeutete in seinem kleinen Haus hoch über dem Lago Maggiore, über dem Ort Maccagno. Das Häuschen hatte drei Zimmer, auf zwei Stockwerke verteilt. Große Fenster mit direktem Blick auf den See und die angrenzenden Berge. Dazu gehörte ein riesiges Grundstück mit vielen Palmen und Obstbäumen sowie einem Wald, der sich über einen Steilhang erstreckte. Es gab nur einen Haken: Man kam nicht mit dem Wagen hin. Man musste einen sehr steilen Fußweg nehmen, vom Ort dauerte es gut zwanzig Minuten.

Sie sah das Bild vor sich, wie Tretjak mit dem Handy auf und ab ging, im Wohnzimmer, vor dem Kamin, dann draußen auf der Terrasse. Er war groß und massig, man sah ihm nicht an, dass er noch dieses Jahr siebzig wurde. Sie überlegte kurz, ob es eine Ähnlichkeit gab zwischen Vater und Sohn – dem Mann über den Wolken und dem Mann, den sie in dem italienischen Restaurant in München beobachtet hatte. Das Äußere von Menschen zu beschreiben war nicht ihre Stärke. Aber feststand, dass beide ziemlich gut aussahen.

»Wie ist die Lage?«, fragte Tretjak.

»Lars ist abgehauen. Mit meinem Geld. Wieder die gleiche Geschichte.«

»Wo ist er hin?«

»Ich weiß nur, dass er mit dem Taxi zum Bahnhof gefahren ist.«

»Glaubst du, er ist jetzt in München?«, fragte Tretjak.

»Keine Ahnung. Ich weiß es nicht.«

Beide schwiegen einen Moment, dann fragte sie: »Gibt's bei dir was Neues?«

»Ja«, antwortete er, »du kannst einen neuen Versuch mit meinem Sohn machen. Wieder in der *Osteria*, übermorgen, ab 20 Uhr.«

»Darf ich dich etwas fragen, Paul?«

»Was denn?«

»Du hast seit Jahren keinen Kontakt mit deinem Sohn. Woher weißt du dann, wann er wo zu Abend isst?«

Paul Tretjak antwortete nicht, sondern sagte zum Abschluss des Gesprächs: »Charlotte, ich setze mich morgen früh ins Auto und bin mittags bei dir in Kochel.«

Sintra, Portugal, 17 Uhr

Der dunkelgrüne Rover, der für sie bereitgestellt worden war, passte perfekt zu den Hecken. Zufall oder Absicht? Alles in diesem Hotel war geschmackvoll: die Farbe der Teppiche im Eingangsbereich, die Stoffbezüge der antiken Möbel und die wertvollen Tapeten. Melanie Schwarz bewunderte, wie harmonisch sich alles zusammenfügte, als habe es sich über Jahrhunderte hin so entwickelt. Das Hotel *Palacio de Seteais* war früher das Herrenhaus der Familie des Marquês de Marialva gewesen. Eine Allee perfekt geschnittener Eukalyptusbäume säumte die Auffahrt. Der Blick aus den Fenstern und von den Terrassen erstreckte sich hinunter über die Stadt Sintra zum Atlantik.

Es war später Nachmittag. Melanie Schwarz parkte den Rover nah am Eingang des Hotels unter einem der Bäume und dachte an ihr Haus in Potsdam. Peter Schwarz war ein großzügiger Mann, und sie hatten sich viel Mühe bei der Einrichtung gegeben, eine befreundete Innenarchitektin hatte ihnen geholfen. Doch wenn sie ehrlich war, hatte ihr Haus nie wirklichen Charakter ausgestrahlt.

Wie es Peter wohl ging? Wenn sie an ihn dachte, zog sich ihr Magen zusammen. Seit fünf Tagen war sie nun hier an der portugiesischen Küste, fünf Tage und fünf Nächte, in denen die Stunden auf merkwürdige Art ineinandergeflossen waren. Sie hätte nicht mehr sagen können, wann sie in dem wundervollen Speisesaal gegessen hatte, ob sie überhaupt etwas gegessen hatte oder nur auf dem Teller herumgestochert, wie oft sie den Pool aufgesucht hatte, nur um nach kurzer Zeit die Liege wieder zu verlassen, wie viele Stunden sie nachts auf der großen Steinterrasse ihres Zimmers auf und ab gewandert war. Seit ihrer Abreise aus Deutschland hatte sie mit niemandem gesprochen. Einmal war ihr eine Nachricht ausgerichtet worden, von Gabriel Tretjak, dass alles wie verabredet auf dem Weg sei …

Hatte sie einen Fehler gemacht? Hätte sie nicht selbst mit ihrem Mann und ihrer Tochter sprechen müssen? Was war ein neues Leben wert, das von einem anderen Menschen, einem Fremden, aufgebaut wurde? Was war ihr altes Leben noch wert, wenn sie es von einer Art Abrissunternehmen zerstören ließ? Dieser Tretjak war ihr ja durchaus sympathisch gewesen, und wenn er ihr gegenübergesessen und auf seine klare, ruhige Art mit ihr gesprochen hatte, war sie sich sehr sicher gewesen, dass es richtig war, was sie tat. Man nahm für vieles im Leben die Hilfe anderer in Anspruch, die Hilfe von Profis, immer dann, wenn man nicht weiterwusste, wenn man mit seinen Fähigkeiten am Ende war, bei einem tropfenden Wasserhahn, bei Schulproblemen der Kinder, bei einem Hautausschlag … Und sie hatte nicht mehr weitergewusst.

Aber jetzt, wo Tretjak nicht mehr da war und sich in ihrem Kopf von einer realen Person langsam zu einer fast unwirklichen Idee verwandelte, kam er ihr zunehmend unheimlich vor. Gestern Nacht war sie drauf und dran gewesen, ihre Sachen zu packen, das Hotel zu verlassen und nach Lissabon zum Flughafen zu fahren, um für die nächste Maschine nach Deutschland einzuchecken. Sie konnte Peter um Verzeihung bitten, sie konnte alles ungeschehen machen … Doch da waren auch die anderen Gefühle, die in diesen Cocktail einflossen, der sie seit Tagen in einem Zustand zwischen Übermüdung und rauschhafter Nervosität hielt. Gefühle wilder Freude, die sie ganz plötzlich überfielen, unberechenbar, anlässlich ganz banaler Eindrücke, dem Geruch frischer Wäsche, dem Anblick einer alten Frau, die vor einem Café saß. Die wilde Freude auf ein neues Leben, auf einen neuen Geschmack von Alltag.

In den meisten Hotels, die Melanie Schwarz kannte, dominierte die Rezeption das Foyer, breit, schwer, hässlich. Im *Palacio de Seteais* war das anders. Beinahe übersah man sie, wie sie sich so in einer kleinen Nische versteckte, fast schüchtern, als wäre sie darauf bedacht, die Harmonie des herrlichen Raumes nicht zu stören. Das Paket, das ihr der Rezeptionist aushändigte, war etwa vierzig Zentimeter lang, zwanzig Zentimeter breit und zehn Zentimeter hoch, braunes Packpapier, nur ein Namen als Absender: Gabriel Tretjak. Der Herr am Empfang hieß Senhor João und ähnelte dem Schauspieler Omar Sharif, den Melanies Mutter angehimmelt hatte. Er erklärte ihr, dass das Paket per Kurier direkt vom Flughafen Lissabon gebracht worden sei.

»Danke«, sagte Melanie Schwarz, aber sie war sich nicht sicher, ob das Wort tatsächlich ihren Mund verlassen hatte oder von ihrem Herzklopfen erstickt worden war. Sie nahm das Paket und ging auf ihr Zimmer. Sorgfältig schloss sie die Tür hinter sich ab, betrat sofort die Terrasse und legte das Paket auf den großen runden Steintisch. Dann ging sie zurück ins Zimmer und schenkte sich ein Glas des japanischen Whiskeys ein, der auf der Kommode stand. Jemand hatte dafür gesorgt, dass schon eine Flasche auf ihrem Zimmer stand, als sie angekommen war. Peter hatte diesen Whiskey einmal von einer Geschäftsreise aus Japan mitgebracht, mit der Bemerkung, er gelte unter Whiskeykennern als der beste der Welt. Eigentlich trank Melanie keinen Whiskey, aber an diesem hatte sie sich in den folgenden Wochen festgetrunken, wie sie selbst es genannt hatte. Er war ihr Begleiter geworden, nicht nur bei geselligen Anlässen, auch in vielen Nächten, die sie allein im Potsdamer Haus zubrachte, er hatte sie dazu gebracht, ihre alten Schallplatten aufzulegen, er hatte sie in Selbstmitleid versinken lassen oder zu einer aggressiven Entschlossenheit angestachelt, von der am nächsten Morgen oft genug nur zerknüllte Briefentwürfe übrig geblieben waren.

Melanie Schwarz trat an den Kleiderschrank im Zimmer und öffnete die Türen. Sie hätte nicht sagen können, warum, aber sie nahm ein Minikleid vom Bügel und legte es aufs Bett. Es war hellblau, mit einem kleinen weißen Ornament unter dem raffinierten Rückenausschnitt. Sie hatte es in einer Boutique in Berlin gekauft, und die Verkäuferin hatte ihre Frage, ob man nicht zehn Jahre jünger sein müsse, um ein solches Kleid zu tragen, mit dem Satz beantwortet, junge Mädchen könnten sich ein solches Kleid doch gar nicht leisten. Melanie Schwarz zog ihre Jeans aus, ihr T-Shirt und nach kurzem Zögern auch ihre Unterwäsche. Dann streifte sie das Kleid über, zum ersten Mal seit der Umkleidekabine in jener Boutique. Sie schlüpfte in hohe weiße Pumps, griff nach dem Glas mit dem Whiskey, ging zurück auf die Terrasse und setzte sich an den Steintisch vor das Paket von Gabriel Tretjak.

Unter dem Packpapier kam eine Schachtel hervor, grauer Karton, der Deckel von einem grauen Band gehalten. Melanie Schwarz löste das Band und nahm den Deckel ab. In dem Karton lag ein Stapel Papiere. Obenauf ein Anschreiben mit Tretjaks Briefkopf. *Liebe Melanie Schwarz*, stand da, mit Füller handgeschrieben. *Sie dürfen sich freuen, das Warten hat ein Ende.*

Buchstaben auf Papier entfalten im Gehirn des Menschen eine andere Wirkung als gesprochene Worte. Gesprochenes kann das Hirn relativ leicht uminterpretieren, anders verstehen, als es gemeint ist, in die eigene Wirklichkeit so einpassen, dass es erträglich wird. Worte auf Papier *sind* die Wirklichkeit, gnadenlos, gefühllos. Die Todesanzeige in der Zeitung, der Abschiedsbrief auf dem Küchentisch, die Kündigung, das Zeugnis, der medizinische Befund.

Sie hatte nicht die Geduld, Tretjaks Brief weiterzulesen, und schob ihn zur Seite, um den Rest des Stapels zu untersuchen. Ein Flugticket auf ihren Namen, Lissabon–Frankfurt, morgen Vormittag, 11.15 Uhr. Ein Prospekt über eine Wohnung in Heidelberg, Regengasse 3, vierter Stock, drei Zimmer, kleine Dachterrasse. Ein Dossier über einen Laden in der Heidelberger Innenstadt, zurzeit offenbar noch ein Geschäft für Outdoor-Bekleidung, das Schaufenster aber schon mit Schildern versehen: *Räumungsverkauf.* Mietverträge auf ihren Namen. Melanie trank in schnellen Schlucken das Whiskeyglas leer. Ihre Finger zitterten, als sie die Dokumente durchblätterten. Das Schreiben eines Reiterhofs im Taunus. *… freuen wir uns, den Tieren ein neues Zuhause zu geben …* Das Vertragswerk für die Regelung der Scheidung, inklusive anvisiertem Gerichtstermin in Berlin. Der Kaufvertrag eines Autos, Minicooper-Cabriolet, Vorführwagen, Farbe schwarz, Halterin: Melanie Schwarz, Kennzeichen: Heidelberg … Die Bestätigung eines Umzugunternehmens. Die Formulare für die Ummeldung, den Nachsendeauftrag. Sie nahm die Papiere flüchtig zur Kenntnis und verstreute sie auf dem Tisch. Was sie schließlich in der Hand behielt, war ein Kuvert, auf dem nur ihr Vorname stand, in Peters Handschrift, dieser Schrift, die sie so gut kannte, in der er ihr Liebesbriefe geschrieben hatte … früher, plötzlich aber wieder so nah. Sie nahm nur den Brief, ließ den Rest auf dem Tisch liegen, ging zurück ins Zimmer, legte sich aufs Bett. Sie riss den Umschlag auf und las die ersten Sätze und die letzten. *Ich schreibe Dir diese Zeilen in Ruhe und mit großem Verständnis. Du brauchst keine Angst zu haben, und Du musst Dir keine Sorgen machen.* So begann der Brief. Und er endete: *Eigentlich wollte Dich*

Herr Tretjak in Frankfurt am Flughafen abholen. Aber ich halte es für besser, das selbst zu tun. Wenn Dich schon jemand in Deinem neuen Leben abliefert, dann sollte es ein alter Freund sein, findest Du nicht auch? Dein Peter.

Melanie Schwarz begann zu weinen. Ihre Augen hielt sie zur Decke gerichtet. Der ganze Cocktail aus Verzweiflung und Erleichterung, Scham, Freude und Trauer floss rechts und links über ihre Wangen auf das seidene Kopfkissen.

Erst später, als sie unten in der Bar erschien, wo die hohen Fenster weit geöffnet waren und man den Sonnenuntergang über dem Meer beobachten konnte, hatte sie alles gelesen, was die Schachtel enthalten hatte. Auch Tretjaks Brief, auch den Absatz, wo er schrieb, dass er es für richtig halte, wenn sie in der nächsten Zeit Sorge dafür trug, dass ihre Seele die schnellen Veränderungen verarbeiten könne. Er hatte sich erlaubt, hierfür schon ein paar Termine für sie zu vereinbaren. Der Mann, den sie dazu treffen sollte, war offenbar eine Koryphäe, sein Name war Norbert Kufner, Professor Dr. Norbert Kufner, Wien.

Senhor João, der wegen seiner schwarzen Augen und seines grauen, gescheitelten Haars immer wieder auf die Ähnlichkeit mit einem Schauspieler angesprochen wurde und der sich um diese Abendstunde in der Bar um das Wohl der Gäste kümmerte, fielen sofort zwei Dinge an Melanie Schwarz auf. Dass sie vollkommen verändert war, seit er ihr das Paket ausgehändigt hatte – sie wirkte auf merkwürdige Weise beschwipst. Und dass sie unter ihrem hellblauen Kleid keine Wäsche trug. Es war dem Personal des Hotels von der Geschäftsführung natürlich untersagt, mit den Gästen persönliche Beziehungen anzuknüpfen. Doch Senhor João, von dem nur wenige Gäste wussten, dass er selbst der Direktor des *Palacio de Seteais* war, beschloss, Melanie Schwarz weiter zu beobachten und sich gegebenenfalls über die eigene Anordnung hinwegzusetzen.

Sechster Tag
16. Mai

München, Buttermelcherstraße, 10 Uhr

Die Redaktion der Zeitschrift *Psychologie Journal* lag nur wenige Gehminuten entfernt vom berühmten Münchner Viktualienmarkt. Gute Lage, dachte Kommissar August Maler, als er das Geschäftshaus betrat und den Aufzug in den dritten Stock nahm. Vier Etagen hatte das Haus und beherbergte einige Anwalts- und Arztpraxen sowie ebenjene Redaktion. Maler war ein wenig überrascht, dass der Chefredakteur persönlich ihm die Tür öffnete. Der kleine, dünne Mann reichte ihm die Hand. »Stefan Treysa ist mein Name. Kommen Sie rein, Herr Kommissar.«

Die Redaktion hatte zwei Zimmer, in beiden stapelten sich Zeitschriften und Papier. Treysa führte ihn in eins der Büros und setzte sich an den Schreibtisch, Maler nahm ihm gegenüber Platz. Die Wände, der Schreibtisch, die Stühle, alles war weiß.

»Wundern Sie sich bitte nicht«, sagte Treysa, »dass Sie keinen anderen Menschen sehen. Aber es gibt hier nur mich. Wir haben ein paar Mitarbeiter, aber das sind alles Externe.« Er klappte seinen Laptop zu, ebenfalls weiß, fragte, ob er dem Kommissar etwas anbieten könne. Wasser? Kaffee?

»Ein Glas Wasser wäre nett«, sagte Maler. Es war nun richtig warm draußen. Der Sommer hatte dieses Jahr früh die Regie übernommen.

Plötzlich hörte man aus dem zweiten Zimmer ein lautes Geräusch. Eine Art Fiepen. Doch als es sich wiederholte, erkannte Maler eine hohe, dünne Stimme, die etwas Ähnliches wie das Wort »Wau« von sich gab.

Treysa sagte: »Sie dürfen sich jetzt noch mal nicht wundern. Da drüben sitzt ein Papagei, mein einziger Kollege. Er gibt nur dieses eine Wort von sich, den ganzen Tag. Aber man gewöhnt sich daran, ich verspreche es Ihnen.«

»Weiß man, warum der Papagei ›Wau‹ sagt?«, fragte Maler und musste lachen.

Treysa schmunzelte. »Man kann es nur ahnen. Vielleicht hat er in der Kindheit zu viel Kontakt zu Hunden gehabt. Aber die Psychologie von Papageien ist weitgehend unerforscht. Möchten Sie ihn sehen?«

»Ach nein«, sagte Maler, »hören reicht mir.«

»Also, Herr Kommissar, was kann ich für Sie tun?«

»Es geht um die aktuelle Titelgeschichte Ihres Blattes«, sagte Maler. »Ich hatte es Ihnen schon am Telefon gesagt. Ich möchte möglichst viele Informationen über den Ermordeten, diesen Herrn Professor Norbert Kufner.«

»Eine schreckliche Sache. Ich habe im Fernsehen einen Bericht gesehen. Die haben das groß aufgemotzt. Der berühmte Psychiater, ermordet im Luxushotel. Bei mir haben auch schon drei Fernsehsender angerufen, ich solle mich doch zu Kufner äußern. Mache ich aber nicht, das ist mir zu viel Boulevard. Weiß man jetzt schon mehr über den Mord?«

»Nein. Sie verstehen sicher, dass ich über Einzelheiten nicht sprechen kann.«

»Natürlich«, sagte Treysa und füllte dem Kommissar erneut sein Wasserglas. Dann holte er aus einer Schublade zwei Exemplare des neuen *Psychologie Journals* und gab eins Maler, das andere legte er vor sich auf den Tisch. »Kufner war auf jeden Fall ein höchst eindrucksvoller Mann. Er hatte wirklich Charisma. Das Interview mit ihm war sehr spannend.«

Maler betrachtete das Foto von Norbert Kufner. Es sollte wohl diabolisch wirken, damit es zu der Überschrift passte: *Kann man die Seele umprogrammieren?* Aber man bemerkte trotzdem die feinen, sensiblen Gesichtszüge. Und für einen Moment blendete Maler die anderen Bilder ein von diesem Gesicht, den Anblick, den er in der Bozener Gerichtsmedizin gesehen hatte. Das Gesicht ohne Augen. Die Obduktion hatte ergeben, dass Kufner wie Professor Kerkhoff durch einen gezielten Stich in die Leber getötet worden war.

Und wieder waren die Augen herausgeschält worden. Es gab keinen Zweifel, dass Kerkhoff und Kufner vom selben Täter ermordet worden waren.

Treysa sagte, um Kufners Bedeutung und die heftige Kritik an ihm zu erklären, müsse er etwas ausholen. In den neunziger Jahren habe es in den USA eine Gruppe von Therapeuten gegeben, die bei schwer depressiven, selbstmordgefährdeten Patienten eine neue Behandlung versuchten: Sie setzen die Patienten – meist waren es Frauen – unter Hypnose und redeten ihnen ein, sie seien als Kind von ihren Vätern missbraucht worden. Was in den meisten Fällen nicht stimmte. Natürlich liefen die Väter der Patientinnen Sturm gegen die Therapeuten. Mit Erfolg: Einige von ihnen saßen heute im Gefängnis, allen wurde die berufliche Qualifikation aberkannt. Keiner durfte mehr als Therapeut arbeiten.

»Wohl zu Recht«, sagte Maler. »Man darf doch keine derart dramatisch falschen Behauptungen in die Welt setzen.«

»Ganz bestimmt«, sagte Treysa. »Lassen Sie mich trotzdem zwei Dinge festhalten. Erstens: Die Patientinnen haben es geglaubt, auch nach den Verurteilungen der Therapeuten. Sie waren fest davon überzeugt, dass ihre Väter das getan hatten. Sie sind also in der Hypnose umprogrammiert worden. Zweitens: Den Patientinnen ging es viel besser als vorher. Das konnte keiner bezweifeln. Den Frauen tat es außerordentlich gut, einen Schuldigen für ihre Leiden gefunden zu haben. Auch wenn er gar nicht schuldig war.«

»Und wie beurteilte Professor Kufner die Arbeit dieser amerikanischen Therapeuten?«, fragte Maler.

»Nach außen verurteilte er sie scharf, das tat er auch in meinem Interview. Aber geglaubt habe ich ihm das nicht so recht. Denn im Kern hatte Kufner eine Philosophie, die heute viele moderne Psychotherapeuten vertreten: Es gibt keine Wahrheit, sondern nur Konstruktionen persönlicher Wahrheiten. Und das gilt im Besonderen für die Seele. Lassen Sie es mich so sagen: Wenn ein Patient Panikattacken hat, und er bekommt eine plausible Erklärung, warum er sie hat, dann hilft ihm das. Ob das dann wahr ist? Hauptsache, es hilft.« Dies sei das Feld von Professor Kufner gewesen, sagte Treysa, hier habe er geforscht. Kufner habe von neuen Konstruktionen gesprochen, die der Therapeut zusammen mit seinen Klienten entwickeln müsse. Kufner, sagte Treysa, sprach immer von *Klienten*, er mochte das Wort Patient nicht.

Maler wollte gerade etwas sagen, da meldete sich der Papagei aus dem anderen Zimmer. Zwei-, dreimal hintereinander war laut und deutlich ein »Wau!« zu hören.

Treysa erzählte von einem Abendessen mit Kufner in Wien. Auch Kufners Frau war dabei gewesen, ebenfalls eine Psychologin. Ein sehr netter Abend sei es gewesen. Ein hübsches Restaurant, dass Essen ganz wunderbar, Tafelspitz und dann noch diese wunderbaren Salzburger Nockerln zum Nachtisch. »Na ja, jedenfalls hatten alle ein bisschen viel Wein getrunken, und irgendwann erzählte Frau Kufner, wie ihr Mann einmal eine nervige Freundin bei Kaffee und Kuchen ruhigstellte.«

»Ruhigstellte?«, fragte Maler.

»Ja, hört sich seltsam an. Aber er hat diese anstrengende, immer zu laute Freundin während eines Kaffeekränzchens in eine Art Trance versetzt. Ich habe nachgefragt, und Frau Kufner sagte, ihr Mann habe dazu bestimmte Codeworte benutzt, die er immer wieder wiederholt habe im Zwiegespräch mit ihr. Wenn man so will, hat er also eine laute in eine leise Frau umprogrammiert. Wenn Sie mich fragen, Herr Kommissar, eine echte Geschäftsidee.« Treysa lachte.

Maler lachte auch und trank dann sein Wasser aus. »Sagen Sie, Sie schreiben in Ihrem Artikel vom *höchstumstrittenen* Psychiatrieprofessor. Warum war er so umstritten? Wahrscheinlich nicht wegen solcher Kaffeekränzchen.«

»Ich sagte schon, Kufner war sehr charismatisch. Und er hatte einen Hang dazu, sich als genialen Professor zu inszenieren, der die Welt veränderte. Einmal sagte er zu mir: ›Stellen Sie sich vor, man könnte die kranken Seelen dieser Welt umprogrammieren …‹«

Maler fragte noch einmal: »Deshalb war er so umstritten? Die Neuauflage des alten Frankenstein-Themas? Nur diesmal in der Psychologie?«

»Ja, das trifft es. Viele von den sogenannten seriösen Wissenschaftlern mögen keinen Größenwahn, vor allem nicht bei anderen. Dazu kamen bei Kufner immer wieder Gerüchte. Kufner war sehr reich, angeblich. Er selbst sprach darüber nicht. Aber es gab eben Gerüchte, dass er einflussreichen Wirtschaftsleuten seine Fähigkeiten zur Verfügung stellte. Auch von internationalen Geheimdiensten war die Rede. Nie ist irgendetwas bewiesen worden. Kufner lachte nur, wenn man ihn darauf ansprach.«

Das Gespräch war zu Ende, und Treysa begleitete den Kommissar zur Tür.

Maler fragte: »Halten Sie es für möglich, dass jemand Kufner wegen seiner Arbeit umgebracht hat?«

»Da fragen Sie den Falschen. Ich bin nur der kleine Chefredakteur einer noch kleineren Psychologie-Zeitschrift.«

»Wie wird man so was eigentlich?«

»Bei mir war die Sache so: Ich war auch mal Therapeut, gar kein so schlechter, glaube ich, aber die Leute mochten mich nicht. Ich war ihnen irgendwie zu negativ. Deshalb bin ich Chefredakteur meiner eigenen Zeitschrift geworden.«

Als Kommissar Maler im Aufzug verschwunden war, ging Treysa in sein Büro zurück. Er saß noch nicht, da nahm er sein Handy und rief Gabriel Tretjak an.

»Hallo. Bei mir war gerade der Kommissar. Er hat mich über Kufner ausgefragt.«

»Hat er nach mir gefragt?«, fragte Tretjak.

»Nein«, sagte Treysa.

Oberronnberg, Niederbayern, 11 Uhr

Pfarrer Joseph Lichtinger sperrte die kleine Kirche in Oberronnberg mit gemischten Gefühlen auf. Es war kurz nach elf Uhr vormittags, und er war fast eine Stunde zu früh für seine Verabredung. Aber er wollte sich noch ein wenig sammeln. Er war heute Morgen im Krankenhaus gewesen, die alte Bäuerin Sigl mit ihrem grünen Star in den Augen hatte er besucht, den Mechaniker Staiger, der gestern an der Galle operiert worden war. Und einem neunjährigen Mädchen hatte er die Sterbesakramente geben müssen. Sie war gestern Abend mit dem Fahrrad verunglückt, in Neufahrn, an diesem verflixten Eck am Bahnhof, wo schon so viel passiert war. Weil dort alle aufeinandertrafen, die Fußgänger aus der Unterführung, die Radfahrer vom Marktberg und die Lastwagen, die noch die alte Bundesstraße benutzten. Eine kleine Jacqueline, Jackie wurde sie genannt. Herr, sei nett zu ihr.

In der kleinen Kirche von Oberronnberg wurden schon lange keine regelmäßigen Messen mehr gehalten. Sie gehörte inzwischen zu Joseph Lichtingers Pfarrgemeinde Grisbach und wurde nur noch zu besonderen Gelegenheiten geöffnet, Taufen, Gedenkgottesdiensten, hin und wieder einer intimen Trauung. Sie lag einsam auf einem Hügel, große Maisfelder davor, dahinter der Wald. Drinnen gab es nur zehn Reihen von Holzbänken rechts und links des Mittelganges, an der Stirnseite einen schlichten Altar. An der Wand dahinter hing das Schmuckstück der Kirche: ein ziemlich großes, handgeschnitztes Kreuz aus Eichenholz, in der Gegend ein bisschen berühmt, weil der Jesus, wie man hier fand, nicht wie üblich leidend aussah, sondern vielmehr eher zornig. Der kleine Kirchturm befand sich direkt über dem Altar, und das Seil zum Läuten der Glocke war seitlich an der Wand um einen Messinghaken geschlungen.

Lichtinger setzte sich in die erste Reihe und richtete seinen Blick auf das Kreuz. Er war ein mittelgroßer Mann mit einer sportlichen Figur, die auch der schlechtgeschnittene schwarze Priesteranzug nicht ganz verbergen konnte. In seiner Jugend war er aktiver Geräteturner gewesen. Reck. Und Fußball spielte er immer noch, in der Altherren-Mannschaft von Grisbach. Das Auffälligste an ihm waren seine strohblonden Haare und seine leuchtenden blauen Augen, und hier in seiner Heimat hatte diese Auffälligkeit immer schon für Gelächter gesorgt. Joseph Lichtinger war einer von vier Brüdern, der jüngste, und alle hatten sie diese Augen und diese Haare, obwohl Vater und Mutter brünett waren und beide dunkle Augen hatten. Ein ziemlich fescher Schwede musste hier immer mal wieder durchgereist sein, witzelte man schon zu Zeiten, als die vier Brüder in Grisbach in die Grundschule gingen. Seine Brüder hatte es in die ganze Welt verschlagen. Ihn ja zunächst auch, aber dann war er zurückgekommen, im schwarzen Anzug mit weißem Kragen. Doch der Spitzname »der Schwede« war sofort wieder aufgenommen worden, Pfarrer hin oder her.

Seit zwei Jahren hatte er nichts mehr von Gabriel Tretjak gehört, und gesehen hatte er ihn zuletzt … ja, wie lange mochte das her sein? Gestern Abend hatte er angerufen, und der Klang seiner Stimme hatte Lichtinger sofort beunruhigt.

»Gibt es etwas Neues?«, hatte er ihn gefragt, »etwas Neues in … in unserer Sache?«

»Vielleicht«, hatte Tretjak geantwortet. »Möglich. Wir müssen reden.«

Er könne gleich kommen, hatte Lichtinger ihm vorgeschlagen. Aber Tretjak hatte abgelehnt. Er wollte noch zum Sterneschauen. Das wenigstens war noch genauso wie früher. Ein klarer Himmel hatte Verabredungen mit Tretjak immer gefährdet.

Oberronnberg war keine helle Kirche, die Fenster waren eher klein und die Scheiben bunt bemalt mit Motiven aus dem Neuen Testament. Sie ließen nicht viel Licht herein. Vielleicht lag es an diesem merkwürdigen Zwielicht mitten am Tag, dass Pfarrer Joseph Lichtinger, genannt der Schwede, plötzlich ganz ruhig wurde und seine Gedanken weit zurücklaufen ließ in die eigene Vergangenheit. Sie waren mit einem warmen Gefühl verbunden, als erinnerte er sich gar nicht an sich selbst, sondern an einen anderen Menschen, den er einmal gut gekannt und gemocht hatte und von dem er nicht mehr wusste, wo er abgeblieben war. Ein Student der Physik war er damals gewesen, und für einen Moment schien es ihm jetzt in der Kirche so, als wäre er wieder mühelos in der Lage, eine Differentialgleichung zu lösen – obwohl das über zwanzig Jahre her war. Im Südflügel der Technischen Universität in München hatten die Vorlesungen stattgefunden, ein Betonbau, heute abgerissen. Ein dunkelblaues Rennrad hatte er damals gehabt, Marke *Montarino*, zehn Gang, einen Squashschläger von Dunlop, Typ *Maxplay*, und ein Apartment im Studentenhochhaus in Freimann. Eine Freundin hatte er damals gehabt, Helen, eine Engländerin aus Bristol – und einen besten Freund. Gabriel, dieser Typ, der eines Tages in der Vorlesung für Theoretische Physik aufgetaucht war, der irgendwie ausländisch aussah, den man sich sofort bei einer PKK-Demonstration hatte vorstellen können, der dann aber den Mund aufmachte und mit Südtiroler Akzent sprach.

Er war gar nicht an der Technischen Universität eingeschrieben, studierte an der Ludwig-Maximilians-Universität Psychologie und Philosophie. Aber die Relativitätstheorie interessierte ihn – die Dehnung der Zeit, die Krümmung des Raumes – und die Quantenmechanik, die Gesetze der Unschärferelation. Irgendwann hatten sie einmal durch Zufall nebeneinander gesessen und sofort angefangen zu diskutieren. »Wenn ich mich also viel schneller bewege als du«, hatte Tretjak gesagt und damit auf ein Phänomen der Relativitätstheorie angespielt, »dann vergeht meine Zeit langsamer als deine und du alterst schneller. Gilt das auch, wenn ich viel schneller denke als du?« Heute schien es Joseph Lichtinger, als hätte diese Art der Diskussion in den folgenden zwei Jahren ununterbrochen zwischen ihnen beiden stattgefunden, in den Vorlesungen, in den Cafés, nachts auf Partys, bei Spaziergängen an der Isar … sie wurde sogar fortgeführt, wenn sie sich nicht sahen, weil jeder für die nächste Begegnung Munition sammelte, Fragen, Phänomene, Thesen. Und im Grunde kreisten sie dabei immer um zwei Fragen. Kann man vorhersagen, was im Leben passieren wird, wenn man die Fakten der Ausgangslage genau kennt? Und umgekehrt: Wie nachhaltig kann man den Lauf der Dinge ändern und steuern, indem man an einer Stelle geschickt die Fakten verändert?

Alle Wissenschaften hatten sie in ihre Diskussionen einbezogen, wie Junkies hatten sie sich immer neuen Stoff besorgt, aus der Biochemie, der Gehirnforschung, aus der Kommunikationsforschung … Wetten hatten sie abgeschlossen. Gelingt es, das Paar dort drüben am Fenster im Restaurant so zu manipulieren, dass die beiden einen heftigen Streit miteinander anfangen? Meist war es Tretjak, der auf so etwas setzte, erst genau beobachtete und dann aktiv wurde. Er stieß zum Beispiel im Vorbeigehen ein Weinglas um, das sich über das Kleid einer ohnehin schon nervösen Frau ergoss. Ein andermal drängte er einem schüchtern wirkenden Mann ein Gespräch auf. Dieser schaffte es nicht, es zügig zu beenden, was wiederum seine Frau ärgerte … Danach saßen sie einfach da und sahen zu, was passierte.

Spiele hatten sie veranstaltet. Einmal hatte Tretjak einen Privatdetektiv angeheuert, der ihn, Lichtinger, heimlich überwachen sollte. Er hatte eine diebische Freude daran, den Detektiv zur Verzweiflung zu treiben, indem er, wie er sagte, ein bisschen Quantenmechanik inszenierte. So verwandelte sich Tretjak zum Beispiel mit Hilfe einer blonden Perücke und entsprechender Kleidung in eine Kopie Lichtingers und sorgte dafür, dass der Detektiv einerseits sah, wie Lichtinger von seinem Fahrrad stieg und auf eine

Haustür zuging. Andererseits aber auch das Gegenteil, und zwar gleichzeitig: Lichtinger kam aus dem Hauseingang und stieg auf sein Fahrrad. Tretjak interessierte an diesem Spiel vor allem sein Ende, also der Bericht des Detektivs. Es faszinierte ihn, wie Menschen das, was sie wahrnahmen, in ihrem Gehirn so lange umprogrammierten, bis es eine Logik ergab, die in ihr Denken und ihr Leben passte.

»Du kannst dich mit allen anlegen«, hatte Lichtinger einmal gesagt, »nur nicht mit den Gesetzen der Physik.«

»Das hat Newton auch gesagt«, hatte Tretjak gelacht, »aber dann kam Einstein. Und dann hat Einstein es selbst gesagt. Aber dann kam Heisenberg.«

Einem plötzlichen Impuls folgend, stand Lichtinger auf, trat hinter den Altar und entnahm einem Holzkasten eine Packung Streichhölzer und zwei dicke weiße Altarkerzen. Er stellte sie auf den Altar und zündete sie an. Zwei Kerzen für die zwei jungen Männer, die sie gewesen waren. Und es war, als würde das weiße Wachs nun die warme, gnädige Erinnerung übernehmen, als würde sie nur noch dort in den Flammen weiterleuchten. Von Lichtinger war die Wärme abgefallen. Er dachte daran, wohin die übermütigen Spiele sie schließlich geführt hatten. Und er dachte an den alten grauen Pappkoffer, der inmitten von Gerümpel auf seinem Dachboden lag, scheinbar unachtsam dort hingeworfen. In dem Koffer befand sich eine mit einer Zahlenkombination gesicherte Stahlbox. Und in der Stahlbox lagen Geldscheine, viele Geldscheine, säuberlich gebündelt. Was dort auf dem Speicher des Pfarrhauses in Grisbach lagerte, waren 50 Millionen Dollar.

Der Weg zu der kleinen Kirche in Oberronnberg war nicht geteert. Noch bevor man das Motorengeräusch eines Wagens wahrnahm, hörte man schon die Reifen auf dem groben Schotter. Joseph Lichtinger ging zum Eingang der Kirche, öffnete die Tür und trat ins Freie. Er sah den anthrazitfarbenen BMW geradewegs auf sich zukommen. Die Sonne stand so, dass er Tretjaks Gesicht hinter der Scheibe nicht erkennen konnte, aber die Scheinwerfer des Autos blitzten zur Begrüßung auf.

»Ich hab dich mal was gefragt«, sagte Tretjak, »lange her. Ich wollte wissen, was ich mir darunter vorstellen muss, wenn es heißt, die Physiker suchen nach der Weltformel. Erinnerst du dich?«

Lichtinger sah ihn an und schüttelte nur müde den Kopf. Tretjak steckte in Blue Jeans, schwarzen Slippern und einem leichten schwarzen Pullover. Er saß auf der Stufe vor dem Altar am Boden, neben sich seinen aufgeklappten Laptop. Lichtinger saß ihm gegenüber auf der Holzbank in der ersten Reihe. Er hatte die Tür der Kirche von innen abgeschlossen.

Tretjak hatte als Erstes die beiden Kerzen ausgeblasen. »Wenn du gestattest …«

Man konnte nicht sagen, dass er sich groß mit Smalltalk aufgehalten hatte. Er hatte seinen Computer hochgefahren und Lichtinger zügig in all das eingeweiht, was in den letzten Tagen geschehen war. Die Nachricht im Hotel in Sri Lanka, der Mord an Kerkhoff, der rätselhafte Vorfall mit seiner Putzfrau, die Blumen-Botschaft und jetzt der Mord an Kufner. Tretjak hatte alles auf seinem Computer dokumentiert, sogar ein Bild des Rennpferds Nu Pagadi war auf dem Bildschirm erschienen. Wie früher war er sehr um Präzision bemüht, ließ kein Detail aus, fast eine Stunde saßen sie jetzt schon hier. Der Vollständigkeit halber, wie er sich ausdrückte, hatte Tretjak ihm schließlich noch von der Klientin Melanie Schwarz erzählt und von dem abstoßenden Politiker.

Tretjak rieb sich die Stirn. »Du hast mir damals auf meine Frage geantwortet, ich solle mir ein verliebtes Paar bei einem Dinner vorstellen, Mann und Frau, ein schönes Essen mit Kerzen und Champagner, passende Musik im CD-Player, vielleicht hat er sie eingeladen und gekocht, am Ende landen die beiden jedenfalls im Schlafzimmer, auf dem Tisch die abgegessenen Teller.«

Tretjak sah ihn wieder an. »Ja, jetzt erinnerst du dich. Du hast gesagt, ich solle mir Wissenschaftler vorstellen, die aus einer anderen Welt kommen, aus einer anderen Gegend des Universums, die nichts von uns Menschen wissen. Sie untersuchen den Abendessenstisch, weil sie nur den zur Verfügung haben. Sie vermessen alles, sie analysieren alles, jeder Stoff kommt ins Labor, die Reste der Sauce, der Lippenstift am Glas, die Schweißspuren auf der Serviette. Sie stellen Thesen auf und verwerfen sie, und sie analysieren weiter, noch genauer. Irgendwann kommen sie darauf, dass hier Lebewesen zugange waren, Lebewesen, die essen und trinken müssen, vielleicht kommen sie sogar darauf, dass diese Lebewesen eine Sprache haben, weil die Musik das verrät. Du hast mir erklärt, dass diese Wissenschaftler rasch sehr viel über die Geschehnisse an diesem Abend herausfinden. Aber eine große Erkenntnis fehlt ihnen, und erst diese Erkenntnis würde das Bild vervollständigen.« Tretjak machte eine Pause. Es war sehr still. »Erst wenn sie die Liebe entdecken, das Phänomen, das kein Stoff ist, erst dann werden sie uns Menschen – und diesen Abend – wirklich begriffen haben. Das hast du mir damals erklärt. Die Weltformel sei eine zusammenfassende Idee, die Physiker suchten nicht nach ein paar Zahlen, sondern nach der großen Idee, die unsere Welt erklärt.«

Lichtinger nickte. Ja, er erinnerte sich. So hatte er das damals gesehen. Heute hätte er nicht mehr sagen können, wo genau sie steckten, die theoretischen Physiker auf ihrer Suche. Er sah Tretjak aufstehen, die Hände in die Hüften stemmen und auf den schmalen Laptop herabblicken, der vor ihm auf der Steinstufe stand. »Ich weiß nicht, was hier passiert, Joseph. Ich steh davor wie deine Außerirdischen vor dem Esstisch.«

Lichtinger dachte daran, dass Tretjak ihm einmal von dem Namen erzählt hatte, den ihm jemand verpasst hatte. »Der Regler ist ratlos?«

Tretjak blickte auf. »Und der Mann Gottes? Weiß der weiter?«

Lichtinger war jetzt auch aufgestanden. »Du bist doch gar nicht ratlos, Gabriel. Du weißt doch ganz genau, was hier geschieht. Nu Pagadi. Hier wird eine Rechnung präsentiert, und zwar auf Russisch. Warum bist du gekommen? Willst du mir endlich erzählen, was genau damals passiert ist? Was genau du …«, er betonte dieses Wort, und er wiederholte es, »du selbst damals getan hast?«

»Möchten Sie mir die Beichte abnehmen, Herr Pfarrer? Was soll das?« Tretjaks Stimme bekam einen metallischen Klang. »Du weißt doch, was geschehen ist. Du warst dabei, du weißt, was wir getan haben und was wir tun wollten.« Er blickte zur Decke. »Und dein Herrgott weiß es auch.«

»Ich kenne immer nur deine Version der Geschichte, vergiss das nicht«, sagte Lichtinger. »Deine Version der Geschichte und das Geld, das war alles, was du mir serviert hast. Und wenn deine Version die

Wahrheit ist, dann ist es doch kein Rätsel, was hier im Gange ist. Jemand will sein Geld zurück. Und jemand ist ziemlich sauer, dass du es damals kassiert hast.«

»Jemand …« Tretjak schüttelte den Kopf. »Den Jemand gibt es doch gar nicht mehr.« Er kramte etwas aus seiner Hosentasche hervor. »Hat's hier eine Toilette?«, fragte er.

Lichtinger fiel die Südtiroler Formulierung sofort auf, und beinahe hätte er gelächelt. »Nein«, sagte er, »tut mir leid.«

»Und Wasser?«

»Wasser gibt's. Gleich hinter dem Paravent dort ist ein Hahn.«

Tretjak machte die paar Schritte, schob den Paravent zur Seite, drehte den Wasserhahn über dem kleinen Becken auf und versuchte gar nicht zu verbergen, dass er irgendwelche Tabletten einnahm.

»Hast du keine Angst?«, fragte er, als er sich wieder umwandte.

»Angst … Nein, jetzt nicht mehr. Von all den Gefühlen, die ich schon wegen dem Scheißkoffer hatte, ist zuletzt nur eins übrig geblieben: Ich schäme mich für diese Geschichte.«

»Ach ja«, sagte Tretjak, »der heilige Joseph.«

»Wahrscheinlich weiß auch niemand etwas von mir …«

»Ich will dir mal was sagen«, unterbrach ihn Tretjak, »wer immer da dahintersteckt, weiß verdammt viel, er kennt sich in meinem Leben viel zu gut aus, viel zu genau. Da ist schon anzunehmen, dass er auch weiß, wer du bist.«

»Das ist doch deine Lehre«, sagte Lichtinger. »Alles wissen über die Schlüsselfigur. Wahrscheinlich hast du es denen damals sogar selbst so gesagt.« Lichtinger erinnerte sich, wie Tretjak immer auf einem Stück Papier seine Diagramme aufgemalt hatte, spinnennetzartige Zeichnungen. In der Mitte war immer die wichtigste Person angeordnet. Jetzt fragte er sich, ob Tretjak inzwischen ein solches Diagramm über ihn, seinen früheren Freund, angefertigt hatte. Wie viel wusste Tretjak über ihn? Alles? Der Gedanke beunruhigte ihn.

Lichtinger trat an den Altar, verstaute die beiden Kerzen in dem Holzkasten, dann rückte er den Paravent zurück vor das Waschbecken. Er sah, dass Tretjak seinen Laptop zuklappte. Sie gingen den Gang entlang Richtung Ausgang, blieben dann aber auf halber Strecke stehen und setzten sich noch einmal nebeneinander in eine der Kirchenbänke.

»Ich höre, du hast so großen Erfolg mit diesen Science-Slams, die du veranstaltest«, sagte Tretjak. »Wie muss ich mir das vorstellen?«

»Wir machen das immer in großen Scheunen oder Geräteschuppen«, sagte Lichtinger. »Als Bühne dient meistens ein Traktor-Hänger. Und dann treten Leute auf, die ein wissenschaftliches Thema erklären. Jeder hat fünf Minuten Zeit, wenn die um sind, schreit das Publikum ›Aufhören!‹ oder ›Weitermachen!‹, je nachdem, wie gut derjenige ist. Und am Ende des Abends wird über den Sieger abgestimmt.«

»Was für Themen?«, fragte Tretjak.

»Völlig offen, Meeresbiologie, Kieferchirurgie, Aggressionsforschung, alles ist möglich. Schüler tragen vor, auch Studenten, wir hatten auch schon zwei richtige Professoren. Macht Spaß, du solltest mal kommen.«

Tretjak nickte und lächelte. Und wenn er sich nicht völlig verändert hatte, dachte Pfarrer Lichtinger, dann gefiel ihm der Gedanke wirklich, jedenfalls in diesem einen, kurzen Moment.

München, Ostbahnhof, 21 Uhr

Dimitri Steiner stand neben seinem Motorrad und überlegte, bestimmt schon zum hundertsten Mal, ob er sich eine Windschutzscheibe anschaffen sollte. Die Vorteile waren klar: Bei Regen blieb man dahinter leidlich trocken, und auch auf der Autobahn bei höheren Geschwindigkeiten versprach sie entspanntes Fahren. Andererseits fehlte dann an einem heißen Tag der kühlende Fahrtwind, und überhaupt war Dimitri eher ein Freund des puren Motorradfahrens.

Maschinen mit Stereoanlagen, Navigationssystemen, Sitz- und Griffheizungen und schweren Verkleidungen waren nicht sein Fall, er nannte sie »Einbauküchen«. Dimitri betrachtete seine Rückspiegel. Sie hatten eine Tropfenform, und er überlegte, ob er sie gegen kreisrunde austauschen sollte, wie er sie vor kurzem im Harley-Davidson-Katalog entdeckt hatte.

Dimitri Steiner war vollkommen glücklich, wenn er sich solche Gedanken machte. Er konnte Stunden damit zubringen, sein Motorrad bis ins Detail zu inspizieren: Sollte er alle Schrauben der Maschine durch verchromte ersetzen? Einen kleinen Öldruckmesser unten am Motorblock anbringen? Die Sitzbank etwas weicher auspolstern lassen? Bei solchen Gedankenspielen war man niemandem Rechenschaft schuldig, man konnte sie jederzeit abbrechen, sie mussten zu keinem Ziel führen und vor allem: Sie hatten keinerlei Konsequenzen, weder für ihn noch für andere Menschen. Seit Dimitri Steiner nicht mehr seinem Beruf nachging, seit er quasi in den Ruhestand getreten war, waren die harmlosen Gedankenspiele sein Hobby.

Es war kurz nach neun Uhr abends. Steiner stand mit seinem Motorrad am Münchner Ostbahnhof, an der Rampe zur Verladung in den Autozug nach Hamburg. Er stand in einem Pulk anderer Fahrer, die alle einen weißen Zettel mit Tesafilm an die Tanks ihrer Maschinen geklebt hatten, auf dem zu lesen war: *Hamburg-Altona.* Dimitri und sein Motorrad fielen auf in dem Pulk. Seine Harley *Roadking* war zweifarbig lackiert, in einem antik wirkenden Cremeweiß und einem sonnigen Gelb. Dimitris Helm, der am Lenker hing, war ebenfalls weiß, und er selbst steckte in einer leuchtend roten, wuchtigen Lederjacke. Ein sonderbar viereckiger Mann, ein bisschen zu kurz geraten, mit Bauch inzwischen, aber für Ende fünfzig noch mit einem breiten, muskulösen Kreuz ausgestattet. Seine eisgrauen Haare waren zu einem Igel gestutzt, sein Gesicht war braungebrannt von der vierzehntägigen Tour durch die Alpen. Dimitri Steiner wusste genau, dass er irgendwie lustig aussah, das würde sich auch bald in dem Gesichtsausdruck dieses Kommissars widerspiegeln, der ihm angekündigt worden war.

Vier Jahre lang hatte er keine Nachrichten mehr aus seinem früheren Leben erhalten. Bis heute. Es war kein langes Telefonat gewesen, aber ein präzises, ein bisschen zu präzise für seinen Geschmack. Der Mann am anderen Ende der Leitung war offensichtlich noch jung und konnte nicht einschätzen, mit wem er es da zu tun hatte. Dimitri hätte auch ohne dessen Auflistung genau gewusst, welche Informationen er dem Kommissar preisgeben durfte – und welche nicht. Er hatte das Telefonat oben am Zirler Berg geführt, auf dem Parkplatz vor dem Rasthaus. Danach hatte er sich dort eine große Portion warmen

Apfelstrudel mit Vanilleeis und Schlagsahne bestellt. Er liebte diesen Apfelstrudel, den es hier überall gab.

Das Verladen der Fahrzeuge begann, die Motorräder waren zuerst dran. Man musste auf seinen Kopf achten beim Einfahren in die Waggons, die Stahlstreben der darüberliegenden Ebene hingen tief. Dimitri kannte das, er war schon oft mit dem Autozug gefahren. Routiniert lenkte er seine Roadking an die Stelle, die ihm von den Männern in den orangenen Westen zugewiesen wurde, stellte die Alarmanlage auf Transportmodus, nahm seine schwarze Ledertasche vom Gepäckträger – und warf sie Minuten später in seinem Abteil aufs Bett. Dimitri Steiner reiste auf die luxuriöseste Art, die im Autozug möglich war, in einer Einzelkabine mit eigener Dusche und Toilette. Eine kleine Rotweinflasche stand schon neben dem Bett. Morgen früh, eine Stunde vor der Ankunft, würde ihm ein Frühstück serviert werden. Er hängte seine Lederjacke auf den Bügel, zog sein T-Shirt aus und entnahm seiner Tasche ein frisches, blaurotkariertes Hemd.

Mit Polizeibeamten hatte Dimitri nur gute Erfahrungen gemacht in seinem Leben. Egal in welchem Land, Polizeibeamte waren vernünftige, angenehme Burschen. Sie hatten keine Ahnung, was wirklich lief, aber man konnte gut mit ihnen klarkommen. Kommissar Maler, der ihn schon im Speisewagen erwartete, war auch aus diesem Holz geschnitzt. Maler trug ein blassbeiges Hemd, ein graues Sakko, er hatte graue Haut. Dimitri musste an seine Kindheit in Rostow denken, einer grauen Millionenstadt im großen Nirgendwo der damaligen Sowjetunion. Alles dort hatte so farblos ausgesehen wie der Kommissar, die Häuser, die Straßen, die Menschen. Eine Dreiviertelstunde hatten sie Zeit zu reden, dann würde der Kommissar aussteigen und der Zug sich in Bewegung setzen. Und Dimitri würde den Mann vergessen haben – noch bevor der Zug seine Reisegeschwindigkeit erreicht hätte.

»Ich gestehe, Herr Steiner«, begann Maler das Gespräch, »dass ich etwas ratlos bin, was unser Treffen hier angeht. Aber vielleicht können Sie mir dazu ja etwas Erhellendes sagen.« Er saß vor einem alkoholfreien Bier und einem schwarzen Kaffee. Dimitri hatte ein Weißbier bestellt. »Ich ermittle in einem Mordfall, besser gesagt in zwei Mordfällen«, fuhr Maler fort. »Dabei spielt eine Person eine Rolle, über die ich mehr Informationen benötige. Gabriel Tretjak. Unser Polizeicomputer liefert über ihn ähnlich dürftige Daten wie das Telefonbuch. Aber heute bekam ich plötzlich einen etwas merkwürdigen Anruf vom Bundeskriminalamt.« Er blickte Dimitri an. »Ein gewisser Dieter Steiner könne mir bei den Recherchen weiterhelfen, hieß es. Das Treffen sei schon arrangiert. Sehr viel mehr war von dem Kollegen nicht zu erfahren, er sprach von einer diskreten Angelegenheit, die außerhalb der Zuständigkeit der Polizei liege. Die Informationen, die ich von Ihnen erhalten würde, seien die einzigen, die man mir zugänglich machen würde.« Maler griff nach seiner Tasse, trank ein paar Schlucke und wartete, dass sein Gegenüber etwas sagte.

Dimitri war immer ein wenig überrascht, wenn jemand den Namen Dieter benutzte, besonders wenn er eine Zeitlang – wie in den vergangenen Tagen – von niemandem mit Namen angesprochen worden war. Mit Steiner hatte er nie ein Problem gehabt, an Dieter konnte er sich nicht gewöhnen. Dieter Steiner, Großer Elbberg 27, 22767 Hamburg, deutscher Staatsbürger. Manchmal, wenn er in dieser Wohnung im neunten Stock aufwachte und über den Hafen blickte, sinnierte er darüber, was das Leben für Wendungen nehmen konnte. Wer hätte je gedacht, dass aus dem kleinen Dimitri Tschernokov einmal ein Dieter Steiner werden würde, ein Mann ohne finanzielle Sorgen, abgesichert vom deutschen Staat, ein Mann, der wie ein König über die Kräne, Kreuzfahrtschiffe und Öltanker blicken konnte, in einer Wohnung, die fast dreitausend Euro Miete kostete. Jeden Morgen wurde er von einem freundlichen Doorman begrüßt, er war privat krankenversichert und konnte zu den besten Ärzten gehen. Obwohl ihm nichts fehlte, leicht erhöhter Blutdruck, das war alles.

Dimitri war klar, dass er dem Kommissar zunächst eine Vorstellung geben musste, wer ihm gegenübersaß. Also begann er von den zwei Welten zu sprechen: von der einen, in der das normale Leben stattfand, mit Menschen, die ihren Beschäftigungen nachgingen, ihre Kinder in die Schule schickten, sich neue Autos bestellten und von der Polizei dabei beschützt wurden. Und von der anderen, der Schattenwelt, der Welt der Geheimdienste, der Nachrichtendienste, der Agenten und V-Männer, aber auch des organisierten Verbrechens, der Mafia, mit Drogenhandel, Menschenhandel. »In dieser anderen Welt«, sagte er, »haben Gesetze andere Bedeutungen. Ich war ein Leben lang in dieser Welt tätig.«

Der Ausdruck des Kommissars sagte ihm, dass er an dieser Stelle nicht zu ausführlich werden musste. Es war offensichtlich nicht das erste Mal, dass Maler bei seiner Arbeit mit staatlichen Aktivitäten aus der Schattenwelt konfrontiert wurde. »Es ist eine kalte, irgendwie technokratische Welt«, fügte Dimitri noch an. »Bei den Geheimdiensten sind Sie eine Akte, manchmal nur eine Nummer. Im organisierten Verbrechen sind Sie ein Name, oft nur ein Vorname. Loyalitäten ändern sich ständig, Bezugspersonen verschwinden, Machtlinien verschieben sich. Man hat kein schlechtes Gewissen, wenn man mal die Seite wechselt – wie ich.«

Weiter hinten im Speisewagen hatte inzwischen

eine fünfköpfige dänische Familie Platz genommen, alle blond, alle braungebrannt, alle gutgelaunt.

»Als der Eiserne Vorhang fiel, bot sich mir eine Chance, und ich habe sie ergriffen«, sagte Dimitri.

Für einen Moment dachte er daran zurück, wie überheblich ihm die deutschen Beamten begegnet waren. Jetzt, wo euer Imperium ohnehin zusammenbricht, sind Überläufer nichts mehr wert ... Niemand interessierte sich so recht für seine Fähigkeiten, für seine weltweiten Netzwerke, sein Know-how. Er bekam eine bescheidene Starthilfe und wurde als schäbiger kleiner Agent eingesetzt, Kurierdienste, Geldbote, solche Sachen. Hätten seine Kontakte nicht ab und zu andere Aufträge ergeben, er hätte von dem kümmerlichen Honorar des BND nicht existieren können.

Erst nach den Attentaten des 11. September in New York änderte sich die Lage. Plötzlich stieg man vom hohen Ross herab, plötzlich wurde er von Limousinen abgeholt – und zu Treffen gebracht, bei denen nicht einfältige Bürokraten herumkommandierten, sondern freundliche Herren in guten Anzügen ihm einen Espresso anboten und Lachsbrötchen. Plötzlich kam man ihm nicht mehr mit Moral, mit Menschenrechten, mit Rechtsstaatlichkeit, die er erst noch begreifen müsse. Stattdessen reduzierte sich alles auf die eine entscheidende Frage: Mit welchen Methoden hatte es die Sowjetunion immer geschafft –

und schaffte es jetzt auch Russland –, dass ihre Bürger niemals Opfer von Entführungen im Ausland wurden? Amerikaner, Deutsche, Italiener, Japaner – aus allen Ländern gerieten Bürger in die Hände von Terroristen, Firmen wurden erpresst, Regierungen, Privatpersonen. Nur bei Russen hörte man nie davon. Warum nicht? Sie wussten, dass genau das sein Fachgebiet gewesen war. In diesen Wochen nach dem 11. September 2001 begriff Dimitri Tschernokov, der schon Dieter Steiner genannt wurde, aber nur als Deckname, noch ohne deutsche Staatsbürgerschaft, dass sein Wissen plötzlich sehr viel Geld wert war. Und die deutschen Behörden begriffen auch ein paar Dinge: Der Mann war kein Schaumschläger, seine Informationen stimmten, das meiste ließ sich überprüfen. Und der Mann war gefährlich. Er hatte jahrelang gezielte Tötungen organisiert, wahrscheinlich oft genug selbst ausgeführt. Nicht dass die Beamten Angst um ihr eigenes Leben gehabt hätten, das nicht. Die Gefahr bestand darin, sich mit ihm einzulassen. Dimitri Tschernokov war für den arabischen Raum zuständig gewesen, ein BND-Mann nannte ihn einmal einen »Blitzkrieger gegen Terroristen«, und er war bekannt gewesen in Terroristenkreisen, war es sicher immer noch, das war ja Teil der Strategie: Wer einen Russen entführte, sah niemals Geld, sondern lernte Tschernokovs Truppe kennen. Aber wer sagte, dass die Terroristen von damals die Terroristen von heute waren? Diese Sorge hatten sie ihm gegenüber immer wieder formuliert: dass sie überhaupt erst durch die Zusammenarbeit mit Tschernokov die Aufmerksamkeit der Terroristen auf sich zogen und so Deutschland und deutsche Staatsbürger zur Zielscheibe machten.

Schließlich kam es zu einem abschließenden Gespräch. Es fand in einem kleinen Konferenzraum eines Businesshotels in Münster statt. Dimitri, damals noch ein Meister der äußerlichen Unauffälligkeit, traf dort auf einen ebenso unauffälligen Mann, der aber nichts zu sagen hatte, sondern nur eine Telefonverbindung herstellte. Entscheidend war die Stimme am Telefon. Dimitri wusste, dass sie dem BND-Chef gehörte, obwohl kein Name genannt worden war. Die Stimme war leise und sachlich. »Wir lehnen die Methoden ab, mit denen Sie gearbeitet haben«, sagte diese Stimme. »Wir wollen nicht, dass Sie für den deutschen Staat oder irgendwelche anderen deutschen Organisationen oder Firmen tätig werden. Wir wollen nur Ihr Wissen, Ihre Informationen.«

Im Speisewagen des stehenden Autozuges in München brauchten Dimitris Erinnerungen an diese entscheidende Lebensphase nur ein paar Sekunden, ein nachdenklicher Blick auf die Tischplatte, länger nicht.

Kommissar Maler bestellte noch einen Kaffee – »wieder koffeinfrei, bitte« – und sagte: »Herr Steiner, vermutlich werden wir uns nie wieder begegnen, es spielt für uns beide keine Rolle, was ich von Ihnen, Ihrer Tätigkeit und Ihrer Biographie halte. Mir wurde mitgeteilt, Sie könnten mir etwas über Tretjak erzählen, das mir vielleicht weiterhilft.«

Dimitri machte eine Kopfbewegung in Richtung der Getränke, die auf dem Tisch standen und sagte: »Alkoholfrei, koffeinfrei … Sie sind ein risikofreudiger Typ, was?« Er sah, wie sich eine feine ironische Falte um einen Mundwinkel des Kommissars legte, der die Bemerkung aber sonst nicht quittierte. »Tretjak, Gabriel Tretjak …«, sagte Dimitri vor sich hin. »In meiner Branche ist es genau wie in jeder anderen, Herr Kommissar. Es gibt ein paar erstklassige Leute, einige mittelmäßige und dann noch die vielen Unbrauchbaren. Und genau wie in jeder anderen Branche fallen herausragende Begabungen schnell auf.«

»So war es bei Tretjak?«

Dimitri nickte. »Es ist wie beim – sagen wir – Eishockey. Auf einmal ist da ein junger Bursche. Irgendwo auf einem schlechten Platz in der Provinz tanzt er anders mit dem Puck als die anderen. Es dauert nicht lange, dann entsteht um diesen Jungen herum Unruhe, Aufregung. Und dann stehen plötzlich mächtige Leute an der Bande und wollen ihn mitnehmen.« Er erklärte, dass der junge Gabriel Tretjak dadurch auffiel, dass er auf ungewöhnliche Weise ungewöhnliche Aufträge erledigte. Einer, der es verstand, an Strippen zu ziehen und dadurch Dinge zu verändern. Wobei zunächst unklar gewesen war, woher die Aufträge kamen, wer dieser Tretjak war. War das überhaupt sein richtiger Name? »In meiner Welt«, sagte Dimitri, »sieht man überall Geheimnisse.«

»Was waren das für Aufträge?«, fragte Maler.

»Harmloses Zeug, könnte man sagen«, antwortete Dimitri. »Einmal sorgte er zum Beispiel für die Zerschlagung einer neugegründeten Sekte in Köln. Das mit den Sekten ist ja nicht einfach. Tretjak initiierte zeitgleich Aktionen gegen die Gründer. Einer wurde wegen Drogenhandels verhaftet, ein anderer, Redakteur beim Westdeutschen Rundfunk, durch die Öffentlichmachung seiner Sektenzugehörigkeit in Schwierigkeiten gebracht. Tretjak jonglierte geschickt mit Informationen. Nach knapp drei Wochen existierte die Sekte nicht mehr.«

»Und warum hat er das getan?«

»Man kam zu keiner besseren Erklärung als der, dass der Auftrag von einem Industriellen gekommen war, dessen Tochter sich in diese Sekte verirrt hatte.«

»Und das war Ihnen aufgefallen?«

»Mir persönlich noch nicht. Aber kurze Zeit später versuchte er, einen deutschen Ingenieur aus einem algerischen Untersuchungsgefängnis freizubekommen. Dazu brauchte er meine Hilfe. Und das sprach für seine Fähigkeiten. Will sagen: Er hätte von meiner Existenz eigentlich gar nichts wissen dürfen.«

Dimitri griff nach der Speisekarte und überflog sie schnell. Er hatte Hunger, winkte dem Kellner und deutete auf das Foto mit dem großen Käseteller. »Ich fing natürlich an zu recherchieren«, sagte er. »Niemand von uns konnte sich vorstellen, dass Tretjak auf eigene Rechnung arbeitete. Jeder vermutete hinter ihm eine Organisation, einen Geheimdienst, ein Wirtschaftsunternehmen, die Mafia …«

»Dem war aber nicht so?«, fragte Maler.

»Nein, dem war nicht so«, antwortete Dimitri. »Aber jetzt wurde er natürlich umworben.«

Maler sah ihn an. »Die mächtigen Leute tauchten an der Bande auf … Waren Sie auch einer, der ihn mitnehmen wollte?«

»Vielleicht.« Dimitri spürte sein Handy in der Hosentasche vibrieren. Eine Nachricht. Er wusste genau, von wem sie kam.

»Und wer hat ihn dann gekauft?«

Dimitri ließ sich Zeit mit der Antwort, wählte seine Worte genau. »Gekauft hat ihn niemand. Er ließ sich für seine Arbeit bezahlen, ja. Aber meines Wissens hat er sich nie jemandem angeschlossen.«

Maler blätterte jetzt in einem kleinen Notizbuch. »Bei Gabriel Tretjak wird gerade eine Steuerprüfung durchgeführt«, sagte er. »Die Finanzbeamtin hat mir gesagt …«

»Frau Neustadt«, unterbrach ihn Dimitri. »Frau Fiona Neustadt.«

Maler sah ihn überrascht an.

Dimitri lächelte und hob entschuldigend die Arme. »Sorry, Herr Kommissar, Information war zu lange mein Geschäft, meine Droge. Manchmal wird man rückfällig.« Dieser Polizist, der jetzt irritiert sein Notizbuch zuklappte, war ihm sympathisch. »Was hat Ihnen denn Frau Neustadt gesagt?«

»Dass Tretjak bei seiner Arbeit heftig im Leben anderer Menschen herumfuhrwerkt«, sagte Maler nach einer kleinen Pause. »Und dass dabei wahrscheinlich einige Aggressionen gegen ihn entstehen. Das hat sie gesagt. Ich glaube, sie wollte ihn irgendwie in Schutz nehmen ...«

Das war der Auftakt für die Art von Polizistenfragen, auf die Dimitri gewartet hatte. Wen hatte Tretjak zum Feind? Gab es einen Menschen, mit dem Tretjak eine Rechnung offen hatte? Wann hatte er, Dimitri, Tretjak zuletzt gesehen? Sagten ihm die Namen Kufner und Kerkhoff etwas?

Dimitri hatte sich inzwischen über den großen Käseteller der deutschen Bahn hergemacht, was ihm dabei half, die Fragen des Kommissars an einsilbigen Antworten und gelegentlichem Achselzucken abprallen zu lassen. Doch am Ende des Gesprächs riss Dimitri ein Stück der Speisekarte ab und kritzelte mit dem Stift des Kommissars ein paar Worte und ein paar Zahlen auf eine unbedruckte Stelle.

Draußen war es dunkel geworden, der Kommissar

hatte seine Getränke bezahlt und stand jetzt auf. Dimitri erhob sich auch und gab ihm das Stück Papier. »Im Klinikum Großhadern in München, Station F, Zimmer 324, liegt ein Mann, den Sie besuchen sollten«, sagte Dimitri. »Er wird sterben und liegt dort nicht mehr lange. Bauchspeicheldrüsenkrebs, Endstadium.« Maler sah ihn unbewegt an, aber Dimitri hatte den Eindruck, dass ihm die Erwähnung der Klinik – oder der Krankheit – unangenehm war. »Der Mann heißt Krabbe und ist selbst Arzt«, fuhr Dimitri fort, »Dr. Martin Krabbe. Ihr Computer wird ihn als Hals-Nasen-Ohrenspezialisten mit Praxis am Tegernsee ausweisen. Vergessen Sie das. Geben Sie ihm diesen Zettel, und dann unterhalten Sie sich mit ihm über seine Schüler. Er war nämlich auch eine Art Lehrer.«

Dimitri sah, dass Maler erst auf dem Bahnsteig auf den Zettel blickte, wo Station und Zimmernummer notiert waren – und ein Begriff, mit dem Maler nichts anfangen konnte, denn er war nur für Martin bestimmt. *Leber venezianisch*, hatte Dimitri notiert. Unter dieser Bezeichnung hatte sich Dr. Martin Krabbe nicht nur in italienischen Restaurants sein Lieblingsgericht servieren lassen, sondern auch eine anspruchsvolle Methode entwickelt, einen Menschen zu töten. Dimitri fragte sich, ob der Kommissar die Bedeutung seines Tipps richtig einschätzte.

Als sich der Zug in Bewegung setzte, holte er das Handy heraus. Er wollte die Nachricht von Gabriel Tretjak lesen. Heute Mittag hatte Dimitri eine SMS von ihm erhalten: *Mir egal, wo du bist. Muss dich sofort treffen. GT.* Am Nachmittag hatten sie telefoniert. Jetzt hatte Tretjak einen Vorschlag geschickt: *Übermorgen, Hamburg, Café Paris, zehn Uhr.*

Dimitri tippte die Antwort, sie bestand aus einer kleinen Korrektur. *Zehn Uhr dreißig.*

Er war schließlich Rentner, er wollte ausschlafen.

Siebter Tag
17. Mai

Bozen, Hotel *Zum Blauen Mondschein*, 6 Uhr

Es war der dritte Tag nach ihrem grausigen Fund im Zimmer 242. Maria hatte Frühschicht und kam zur Arbeit, als wäre nichts gewesen. Sie war gefragt worden, ob sie psychologische Betreuung benötige. Sie hatte nur den schmalen Kopf geschüttelt.

Maria betrat den *Blauen Mondschein* durch den Personaleingang hinten im Hof. Wie immer ging sie zuerst zur Rezeption, um zu fragen, ob irgendetwas Besonderes anfalle. Dort hatte Max Dienst. Maria und Max kannten sich seit knapp vierzig Jahren. Für sie war er immer noch der kleine Max, den sie einst als Hotelpagen angelernt hatte. Der kleine Max war inzwischen fast 65, stand kurz vor der Pensionierung und wog 120 Kilo, er liebte alle Arten von Nudeln. Doch das änderte nichts an ihrem Blick. Die 83jährige Maria sah immer noch den Max, der er einmal gewesen war.

»Maria«, sagte Max, »für dich ist Post gekommen. Irgendwie besondere Post, glaube ich.«

Er gab ihr ein großes Kuvert, dick, wattiert. In schönen Buchstaben stand darauf: *Für Frau Maria Unterganzner.* Das Kuvert hatte keinen Absender. Maria nahm es und öffnete es. Als würde sie täglich solche Briefe öffnen. Es störte sie nicht, dass Max ihr zusah. Was sollte da schon drinstehen? Sie hatte keine Geheimnisse vor ihrem Hotel.

Es war tatsächlich eine besondere Post. Im ersten Moment wirkte der Inhalt wie eine Art Urkunde. Eine Seite Papier, aber eigentlich auch kein Papier, feiner, dünner, wie ein Pergament. Bunt, an allen Seiten verziert. Gelbe und rote Linien, Tierköpfe, ein Wappen. Und in der Mitte standen eine Zahl und ein paar Worte. *Zimmer 242*, stand da, und: *Liebe Maria, bitte erzählen Sie der Polizei die Geschichte von Gabriel Tretjak.* Keine Unterschrift, nichts weiter sonst. Die Buchstaben schienen mit Füller geschrieben, schwungvoll, fast etwas überladen, irgendwie antik.

Ein paar Minuten später rief Max bei der Polizei an. Erst beim Revier um die Ecke, die kannten sie, die riefen sie öfters an, wenn wieder irgendwelche Touristen mit ihren Autos den Eingang blockierten, obwohl sie gar keine Hotelgäste waren. Der Mann im Revier verband Max weiter ins Polizeipräsidium. Als der Zusammenhang des merkwürdigen Briefes mit dem Mord an dem Wissenschaftler klarwurde, ging alles ziemlich rasch. Maria solle, so schnell es ging, ins Präsidium kommen. Der Kommissar wolle selbst mit ihr sprechen.

Maria eilte noch schnell nach Hause. Sie wechselte die blaue Schürze und das dunkelblaue Kleid gegen ihr schwarzes Kleid, das sie zu Beerdigungen trug. Das schien ihr angemessen für den Besuch beim Kommissar. Schwarzes Kleid beim Thema Tod, fand sie, das gehörte sich so.

Kommissar Fritz Innerhofer trank an diesem Morgen schon seine fünfte Tasse Kaffee. Seine Sekretärin wusste auf diese Weise immer, wie es um die aktuellen Ermittlungen stand. Je mehr Kaffee, desto schlechter lief es. Fünf Tassen schon in der Früh bedeuteten: Es lief sehr schlecht. Die Gespräche mit der Familie des ermordeten Professors hatten so wenig erbracht wie die Spurensuche im Hotelzimmer. Außer der Erkenntnis, dass man von einem Profitäter auszugehen hatte – derartig perfekt war das Zimmer gereinigt worden. Es gab bislang keinen vernünftigen Hinweis und keinen Verdächtigen. Es gab nur diesen einen Namen: Tretjak. Man hatte die Morde auf der bayerischen Autobahn und im Bozener Hotelzimmer schnell miteinander in Verbindung gebracht. Der Münchner Kommissar hatte einen dubiosen Geschäftsmann namens Tretjak erwähnt, der in der Sache eine Rolle spiele, aber er stochere dabei noch total im Nebel. Innerhofer hatte sich den Namen gemerkt – er war Eishockeyfan, und ein legendärer sowjetischer Nationaltorwart hieß Wladislaw Tretjak. Er hatte es im Gespräch mit Maler gleich angemerkt, aber der Kollege hatte keine Ahnung von Eishockey und sagte nur: »Mein Tretjak heißt Gabriel mit Vornamen. Ein sehr merkwürdiger Mann.«

Und dann der Anruf heute morgen. Als die Sekretärin den Kopf durch die Tür steckte und mitteilte, Frau Unterganzner sei jetzt da, sagte Innerhofer: »Gut, sie kann gleich hereinkommen.«

Zimmermädchen war vielleicht nicht ganz der richtige Begriff, dachte er, als ihm die kleine, zierliche, alte Maria gegenübersaß. Sie gab ihm das Kuvert. Innerhofer öffnete es und holte vorsichtig die Pergamentseite heraus. Er las den Text und sagte dann: »Also, Frau Unterganzner …«

»Bitte, Herr Kommissar, sagen Sie Maria zu mir. Alle sagen Maria zu mir. Ich höre meinen Nachnamen nie, er macht mich nervös.«

»Gern. Also, Maria, dann erzählen Sie doch mal die Geschichte von diesem Gabriel Tretjak.«

»Aber ich kann gar nix erzählen. Ich hab ihn doch seit dreißig Jahren nicht mehr gesehen. Ich weiß gar nichts von ihm.«

Für solche Momente hasste Innerhofer seinen Job. Erst die Erwartung, dann erweist sich die Hoffnung als einzige Luftblase. Nach außen zeigte er keine Reaktion, er schaute Maria nur an.

Sie sagte: »Ich kannte ihn ja nur als Kind.«

Es dauerte weitere drei Tassen Kaffee für den Bozener Kommissar – Maria trank nichts –, bis er den Rahmen der Geschichte vor Augen hatte, die Maria über Tretjak zu erzählen hatte. Es war nicht immer ganz einfach, ihr zu folgen, denn die alte Frau war keine geborene Erzählerin. Am häufigsten wiederholte sie den Satz: »Der Gabriel, der war ein so lieber Junge!«

Die Mutter von Gabriel Tretjak war eine tüchtige Türkin, die Ende der siebziger Jahre zusammen mit ihrem Mann das Management des Hotels *Zum Blauen Mondschein* übernommen hatte. Sie war klug und fleißig, ihr Mann Paul dagegen ein Nichtsnutz, der dauernd hinter irgendwelchen Frauen her war. Es gab noch einen Sohn aus Pauls früherer Ehe. Musste ein übler Typ gewesen sein, der immer für Ärger sorgte, wenn er zu Besuch kam. Er war etwa zehn Jahre älter als Gabriel, und Gabriel hatte sich immer vor ihm gefürchtet. Maria wusste seinen Namen nicht mehr.

Dann erkrankte die Mutter an Krebs, Gehirntumor, die Krankheit nahm schnell einen schweren Verlauf. Und Gabriels Vater, der windige Paul, machte sich aus dem Staub, von einem Tag auf den anderen. Er ließ die Familie im Stich, die todkranke Frau und den kleinen Gabriel. Die Mutter musste ihre Familie aus der Türkei um Hilfe bitten. Ihre zwei

Schwestern kamen mit Anhang. Alle sprachen nur Türkisch.

Das war die Geschichte, die Maria Unterganzner über Gabriel Tretjak zu erzählen hatte: die Koordinaten einer schrecklichen Kindheit. Zwei Szenen hatte sie noch besonders in Erinnerung. Einmal weinte der kleine Gabriel, weil er auf der Treppe gestürzt war und sich die Knie aufgeschlagen hatte. Gabriel war da etwa zehn Jahre alt. Ein Knie blutete, und er weinte und weinte, und plötzlich rief er nach seinem Vater: »Papa, Papa, wo ist mein Papa?« Und die Einzige, die da war, war eine seiner Tanten. Sie war nett, sicher, sie versuchte ihn zu beruhigen, zu trösten, und sie sagte auch irgendetwas wie »Papa später, Papa später«. Aber das Zimmermädchen Maria, das die Szene beobachtete, hatte ein Gefühl, das sie sich auch nach über dreißig Jahren in Erinnerung rufen konnte: Der Junge hatte Angst vor seiner Tante, vor der Frau mit dem Kopftuch, die er nicht verstand.

Die zweite Erinnerung war nicht viel besser. Der kleine Gabriel saß in seinem Kinderzimmer auf dem Bett, wie erstarrt, nicht ansprechbar, vor sich auf dem Schoß sein Stofftier, den weißen Tiger. Maria schüttelte ihn, Maria nahm ihn in den Arm. Keine Reaktion. Draußen hört man die Schreie der Mutter, die, wie häufig, so starke Schmerzen hatte, dass kein Schmerzmittel mehr half. Diesmal dauerte es Stunden, bis das Morphium dann doch irgendwann wirkte. Als die Mutter längst schon schlief, saß Gabriel immer noch regungslos auf seinem Bett. Maria erinnerte sich, dass sie den Kinderarzt riefen. Der gab ihm eine Spritze, und dann ging es irgendwann wieder.

Horrorgeschichten, absolute Horrorgeschichten. Und dann erzählte Maria noch eine andere Geschichte, eine schöne Geschichte, eigentlich. Nach dem Tod der Mutter gab es niemanden, der für den kleinen Gabriel sorgen konnte. Die türkische Familie, die er nicht verstand? Der Vater, der abgehauen war? Nein. Also übernahmen das Hotel und die Stadt die Verantwortung, so musste man das wohl sagen. Der damalige Bürgermeister übernahm die Vormundschaft. Einer seiner Verwandten hatte auf den Hügeln über Bozen einen Bauernhof, mit einer großen Familie, die Gabriel aufnahm. Nach der Schule kam er jeden Mittag ins Hotel, wo Maria für ihn ein Essen kochte. Er war also ein Sohn Bozens, und sicher, sagte Maria, seien schon einige enttäuscht gewesen, dass er sich nach dem Abitur nie mehr gemeldet habe, bei keinem. Aber sie, sagte Maria, habe ihn verstanden. »Der musste weg, ein neues Leben anfangen.«

Kommissar Innerhofer bedankte sich für Marias Aussage und brachte sie zur Tür.

Klar war jetzt nur eines: Irgendjemand wollte, dass die Geschichte dieser Kindheit bekannt wurde. *Bitte erzählen Sie das der Polizei*, hatte dieser Jemand auf das Pergament geschrieben. Und er konnte ein Doppelmörder sein. Innerhofer stand am Fenster in seinem Büro, er sah auf die schmutzigbraune Mauer des gegenüberliegenden Hauses, von der der Putz abblätterte. Er war davon überzeugt, dass dies die hässlichste Aussicht in ganz Bozen war. Aber für den Moment war es ihm egal. Der Mord an dem Professor war durch die Aussage des Zimmermädchens näher an sie herangerückt, er hatte etwas mit Bozen zu tun. Die Hoffnung, es handele sich um einen ermordeten Durchreisenden, der nur durch einen Zufall hier gestorben war, hatte sich erledigt.

Was war der Zweck der Botschaft an die alte Maria? Für einen kurzen Augenblick fragte sich der Kommissar, ob die alte Frau möglicherweise in Gefahr war, ob er etwas tun musste. Doch dann verwarf er den Gedanken. Warum sollte jemand einem kleinen verhutzelten Zimmermädchen etwas antun?

Innerhofer ließ sich von der Auskunft mit dem Mann verbinden, den Maria erwähnt hatte: dem Kinderarzt von Gabriel Tretjak, der damals öfter zu dem verstörten Jungen gerufen worden war. Maria hatte gesagt: »Der hieß wie Sie, Innerhofer.«

Innerhofer hießen Dutzende in Bozen. Wenn Innerhofers miteinander sprachen, hatten sie eine gewisse Routine. Gut, sagte der Arzt am Telefon, diesmal ist die Sache ja einfach, Sie sind der Herr Kommissar, und ich der Herr Doktor.

Der Herr Doktor war damals ein junger Arzt gewesen, heute war er alt, aber immer noch im Dienst. Er konnte sich erinnern an den armen kleinen Gabriel. »Was ist aus ihm geworden?«, fragte er.

»Geschäftsmann in München, wohl ziemlich erfolgreich.«

»Was wollen Sie von mir wissen, Herr Kommissar?«

Leider wusste Innerhofer das auch nicht so recht. Der Arzt sagte, es habe ihn damals beeindruckt, wie das Kind sich gegen die schwere Wirklichkeit gestemmt habe. Gabriel habe sich gewissermaßen nach innen versenkt. Dazu passte auch, dass der Kleine schon früh anfing, sich für die Sterne zu interessieren. »Er schaute nach innen und nach oben, aber auf jeden Fall weg von dem Leben, das er täglich sah.«

Der Kommissar fragte, ob man an einer solchen Kindheit ein entscheidendes Moment festmachen könne. Der Doktor lachte und antwortete: »Na, eine solche Kindheit taugt jedenfalls als Erklärung für alles, was später passiert.«

Kommissar Innerhofer telefonierte danach noch zweimal. Er sprach Kommissar Maler ein paar Worte auf die Mailbox, informierte ihn über die Sache mit dem Zimmermädchen. Und er rief den Kollegen vom Kunsthandel an, dem er das Kuvert mit dem Pergamentschreiben rübergeschickt hatte. Ja, sagte der Experte, das sei nicht schwer zu erkennen gewesen: eine

Seite aus einem mittelalterlichen, illuminierten Zyklus der Stadt Udine aus dem 16. Jahrhundert. Der vollständige Zyklus, der einige hundert Seiten umfasse, habe unschätzbaren Wert. Allein diese eine Seite dürfte einen Wert von etwa 10 000 Euro haben. Er habe schon in Udine angefragt, ob es Erkenntnisse gebe, wo sich der Zyklus befinde.

Kochel am See, 11 Uhr

Es war viel einfacher gewesen, als sie gedacht hatte. Am Ende war es immer einfach. Charlotte Poland beschloss, sich diesen Satz zu merken. Vielleicht konnte sie ihn in ihrem nächsten Buch gebrauchen.

Um kurz nach zehn Uhr morgens, noch in ihrem Hotelzimmer in Kochel, hatte sie ihren Mann angerufen und ihre Ehe beendet. 17 Jahre hatte sie gedauert, drei Monate und elf Tage. Sie hatte sich das noch ausgerechnet, kurz bevor sie die Anruftaste ihres Handys drückte. »Markus«, sagte sie, »ich will die Scheidung. Es ist das Beste für uns. Ich weiß es, und du weißt es auch. Im Grunde wissen wir das beide schon lange.«

Markus antwortete ziemlich rasch: »Vielleicht hast du recht.« Und dann versuchte er noch einen Witz, wie er so oft versuchte, mit einem Scherz eine bedrückende Situation leichter zu machen: »Na, wenigstens um das Sorgerecht von Lars werden wir uns nicht streiten.«

Prominente Paare gaben als Trennungsgrund gern an, sie hätten sich mit den Jahren auseinandergelebt. Charlotte Poland fand das gar keine schlechte Beschreibung: Zwei Menschen gehen zwei verschiedene Wege, zunächst immer nahe beieinander, in Ruf- und Sichtweite sozusagen, und merken erst gar nicht, dass sich durch Weggabelungen ihre Pfade immer weiter voneinander entfernen, so weit, bis sie sich schließlich in völlig verschiedenen Welten befinden. Charlotte war 25, als sie Markus kennengelernt hatte, der damals auf seinen fünfzigsten Geburtstag zuging. Sie war Studentin, wollte irgendetwas mit Schreiben und Journalismus machen. Er war IT-Unternehmer, hatte gerade seine Firma für einen hohen zweistelligen Millionenbetrag verkauft. Sie lernten sich durch Zufall in einem Hotel in Düsseldorf kennen. Er steckte mitten in der Nacht Zettelchen unter ihre Zimmertür. Er hatte für sie zwei kleine romantische Gedichte geschrieben. Vielleicht war dies der Moment, wo sie sich am nächsten gekommen waren, in all den Jahren.

Charlotte mochte seine großzügige Art, sein distanziertes Wesen, nie fragte er nach, nie rückte er ihr auf die Pelle. Bis sie bemerkte, dass er mit allen Menschen so umging, freundlich, unbestimmt, wie ein charmanter Moderator einer Fernsehsendung.

Sie glaubte plötzlich zu erkennen, dass er sich in Wahrheit für niemanden interessierte, auch nicht für seinen Sohn Lars, der drei Jahre nach ihrer Heirat auf die Welt kam. Markus hatte ein paar Hobbys, er renovierte Villen in der Toskana und züchtete französische Bulldoggen, und irgendwie war auch seine Familie nur eine Art Hobby. Er blieb fern, er war emotional weder kalt noch warm. Doch er war immer freundlich und versuchte, Charlotte und Lars alle ihre Wünsche zu erfüllen. Charlotte war zu schlau, um Markus ändern zu wollen. Sie wählte einen anderen Weg: Auf eine Weise war Markus der perfekte Ehemann, um den äußeren Rahmen ihres Lebens auszustatten. Sie musste jetzt nur noch in dem inneren Ring so leben, wie sie es wollte.

Ihre erste Affäre hatte sie mit ihrem Verleger. Sie hatte ein paar flott geschriebene Artikel in Zeitschriften veröffentlicht und wollte sich nun einmal an einem Roman versuchen. Sie schrieb dreißig Seiten, den Anfang eines psychologischen Beziehungsromans, und schickte das Manuskript an den bekanntesten Verleger Münchens. Dem gefielen die Seiten, und noch besser gefiel ihm Charlotte Poland. Er traf sie zum Abendessen und gab ihr beim zweiten Grappa zu verstehen, dass er das Buch herausbringen würde, wenn sie mit ihm ins Bett ginge. Sie saß da und dachte, das ist jetzt doch ziemlich genauso wie in einem Kolportageroman, aber sie war damals schon alt genug, um zu wissen, dass das Leben manchmal tatsächlich so lief. Also schaute sie den Verleger an, der ein bisschen Bauch hatte, aber noch ganz gut aussah, und sagte: »Okay, wohin wollen wir gehen?«

Sie gingen in das große Hotel am Flughafen, und dieses Ritual behielten sie bei, auch als die Bücher von Charlotte Poland erfolgreich und immer erfolgreicher wurden. Alle zwei Monate trafen sie sich am Münchner Flughafen und verbrachten einen Nachmittag miteinander.

Es folgten weitere Affären, zahlreich und sehr unterschiedlich. Mal gut, mal weniger gut. Mal billig, mal weniger billig. Sie glaubte, glücklich zu sein. Exakt so stellte sie sich ihr Leben vor, ein Leben mit allen Facetten. Sie war sich bewusst, dass es manchmal so wirkte, als würde sie ihre Geschichten mit dem wirklichen Leben verwechseln. Aber warum auch nicht? Sie hatte sogar einen Psychotherapeuten aufgesucht, um in vielen Sitzungen ihr Leben innerlich abzusichern. Als persönliches Fazit hatte sie mitgenommen: Ja, sie brauchte das gelegentliche Spiel mit der Lüge, zur Abrundung ihrer Identität. Es war nicht wirklich böse; es passte zu ihr.

Wenn da nicht dieser kleine Junge gewesen wäre, der immer größer wurde und immer größere Probleme machte und den sie so liebte. Sosehr sie darunter litt, so wütend sie oft auf ihn war und ihn für Momente sogar hasste: Schon bald, nachdem die

Schwierigkeiten mit Lars angefangen hatten, bildete sie sich ein, dass er wegen ihr so geworden war, zum Sinnbild ihres Lebens sozusagen. Ihr Sohn, der monströse Lügner, präsentierte ihr die Rechnung für ihr verlogenes Leben. In diesen Gedanken steigerte sich Charlotte Poland zunehmend hinein. Sie war nicht nur verantwortlich für Lars' Schicksal, sie hatte es auch in der Hand, ihn zu retten! Sie war bereit, dafür ihr Leben auf den Kopf zu stellen. Sie wollte ihren Sohn zurückholen. Die Beendung ihrer Ehe war ein erster Schritt. Sie war entschlossen zu handeln, und sie war bereit, jeden Preis zu zahlen.

Sie wartete unten im Foyer, bestellte sich noch einen Kaffee, schwarz, ohne alles, wie immer. Sie trug ihr weißes Sommerkleid und den hautfarbenen BH, den sie manchmal auch wegließ, wenn sie ihr Gegenüber nervös machen wollte. Paul Tretjak gehörte nicht dazu. Er war ein Freund geworden in den letzten Wochen, ein Weggefährte für das, was nun kam. Sie schaute auf die Uhr. Paul müsste bald da sein. Er wollte eine SMS schicken, wenn er vorfuhr. Sie hatten nicht viel Zeit, sie mussten schnell weiter nach München. Paul hatte ihr drei Termine gemacht, die sie abarbeiten musste. Erst die beiden Drogentypen und dann am Abend das Treffen mit seinem Sohn Gabriel in der *Osteria*.

Paul hatte ihr vor einiger Zeit einmal einen Text von Sigmund Freud gegeben, aus den jungen Jahren

Freuds, in dem er erklärte, warum er sich der Psychologie zuwandte. Im Kern ging es um die Frage, warum die Seele ein falsches Leben bestrafe. Weshalb etwa ein Mann, der sein Leben lang vor den Ängsten seiner Kindheit davongelaufen ist, genau von diesen Ängsten schließlich dramatisch eingeholt wird. Oder warum eine Frau sich das Leben nimmt, die immer allen vorspielen musste, eine starke, perfekte Frau zu sein, obwohl sie in Wahrheit genau das Gegenteil war. Freud fragte, wer denn diese Instanz sei, die entscheide, welches Leben richtig und welches Leben falsch sei. Und die beschließe, gewissermaßen Rache zu nehmen, wenn der Mensch auf dem falschen Kurs beharre. Freud nannte diese Instanz am Ende des Textes die Seele und kündigte an, sich sein Leben lang mit dieser Instanz beschäftigen zu wollen. Dazu gehörte auch, dass er, wie er es nannte, den Rächern der Seele den Kampf ansagte.

Charlotte hatte den Text gelesen und Paul gefragt, warum er ihn ihr gegeben hatte. »Frag mich nicht nach dem Warum«, hatte er nur kurz gesagt. »Warum ist für mich schon lange keine Kategorie mehr.«

Ihr Handy piepste. *Bin da. Paul.*

Charlotte verließ die Eingangshalle und stieg in seinen Wagen, einen alten blauen Volvo, immer ziemlich dreckig und vermüllt. Diesmal hatte er wenigstens den Beifahrersitz von Unrat befreit.

»Gut siehst du aus«, sagte Paul.

»Danke«, sagte sie, »du auch.« Aber das stimmte nicht. Wie immer trug er eine alte Jeans und ein verwaschenes Jeanshemd. Seine Augen waren rot und verquollen. Er hatte wohl keine gute Nacht hinter sich.

Wer es sehen wollte, konnte tatsächlich Parallelen finden in ihren jeweiligen Familiengeschichten. Charlotte Poland und Paul Tretjak fühlten sich beide als Täter: Ihr Versagen in der Erziehung hatte ihre Jungen zu dem gemacht, was sie waren. Und sie fühlten sich beide als Opfer: Die Söhne hatten sich gerächt. Wie sie das getan hatten, hätte jedoch nicht unterschiedlicher sein können. Der kleine Lars versetzte seine Mutter in eine psychische Hölle, in dem er sich zu einer durch und durch unmoralischen und gleichzeitig hochgefährlichen Person entwickelte. Er verwandelte sich in einen Dauervorwurf. Gabriel Tretjak hatte eine direktere Variante der Rache gewählt: Er hatte seinen Vater existentiell vernichtet. Anders konnte man die Sache wohl nicht formulieren.

An einem Abend am Lago Maggiore, in dem hübschen Örtchen Maccagno, hatte er ihr diese Geschichte erzählt. Sie saßen im Garten eines Ristorante, aßen Nudeln und tranken Wein, viel Wein. Paul nannte das Restaurant »Die Bösen«, nicht aus einem metaphysischen Grund, sondern weil er irgendwann dort nichts zu essen bekommen hatte, geschlossene Gesellschaft oder so etwas. Er liebte das Lokal sehr, und Charlotte Poland inzwischen auch. Man konnte sich bei den »Bösen« wunderbar einbilden, dass eine besondere Stimmung herrschte, da hier nur spezielle, eigenwillige Menschen säßen.

Paul Tretjak war ein paar Jahre, nachdem er seine Familie in Bozen verlassen hatte, im bayerischen Städtchen Bad Tölz gelandet, etwa achtzig Kilometer von München entfernt. Er hatte einen Gasthof eröffnet mit ein paar Hotelzimmern, mit einem eigenen Forellenteich und einem wunderbaren Blick in die Berge. Nebenan legte er eine Minigolf-Anlage an und einen Tennisplatz. Er engagierte sich, wo er konnte in Bad Tölz, ließ sich sogar in den Stadtrat wählen. Nicht weil ihm das so viel Freude machte, sondern weil ihm bewusst geworden war, dass es in dem Gewerbe nur funktionierte, wenn man im Ort mitmischte, wenn man wusste, was wo und wann lief. In Bozen hatte er sich zu wenig engagiert. Die Überlegung ging auf, der Laden lief. Paul Tretjak hatte eine neue tüchtige Lebensgefährtin, und eine Geliebte gab es auch schon wieder.

Doch die Idylle brach von einem Tag auf den anderen zusammen, als am 15. September 1990 in einer Münchner Boulevardzeitung die Schlagzeile erschien: *Tölzer Hotelier missbraucht Sechsjährige!* Der Gastwirt Paul T. habe sich an der unschuldigen kleinen Julia sexuell vergangen, die in seinem Hotel mit ihren Eltern abgestiegen war. Darüber hinaus hätten Ermittlungen ergeben, dass er mehrere Bankkonten besitze, über die er vermutlich Waffengeschäfte in Millionenhöhe mit Serbien abwickle, dem Land, in dem er geboren war. Kindersex und Waffengeschäfte – Paul Tretjak musste sein Hotel sofort schließen. Medien und Schaulustige belagerten den Gasthof. Der Bürgermeister kam noch persönlich vorbei, um ihm nahezulegen, sein Stadtratsamt bis auf weiteres ruhen zu lassen. Die meisten anderen redeten gar nicht mehr mit ihm. In dem Bericht war nebenbei auch seine Geliebte erwähnt worden. Seine Lebensgefährtin war sofort ausgezogen.

Zwei Tage nach der Veröffentlichung stand sein Sohn Gabriel vor der Tür. Er hatte ihn Jahre nicht gesehen, elegant sah er aus, mit Anzug und blankpolierten Lederschuhen. »Ich bin gekommen, um dir einen Vorschlag zu machen«, sagte Gabriel Tretjak. Er legte ein Kuvert auf den Tisch. »Hier drin ist der DNA-Beweis, dass du das Kind missbraucht hast. Und auch die Beweise, dass du tief in den Waffenhandel verstrickt bist. Du kannst sie studieren.«

In diesem Augenblick, erzählte Paul Charlotte, sei er das einzige Mal wütend geworden: Was redest du da, was für Beweise, ich habe nie irgendwas mit einer Sechsjährigen gehabt, was für ein Wahnsinn, das alles! Waffengeschäfte? Absurd!

Sein Sohn habe darauf äußerst kühl reagiert: Er könne sicher sein, dass die Beweise absolut wasserdicht seien. Und dann fügte Gabriel hinzu: »Wenn ich mich richtig erinnere, spielte die Wirklichkeit in deinem Leben nie eine besondere Rolle. Was wirklich ist, war dir doch immer egal, oder nicht?«

Dann kam der Vorschlag: Hier sei der Schlüssel für ein kleines Haus am Lago Maggiore, schön gelegen, per kurzem Fußmarsch zu erreichen, »wird dir gefallen«. Die Miete sei bis zu seinem Lebensende bezahlt. Dazu ein Sparbuch mit ein bisschen Geld. Gabriel Tretjak machte es ihm sehr deutlich: Wenn er annahm, würde das Verfahren in Deutschland eingestellt, die Anschuldigungen seien letztlich nicht haltbar. »Solltest du jedoch auf den Gedanken kommen, dieses Haus jemals für länger zu verlassen und irgendwo anders leben zu wollen, werde ich diese Beweise an die Polizei und die Presse geben. Du hast bis morgen früh Zeit, dir den Vorschlag zu überlegen.«

Gabriel Tretjak war zur Tür gegangen, ohne sich zu verabschieden. Paul Tretjak war sitzen geblieben und hatte gesagt: »Kannst du mir bitte noch erklären, warum du das tust?«

»Ja«, hatte der Sohn geantwortet, ohne sich umzudrehen, »das kann ich. Ich will ganz sicher sein, dass du für immer aus meinem Leben verschwindest. Und es gibt mir ein gutes Gefühl, dass ich dieses Mal weiß, wo du bist.« Das war das letzte Mal gewesen, dass sie sich gesehen hatten. Um es genau zu sagen: Der Vater sah den Rücken des Sohnes, und dann die zugehende Tür.

Als Paul Tretjak am Ende mit dieser Geschichte war, hatte er zwei Grappa bestellt, für sich einen doppelten. »Jetzt weißt du, was ich wirklich bin. Ich bin schon lange ein toter Mann. Eine Marionette, an ein paar Fäden hängend, die von meinem rachsüchtigen Sohn gezogen werden. Ich bin eine impotente Marionette.«

Charlotte Poland spürte von diesem Moment an eine große Nähe zu Tretjak. Sie kannte das Gefühl, eine Marionette zu sein, an den Fäden ihres Sohnes zu hängen. Und ihr gefiel der neue Blickwinkel auf Paul Tretjak. Bislang hatte sie in ihm immer in erster Linie den in die Jahre gekommenen Charmeur gesehen, jetzt war da auch diese Tragik, diese Schwere. Seine Haltung, das Ausweglose zu ertragen.

Sie fuhren über die Garmischer Autobahn nach München ein. Auf den letzten Kilometern der Autobahn sah man die Meter für Meter größer werdenden Türme der Frauenkirche. Man fuhr direkt auf das Münchner Wahrzeichen zu, eine hübsche Idee der Autobahnbauer. Auf etwas zufahren: Vielleicht ließ sich Charlotte Poland auch davon in ihrer Stimmung anstecken. Die Situation hatte etwas von einem Western, fand sie. Sie ließen zwei Söhne aufeinanderzutreiben, bis es zu einer Art Showdown kam. Na ja, dachte sie, ein bisschen übertrieben, beinahe war ihr der Vergleich vor sich selbst peinlich. Aber was soll's, sie mochte nun mal dramatische Kategorien.

Sie sprachen wenig auf der Autobahn. Nur einmal fragte Charlotte nach Pauls neuer Freundin. Sehr jung, noch keine dreißig. Er hatte von ihr erzählt. »Na, wie läuft es mit deiner jungen Prinzessin?« »Gut«, sagte er. »Ich glaube, sie liebt mich. Es ist einfach schön, wenn wir zusammen sind.« Er wurde pathetisch: »Sie ist ungeheuer intensiv, und dabei irgendwie ...«

»Sag jetzt nicht: irgendwie verletzlich«, unterbrach sie ihn.

»... wie ein Reh ...«

Sie mussten beide lachen und schwiegen dann.

Der erste Termin fand bei der Bank statt, Filiale Sendlinger Straße. Es war einmal eine eingesessene Münchner Bank gewesen, dann hatte sie mit einer anderen Bank fusioniert und war schließlich von einer italienischen Großbank geschluckt worden. Charlotte Poland hatte den Termin um 16 Uhr, ein Gespräch mit dem Kundenberater Borbely. Herr Borbely hatte keine Ahnung, dass dies ein besonderes Gespräch werden würde, ihm war eine vermögende Frau angekündigt worden, die Geld anlegen wollte. Herr Borbely war klein und schwammig, und schwammig war auch sein Händedruck. Sie nahmen in einem schmalen Besprechungszimmer Platz.

»Was kann ich für Sie tun, Frau Poland?«

»Ich will gleich zum Punkt kommen. Ich bin wegen meines Sohnes hier. Sie kennen ihn, er ist vierzehn, und er heißt Lars. Er ist verschwunden, und ich will ihn wiederhaben. Und zwar schnell.«

Herr Borbely räusperte sich. »Ich verstehe überhaupt nicht, was Sie meinen. Entschuldigen Sie bitte, das muss ein Irrtum sein.«

»Herr Borbely, ich bin in großer Sorge und nicht an irgendwelchen Spielchen interessiert. Ich mache Ihnen einen Vorschlag. Wenn mein Sohn bis morgen Mittag vor mir steht, dann bekommen Sie zehntausend Euro von mir. Wenn nicht, informiere ich Ihre Bank darüber, was Sie so alles treiben.«

»Frau Poland, ich denke, wir müssen das Gespräch jetzt beenden.« Der schwammige Mann versuchte, hart zu klingen. »Ich verstehe kein einziges Wort.«

»Gut, Herr Borbely. Wenn es so ist, möchte ich mit Ihrem Filialleiter über das Konto 678678678 sprechen.«

Der schwammige Mann wurde wieder weich. »Bitte, Frau Poland, ich wollte nicht unfreundlich wirken. Wo kann ich Sie morgen früh erreichen?«

Als sie draußen wieder im Volvo saß, sagte sie zu Paul: »Was bitte soll dieser Typ mit meinem Sohn zu tun haben?«

»Es gibt Leute, die behaupten, fünfzig Prozent aller Drogengeschäfte in dieser Stadt laufen über diesen Mann. Mir wäre es auch lieber, wenn Lars mit ihm nichts zu tun hätte.«

Sie sah ihn an: »Wer hat eigentlich von wem gelernt? Dein Sohn von dir oder du von deinem Sohn?«

Er antwortete nicht. Sie fuhren weiter. Sie überquerten die Isar, fuhren an der schönen Fassade des Münchner Volksbads vorbei und am Münchner Gasteig, dem hässlichen ziegelgemauerten Kulturzentrum. Irgendwann stoppte Paul seinen Volvo vor einem Häuserblock.

»Hier musst du reingehen, durch den Innenhof. Es gibt mehrere Eingänge, du nimmst Nummer 11 c, dritter Aufgang, gehst in den dritten Stock. Da ist eine graue Eisentür, auf der nichts steht, das ist der Club. *Nadraj Tempel*, spricht man wie Nadrasch-Tempel. Ziemlich angesagt, soll ein Top-Laden sein. Ich weiß es nicht, war ja noch nicht drin.« Paul lächelte. Sie stieg aus. »Das wird höchstens zehn Minuten dauern. Mach's genau wie bei dem Banktypen.«

Der Mann erwartete sie bereits an der Eisentür. Er trug etwa zehn Ohrringe an jedem Ohr, die Ohrläppchen hingen schwer nach unten. »Guten Tag«, sagte er, »mein Name ist Kurt Meyer. Mir gehört der Laden. Kommen Sie doch bitte rein.«

Es war kurz vor 18 Uhr, der *Nadraj Tempel* öffnete erst in ein paar Stunden. Nur zwei spärliche Lichter brannten, es war kein Personal zu sehen. Sie standen an einer dunklen Bartheke.

»Möchten Sie etwas trinken?«

»Nein«, sagte Charlotte Poland, »ich möchte es sehr kurz machen.« Sie unterbreitete auch hier ihr Angebot über 10 000 Euro, die Meyer bekäme, wenn Lars bis übermorgen zurück bei ihr sei. Bei ihm war die Frist einen Tag später angesetzt. Mit irgendwelchem Ärger drohte sie ihm nicht. Sie sagte noch, sie habe auch mit Herrn Borbely gesprochen, dem Mann von der Bank.

Kurt Meyer war altersmäßig schwer zu schätzen, irgendwo um die fünfzig, er war sehr dünn, und er hielt während des kurzen Gesprächs die meiste Zeit die Augen geschlossen. Sie war sich nicht sicher, ob er unter Drogen stand. Nur einmal sagte er etwas, und dabei hatte er auch die Augen offen: »Sie sind also die Mutter von Lars. Sie habe ich mir ja ganz anders vorgestellt.«

Mörlbach, Jedlitschka-Hof, 12 Uhr

Information wird zu Wissen. Wissen wird zu Macht. Vielleicht waren die drei Aluminiumkoffer, die Gabriel Tretjak aus seinem BMW auslud, seine ganze Macht. Es waren stabile Flightcases, die er bei einer Spezialfirma mit dem sinnigen Namen *Don't panic* hatte anfertigen lassen. Rollen, ausziehbare Griffe, innen unterschiedliche Spezialfächer, außen massive Schlösser. Für genau diesen Fall hatte er die Koffer herstellen lassen, für den Moment, in dem er all sein Wissen in Sicherheit bringen musste. Sämtliche Unterlagen aus seinem Büro, die Festplattenspeicher, der große Rechner, auch die Datenträger von früher, Magnetbänder, Tonkassetten, all das war jetzt in diesen drei kistenartigen Koffern verstaut, die er auf dem betongepflasterten Innenhof der Jedlitschkas nebeneinander abstellte. Er dachte kurz daran, dass sich sein Wissen in der Hauptsache auf Menschen bezog. Dass es aus Dossiers über ihre Vorlieben, Werdegänge und Leidenschaften bestand, über Dinge, die sie getan hatten und von denen andere nichts erfahren sollten.

Es war kurz nach 12 Uhr mittags, die Sonne schien, ein unglaublich blauer Himmel spannte sich über die Landschaft. In München hatte Tretjak den Eindruck gehabt, dass ihn ein Wagen verfolgte. Polizei? Er war den Wagen durch ein Wendemanöver an einer gelben Ampel losgeworden. Die alte Frau Jedlitschka kam langsam über den Hof. Sie schwankte beim Gehen wie ein Schiff, wahrscheinlich wegen der geschwollenen Beine. Sie trug ein blaues Kleid mit einer Knopfleiste vorn, das ein bisschen wie ein Arbeitskittel aussah, und sie hatte ein Geschirrtuch in der Hand, mit dem sie sich den Schweiß von der Stirn wischte.

»Das ist ja vielleicht ein Mai«, sagte sie schon auf halber Strecke, »wie im Hochsommer … Sind das alles Ihre Steuerunterlagen?«

Tretjak hatte ihr gegenüber am Telefon die Steuerprüfung vorgeschoben und gefragt, ob er »nur zur Sicherheit« ein paar Akten vorübergehend bei ihr auf dem Hof deponieren könnte. Das Finanzamt müsse schließlich nicht alles wissen. Frau Jedlitschka hatte sofort von einer Kammer in der Maschinenhalle gesprochen, und aus ihrer Stimme war ein wenig Stolz herauszuhören gewesen. In dieser Sache war sie offenbar gern seine Verbündete. Bauern mochten das Finanzamt nicht.

Sie hatte Tretjak jetzt erreicht, gab ihm die Hand und sagte mit Blick auf die Koffer: »Ganz schön viel Zeug, was Sie da verstecken müssen.«

Die Kammer war ein Holzverschlag hinter dem großen Ferguson-Traktor. Rechts waren Reifen gestapelt, in ganz unterschiedlichen Größen. Links lehnten lange Stangen an der Wand, Verlängerungen für Werkzeuge, Gelenkwellen für Maschinen, eine Anhänger-Deichsel. Die Koffer des Reglers fanden ihren Platz in der Ecke hinter den Reifenstapeln und wurden von einer alten schwarzen Silo-Plane zugedeckt. »Ich muss noch etwas arbeiten, Frau Jedlitschka, darf ich …«

»Freilich«, die Bäuerin lächelte, »gehen Sie hinter, ich bring einen Apfelsaft.«

Minuten später saß Tretjak am Holztisch im Schatten seiner Sternwarte auf der Rückseite der Maschinenhalle, vor sich seinen Laptop, einen Stapel weißes Papier, einen Stift und eine Karaffe mit selbstgepresstem Apfelsaft. Es war vollkommen still. Einem unbeteiligten Beobachter wäre die Szene vielleicht friedlich vorgekommen, doch dieses Wort war gänzlich ungeeignet, um Tretjaks Zustand zu beschreiben. Er war ausgesprochen unruhig, hatte das Gefühl, dass sich da draußen Unheil gegen ihn zusammenbraute, dass ihm die Zeit davonlief. Er wusste, dass er etwas tun musste. Er musste diese sonderbare Lähmung abstreifen, die ihn befallen hatte. War das nicht immer seine Stärke gewesen? Schneller zu handeln als die anderen? Ihnen immer einen Schritt voraus zu sein? Irgendwie war er ins Hintertreffen geraten, das musste er ändern, und zwar schleunigst.

Er nahm ein Blatt vom Papierstapel, legte es quer vor sich und schrieb oben vier Worte nebeneinander: *Geldkoffer*, *Vater*, *Kerkhoff* und *Kufner*. Von jedem dieser Worte zeichnete er einen senkrechten Pfeil nach unten. Am Ende des Pfeils unter dem Wort *Geldkoffer* notierte er: *Dimitri.* Morgen früh würde er ihn in Hamburg treffen. Und er würde ihm zusetzen: Hatte das, was um Tretjak herum geschah, mit ihrer gemeinsamen Geschichte zu tun? Mit dem Geldkoffer, der mittlerweile auf dem Dachboden eines Pfarrhauses eingelagert war? Man konnte Dimitri nur auf zwei Arten zusetzen – mit Geld und mit Gewalt. Geld würde Tretjak dabeihaben, Stapel von Scheinen, gebündelt. Dimitri gehörte zu den Menschen, die sich von Bargeld verführen ließen. Die Karte Gewalt würde Tretjak anders spielen müssen. Er musste ihm eindeutig zu verstehen geben, wie weit seine Beziehungen reichten, in welche Kreise. Aber das war bereits geregelt. Wenn Dimitri morgen früh in seiner Wohnung am Hafen erwachte, würde er auf seinem Wohnzimmertisch zu seiner Überraschung ein hübsch verpacktes kleines Paket vorfinden. Es würde ein Stück Gebäck enthalten, seine Lieblingssorte: Apfelkuchen. Und eine Karte mit der Botschaft: *Mit Vorsicht zu genießen. Herzlich, GT.* Dimitri würde in dem Kuchen herumstochern und ein paar Nägel finden, große, glänzende Baunägel. Er war Profi, er würde verstehen, was die Botschaft bedeutete: Ich kann nachts in deine Wohnung eindringen, ohne dass du es bemerkst. Ich weiß, was du magst. Und: Ich kann gemein werden.

Tretjak schrieb das morgige Datum und *Hamburg, 10 Uhr 30* unter *Dimitri.* Und einen weiteren Namen, etwas kleiner, mit Fragezeichen versehen: *Lichtinger?* Dann zog er mit dem Stift einen Kreis um die Worte.

Unter den Pfeil von *Vater* notierte er: *Heute, 20 Uhr,* Osteria, *Frau X*. Sein Vater führte etwas im Schilde, so viel war klar. Aber sein Vater war ein armseliger Wurm, der sich nicht mit dem Regler messen konnte. Diese Lektion hatte er lernen müssen. Er steckte bestimmt nicht hinter den Morden an den Wissenschaftlern. Aber vielleicht wurde er von jemandem benutzt, vielleicht war er Teil eines Planes. Das würde bedeuten, jemand wusste um ihre gemeinsame Geschichte. Wer war das? War dieser jemand Teil der Geschichte? Gestern hatte Tretjak seinem Vater die knappe Nachricht geschickt: *Sorg dafür, dass diese Frau morgen Abend in der* Osteria *ist. Und statte sie mit guten Antworten auf meine Fragen aus.* Es waren nur diese beiden Sätze, die er geschrieben hatte, genaugenommen hatte er sie gar nicht richtig geschrieben, sondern als SMS in sein Handy getippt – trotzdem war ihm dabei übel geworden. Wie damals als Kind, wenn er seinem Vater schreiben musste. Zweimal hatte seine Mutter ihn dazu aufgefordert, ihm einen Brief zu schreiben. Und er hatte am Tisch gesessen und wollte nicht und konnte nicht, und die Tränen waren ihm über die Wangen gelaufen, auf das

Papier. Wütende Tränen darüber, dass seine Mutter, die allen Grund hatte, diesen Mann zu hassen, dass seine kranke Mutter versuchte, ihn in Schutz zu nehmen, dass sie solche Dinge sagte: »Er freut sich doch, wenn er von dir etwas hört. Er ist selbst arm dran. Er hat sich so verhalten, weil er nicht anders konnte …« Beide Male hatte sich Tretjak schließlich ein paar Sätze aus seinem Hirn gequetscht, beide Male hatte er sich danach im Badezimmer übergeben.

Jetzt malte er einen Kreis um die Notizen zur Verabredung am Abend. Einer Eingebung folgend, griff er dann nach zwei neuen weißen Blättern. Auch diese dreht er ins Querformat, auf jedes schrieb er ein Wort. Dann legte er sie nebeneinander auf den Tisch. Über das Blatt, an dem er vorher gesessen hatte. *Kommissar Maler* stand dann auf dem einen Stück Papier. *Hölle* auf dem anderen.

Die Sonne war inzwischen an der Kuppel der Sternwarte vorbeigezogen und schien auf den Tisch. Tretjak spannte einen Sonnenschirm auf. Wieder im Schatten, schaltete er seinen Laptop ein. Die wichtigsten Informationen des großen Rechners hatte er heute Nacht beim Einpacken auf den Laptop übertragen. Er zwang sich jetzt, unter den Stichworten *Kerkhoff* und *Kufner* alles aus ihrer gemeinsamen Vergangenheit zusammenzutragen und in einem eigenen Ordner abzulegen, was eventuell einen Hinweis geben konnte. Er tat es widerstrebend, eigentlich war er zu nervös, doch er war so an präzises Arbeiten gewöhnt, dass er sich schnell in die Aufgabe einfand. Immer neue Fenster öffneten sich auf seinem Bildschirm, Begriffe wurden markiert, Absätze verschoben.

Die Diskussion über den Wert von Wissen hat eine lange Geschichte. Von Sokrates – »Ich weiß, dass ich nichts weiß« – bis zu Heisenberg, der entdeckte, dass das Wissen über einen bestimmten Vorgang zwangsläufig zu Unwissenheit über einen anderen führt. Tretjak war sich immer im Klaren darüber gewesen, dass die blinde Anhäufung von immer mehr Wissen am Ende zu Orientierungslosigkeit und Verwirrung führte. Manche Physiker arbeiteten schon mit dem Begriff Antiwissen, analog zur Antimaterie. Dort in der Stille des Jedlitschka-Hofes, auf der Jagd durch unendliche Dateien im Internet, spürte Tretjak plötzlich wieder diese Enge im Brustkorb, diese Atemnot. Er fragte sich, ob er nicht längst dabei war, solches Antiwissen aufzubauen, diesen gefährlichen Stoff, der ihn immer weiter ins Dunkle leiten würde statt ans Licht. Nicht nur in diesem Moment, sondern überhaupt. Vielleicht täte er besser daran, seine Koffer wieder unter der Plane hervorzuholen und sie im nahegelegenen Mörlbacher Weiher zu versenken.

Er stand auf und begann mit einer Atemübung. Vor zwei Jahren, als diese Angstattacken angefangen hatten, hatte ihn Stefan Treysa zu einem Spezialisten geschickt. Die Atemtechnik, die Tretjak von ihm gelernt hatte, bestand im Wesentlichen darin, dass man sich vorstellte, die Luft zum Atmen würde einen nicht umgeben, sondern befände sich in einem offenen Fass ein paar Meter entfernt. Man musste sie durch kräftiges Einatmen ansaugen, möglichst in einem gleichmäßigen Strom. Und entsprechend beim Ausatmen: Man stellte sich vor, mit der Luft, die man ausatmete, müsste man einen Baum »gießen«, der ein paar Meter entfernt stand.

Es gelang ihm schlecht, sich darauf zu konzentrieren. Und dann kam auch noch Frau Jedlitschka um die Ecke, die fragte, ob er eine Tasse Kaffee wolle. Er verneinte etwas unwirsch, brach die Atemübung ab, und als die Bäuerin wieder verschwunden war, griff er zu seinen Tabletten und spülte zwei davon mit dem Apfelsaft hinunter. Stefan Treysa hatte gesagt, er solle sich diese Tabletten lieber nicht als ständige Begleiter aussuchen.

Tretjaks Blick fiel auf seine Zettel. *Kommissar Maler.* Er wird mich richtig ins Visier nehmen, er hat nichts anderes, dachte er, vielleicht wird er die Wohnung durchsuchen. Was konnte er tun, um ihn fernzuhalten oder für seine Zwecke zu benutzen? Der Regler gab sich nie geschlagen. Natürlich hatte er es in den vergangenen Tagen nicht versäumt, Informationen über Maler einzuholen, im Laptop existierte dazu ein ganzer Ordner mit der Bezeichnung *Herz-*

bube. Er beugte sich im Stehen über den Tisch und schrieb das Wort auf den Zettel. Und gleich noch die Namen des Innenministers und des Kreisverwaltungsreferenten. Eine Wespe umkreiste das Apfelsaftglas und setzte sich auf das Blatt Papier.

Tretjak musste plötzlich grinsen. Die Polizei ... die Polizei war doch eigentlich ungefährlich, warum ließ er sich nervös machen? Er begann schon, genau die Verhaltensweisen an den Tag zu legen, die er normalerweise bei anderen erzeugte. Tretjak nahm das Blatt Papier, schubste die Wespe weg und zerknüllte es. Mit dem Herzbuben würde er spielen, wenn es so weit war. Vielleicht hatte er heute Nacht einfach zu wenig geschlafen, dachte er. Er hätte sich niemals auf die lange Diskussion mit Lichtinger einlassen sollen. Bestimmt zwanzig E-Mails waren da noch hin und her gegangen, bis weit nach Mitternacht. Und Tretjak hatte sich dazu noch Wodka eingeschenkt, zwei bestimmt, vielleicht drei?

Schon früher hatten sie ihre wichtigsten Diskussionen schriftlich geführt, damals natürlich auf echtem Papier, das dann in Umschlägen übergeben wurde. Wie die Züge beim Fernschach.

Sein Freund der Skeptiker, sein Freund der Zögerer, sein Freund der Ängstlichere von ihnen beiden. Aber Lichtinger war auch der Originellere gewesen, wirklich neue Gedanken, unverschämte, unerwartete, waren immer eher von ihm gekommen.

Gestern Nacht hatte er ganz vorsichtig damit angefangen, sich langsam vorgetastet. Lange ging es um den Begriff Schuld. Die Frage, die Lichtinger hin und her wendete, hieß: Wie viel Schuld hatte Tretjak auf sich geladen in seinem Leben durch das, was er tat? Tretjak war dabei lange auf der falschen Fährte gewesen. Er hatte angenommen, es ginge Lichtinger dabei um die Suche nach einem Motiv, Rache zum Beispiel. Aber auf einmal hatte er begriffen: Lichtinger führte einen neuen Gedanken ein. Es drehte sich gar nicht um irdische Schuld. Sein Freund, der Pfarrer. Und plötzlich die Frage in Form digitaler Leuchtpunkte auf dem Computerbildschirm:

Hast du schon mal dran gedacht, dass du dich vielleicht mit einer Macht angelegt hast, die keinen Namen hat, keine Adresse, keine Gestalt?

Und noch während Tretjak eine spöttische Antwort überlegte, traf schon die nächste Mail ein: *Das ist wie mit der Weltformel, nach der die Physiker so vergeblich suchen.*

Welche Ehre. Du meinst, ich habe mich mit dem lieben Gott angelegt?, tippte Tretjak.

Nein, war die Antwort. *Nicht mit Gott. Mit dem Bösen.*

Tretjak hatte in seinem Büro gesessen, auf den gepackten Flightcases, den Laptop vor sich und den Wodka. Und hatte plötzlich genau gewusst, was er antworten wollte. Und das tat er auch.

Ende der Diskussion, Joseph. Dafür habe ich keine Zeit. Gute Nacht.

Lichtinger hatte trotzdem noch zwei lange Nachrichten geschickt. Er schrieb von Fällen von Besessenheit, Exorzismus-Versuchen, von Verbrechen, die nie aufgeklärt werden konnten, er wies auf die auffällige Rolle des Blutes bei den Verbrechen an Kerkhoff und Kufner hin – einmal praktisch kein Blut, das andere Mal besonders viel. Er wusste, dass Tretjak diese Mails las. Und als er keine Antwort erhielt, schrieb er eine letzte.

Gabriel, ich weiß, in deiner Welt existiert das alles nicht. Aber lass dir von deinem ältesten Freund etwas sagen, in vollem Ernst: Für die Kirche ist das keine Glaubensfrage. Wir wissen, dass es die Hölle gibt. Ich bete für dich.

Tretjak zerknüllte das Papier, auf das er *Hölle* notiert hatte. Wenn diese Angelegenheit hier geregelt war, beschloss er, würde er sich mit Lichtinger noch einmal ausführlich darüber unterhalten.

Unter den möglichen Nebenwirkungen von Tavor bei Langzeiteinahme war auch der etwas schwammige Begriff des Realitätsverlustes aufgeführt. Viel später sollte Tretjak sich fragen, ob es an den Tabletten lag, dass ihn sein Instinkt für das Wichtige verlassen hatte, dass er sich in so vielen Überlegungen verlor – ohne die entscheidenden Fragen zu sehen.

Tretjak sah auf die Uhr. Halb zwei. Er hatte noch Zeit für eine Tasse Kaffee mit Frau Jedlitschka in der Stube. Dann würde er zu seiner Verabredung aufbrechen. Er tastete lächelnd hinter dem Gürtel unter seine Jeans und fühlte die Badehose. Gestern war die SMS von Frau Neustadt gekommen:

Können Sie die Kontrolle eigentlich mal abgeben? Möchte Ihnen auch was zeigen. Brauche dazu nur einen Stern: die Sonne. Und vier Stunden Ihrer Zeit, nachmittags. Was meinen Sie?

Er hatte den heutigen Nachmittag vorgeschlagen, und sie hatte prompt zugestimmt. *14 Uhr. Parkplatz der Reitschule Icking. Bitte Badehose drunterziehen.*

Icking lag nicht weit entfernt vom Jedlitschka-Hof. Die Strecke verlief in fast gerader Linie vom Starnberger See zum Isartal, auf schmalen Straßen über sanfte Hügel. Tretjak war guter Stimmung, nervös auch jetzt, aber aus deutlich angenehmeren Gründen. Um kurz vor zwei, als er von oben in den Ort einfuhr, erhielt er eine Nachricht auf sein Handy. Vielleicht verspätete sich Frau Neustadt, so etwas vermutete er. Nachher würde er das Telefon ausschalten, entschied er. Aber jetzt blickte er auf das Display. Zu seiner Überraschung hatte er nur ein Bild erhalten. Unbekannter Absender. Doch was Tretjak auf dem Bild sah, war ihm nicht unbekannt. Es handelte sich um sein eigenes Büro, von innen fotografiert, offenbar heute. Der Rechner, das konnte man sehen, war schon weggeräumt. Auf dem Eek-Tisch standen noch die vielen bunten Rosen, die er unter so mysteriösen Umständen bekommen hatte.

Irritiert folgte Tretjak den Anweisungen seines Navigationssystems. Icking erstreckte sich über einen langen Hang. Schöne Villen, alte Bauernhäuser, Zwei Schulen, eine Kirche. Ganz unten, schon im Wald und in der Nähe des Isar-Stauwehrs, befand sich die Reitschule. Auf dem Parkplatz standen ein dicker Mercedes, ein abgestellter Pferdeanhänger – und ein älterer grüner Golf, der auf seinem Dach ein ziemlich großes, militärisch graues Schlauchboot balancierte. An diesem Gefährt lehnte Frau Neustadt. Braune Bermudashorts, weißes T-Shirt, Strohhut. Als sie Tretjaks Wagen sah, winkte sie.

Landkreis Bad Tölz-Wolfratshausen, Oberlauf Isar, 15 Uhr

Sie ließ ihre Finger über sein Rückgrat wandern. Schritt für Schritt, von Wirbel zu Wirbel, näherten sie sich dem Hals. Es war keine entschlossene Bewegung, sondern eine zögernde, zarte. Er lag auf dem Bauch, die Arme unter dem Kopf verschränkt, das Gesicht von ihr abgewandt. Sie lag seitlich neben ihm, auf den Ellenbogen gestützt. Seine Badehose war schwarz, seine Haare waren schwarz, seine Haut gebräunt, die Farbe der Südländer, dachte sie.

Eben hatte sie ihn einfach geküsst, mitten in seinem Satz über die Kraft des Wassers, das Steine schleifen könne … Es war einer dieser Sätze gewesen, die man sagt, um einfach irgendetwas zu sagen, manchmal auch, um etwas anderes nicht zu sagen. Ihr erster Freund hatte sie selbst einmal so beschrieben: »Du verhüllst dich mit Worten, du versteckst dich hinter Sätzen.« 15 war sie damals gewesen und sehr wütend geworden. Aber von diesem Tag an hatte sie ein Gespür für solche Sätze. Weich war der Kuss gewesen, ganz weich. Und jetzt rauschte nur noch das Wasser. Die Isar war an ihrem Oberlauf ein reißender Fluss und konnte richtig laut rauschen.

Fiona Neustadt hatte zwei Badetücher mitgebracht, große, rotweißgestreifte, die sie keine zehn Meter vom Wasser entfernt auf dem Kies ausgebreitet hatte. Auf diesem sympathischen Kies mit den rund- und flachgeschliffenen Steinen. Das Schlauchboot mit den beiden Paddeln und der Tasche mit den Getränken war daneben an Land gezogen, ihre Kleider hingen über den Luftschläuchen in der Sonne. Das grüne Wasser mit den weißen Schaumkronen war um diese Jahreszeit noch viel zu kalt zum Baden. Angenehm warm wurde es nie, aber jetzt hatte es höchstens 14 Grad. Sie hatten sich nur kurz mit dem Wasser erfrischt und die Füße gekühlt.

Sie hatte Gabriel Tretjak schon viel von sich erzählt. Ein hübsches Bild hatte sie gemalt, wie auf einer alten Postkarte. Von sich als kleinem Mädchen, das in genau diesem Schlauchboot mit seinem Vater die Isar hinunterfährt, an derselben Stelle bei der Tattenkofer-Brücke haben sie es ins Wasser eingesetzt. Und genau hier, in der großen Kurve vorm Zufluss des Loisachkanals, halten sie an, um eine Pause zu machen, und das Mädchen hüpft an Land. Die Mutter kam in dem Gemälde vor in ihren geblümten Kleidern, die weiße Bungalowsiedlung am Waldrand, und ein Hund, Aki, ein Salz-und-Pfeffer-Schnauzer, der später von einem Lastwagen überfahren wurde. Es sind doch solche Gemälde, dachte Fiona Neustadt, immer sind es solche Gemälde, die man austauscht, wenn man dabei ist, sich zu verlieben.

Der Mann, der ihr eine Stunde im Schlauchboot gegenübergesessen hatte, war ein geduldiger Zuhörer. Oder jedenfalls beherrschte er die Kunst, so zu wirken, als würde er zuhören. Manchmal hatte sie den Eindruck, dass sein Blick nach innen kippte. Aber das war schließlich kein Wunder, der Mann hatte Probleme. Sie fragte sich, wie sie diesen Blick interpretiert hätte, wenn sie nicht über diese Probleme Bescheid gewusst hätte. Vielleicht hätte er sie misstrauisch gemacht.

Ihre Hand streichelte seinen Nacken. Er drehte sich auf den Rücken und schaute sie an, blinzelte gegen die Sonne. Sie küsste ihn noch einmal. Der Kuss war wieder weich, aber diesmal dauerte er länger, und die Haut seiner Hände war auch weich, so weich, dass man fast nicht merkte, wie sie schon überall unter dem Stoff ihres weißen Bikinis zugange waren. Der Strand auf dem sie lagen, war eine große weite Kiesbank, von überall einsehbar, sogar vom Ufer gegenüber. Sie spürte die Härte ihrer Brustwarzen, sie spürte die Härte in seiner Badehose. Aber sie spürte auch, wie jetzt ein Gefühl von ihr Besitz ergriff, dass sie hasste: Ihr Körper begann, sich zusammenzuziehen, als wäre er in Eiswasser geworfen worden, ihr Herzschlag, so schien es ihr, verlagerte sich ausschließlich in ihre Handgelenke, wo der Puls von innen gegen die Adern hämmerte, die Luft, die sie einatmete, bekam einen Geschmack von Eisen. Sie kannte diesen Zustand seit ihrer Kindheit, er kam immer dann, wenn sie sich in einen Wunsch verbissen hatte – noch mal Karussell fahren zum Beispiel –, später einfach nur, wenn sie besonders aufgeregt war. Zweimal in ihrem Leben war sie davon sogar ohnmächtig geworden.

Sie löste sich von ihm, stand auf und ging mit geübtem Schritt barfuß über die Steine zum Ufer. Sie bückte sich, hielt ihre Handgelenke eine Weile ins fließende Wasser. Dann drehte sie sich um. Tretjak hatte sich aufgesetzt. Ein gutaussehender Mann auf einem rotweißen Badetuch.

»Ich werde meinen Freundinnen nichts von dir erzählen«, rief sie laut gegen das Rauschen an. »Die schimpfen sonst mit mir. So ein Wirtschaftsheini mit BMW, fünfzehn Jahre älter, das geht gar nicht!«

Er lachte und rief zurück: »Ich bin aber ein guter Badmintonspieler!«

»Das haben schon ganz andere behauptet.«

Später, als sie das Schlauchboot am Stauwehr in Icking aus dem Wasser zogen und die Luft herauspressten, indem sie auf den beiden Wülsten herumtrampelten, fragte sie ihn nach seinen Eltern, nach seiner Kindheit. Es interessierte sie, welches Gemälde er pinseln würde. Aber er tat ihr den Gefallen nicht. »Kein Stoff für einen so schönen Moment«, sagte er nur. Dann küsste er sie und schulterte das Paket aus schwerem nassen Plastik. Es musste noch gut einen Kilometer getragen werden, steil bergauf durch den Wald zum Parkplatz der Reitschule. Sie hatte ihm erzählt, dass sie früher nur ein Auto in der Familie gehabt und deshalb ihre Mutter immer dort gewartet hatte.

Im Wagen fragte er sie: »Bist du morgen Abend schon verabredet? Wir könnten was essen gehen.«

»Morgen? Oh, ich dachte, wir könnten jetzt vielleicht … Ich habe Hunger …«

»Tut mir leid«, sagte er. »Heute Abend kann ich nicht. Ich habe noch … Ich muss …«

»Schon gut«, unterbrach sie. »*Osteria?*«

Für einen Moment war er überrascht, dann lächelte er.

Sie sagte: »Ich habe Haken unter die monatlichen Rechnungen gemacht. So viele Haken.«

Am Anfang ihres kleinen Ausflugs heute hatte sie ihm eröffnet, dass sie die Steuerprüfung abgeschlossen habe, dass alles in Ordnung sei, er in den nächsten Wochen einen Bescheid zugeschickt bekommen werde. Sie fand den Zeitpunkt für diese Information perfekt, weil sie zur Entspannung beitrug. Nicht nur bei ihm, sondern auch bei ihr selbst. Tretjak war schließlich ein Mann mit allen möglichen Verbindungen, und wenn er sich bedrängt fühlte, konnte es ihm durchaus einfallen, auch noch im Finanzamt herumzufuchteln, um seine Steuerprüfung unter Kontrolle zu bekommen. Das hätte alles nur unnötig erschwert.

»Ich möchte morgen aber in ein anderes Lokal als die *Osteria*«, sagte sie, während Tretjak auf die Bundesstraße elf einbog. Und sie zog sich den Strohhut tief ins Gesicht.

München, Sankt-Anna-Platz, 18 Uhr

Der Anruf auf der Mailbox heute Morgen hatte ihr gerade noch gefehlt. Es war die blecherne Frauenstimme eines telefonischen Auftragsdienstes: eine

Nachricht von Gabriel Tretjak, ob sie ausnahmsweise für ihre noch abwesende Mutter einspringen und seine Wohnung reinigen könne. Durch einen kleinen Unfall sei sie stark verschmutzt worden. Der Schlüssel für die Wohnung könne in dem italienischen Restaurant am Sankt-Anna-Platz abgeholt werden. Natürlich werde für alles extra und großzügig bezahlt. Herzliche Bitte, herzlicher Gruß, Herr Tretjak.

Carolina Lanner hatte ein kleines Café in der Agnesstraße, gute Lage, mitten in Schwabing. Zehn Tische drinnen, drei kleine Tische draußen. Es gab selbstgebackenen Kuchen, selbstgeschmierte Brote, eine selbstgekochte Tagessuppe. »Selbst« hieß: Carolina backte, schmierte, kochte. Das Café öffnete morgens um acht Uhr und schloss um sechs. Carolina kam um sechs Uhr in der Früh und ging nie vor neun Uhr abends. Sechs Tage die Woche, nur sonntags war geschlossen. In einem guten Monat blieben ihr 2000 Euro, in einem schlechten Monat 500. Sie hatte eine Studentin, die ihr manchmal ein paar Stunden half, mehr Personal konnte sie sich nicht leisten.

Nur ihre Mutter half, wann immer sie konnte. Ihre Mutter war immer da, wenn man sie brauchte. Ein Leben ohne ihre Mutter? Undenkbar. Sie war nicht der Typ, der überlegt hätte, was das eigentlich für eine Beziehung war zwischen ihr und ihrer Mutter. Es störte sie auch nicht, dass sie sich allmählich figurmäßig in Richtung ihrer Mutter entwickelte. Die

Mutter war einfach die Mutter, und sie war eben die Tochter. Und es war überhaupt nicht vorstellbar, dass sie ihren ersten Kaffee nicht mit ihrer Mutter in ihrem Café trank. Und dazu aßen sie immer von dem selbstgebackenen Kuchen, jeder ein Stück, manchmal auch zwei.

Seit fast einer Woche war die Mutter nun schon in Argentinien. Als sie das eine Mal telefoniert hatten, hatte die Mutter ungemein glücklich gewirkt. Sie hatte regelrecht gesprudelt, immer wieder hatte sie gesagt: »Carolina, ich bin zu Hause.« Irgendwann hatte die Mutter angefangen zu weinen, glaubte Carolina wenigstens, und Carolina weinte auch, das war jedenfalls sicher. Am Ende hatten sie ausgemacht, dass sie nicht mehr telefonieren würden, weil es doch sicher viel zu teuer war. Und dass Carolina am Flughafen warten würde, wenn die Mutter am Sonntag landete.

Kurz nach 18 Uhr schloss sie die Tür ihres Cafés ab. Sie ging die Agnesstraße hinunter zur U-Bahn-Station. Es war kein schlechter Tag gewesen, sie hatte 22 Stück Johannisbeerkuchen verkauft, 24 Schmalzbrote und zwölf Käsesemmeln. Einmal umsteigen, dann war sie am Sankt-Anna-Platz. Wie vereinbart lag der Schlüssel zu Tretjaks Wohnung an der Theke des italienischen Lokals für sie in einem verschlossenen Kuvert bereit. Ihr brauner Mantel war viel zu warm. Sie schwitzte. Die Sonne hatte an diesem frühen Münchner Abend noch eine Menge Kraft.

Carolina Lanner war keine Frau, die sich viele Gedanken über ihr Leben machte. Es kam, wie es kam. Doch an diesem Abend gingen ihr ein paar Dinge durch ihren Kopf. Ob sie vielleicht auch mal nach Argentinien fahren sollte? War ja irgendwie ihre Heimat, auch wenn sie keinerlei Erinnerungen daran hatte. Spanisch sprach sie nur noch mit ihrer Mutter. Sie war jedenfalls gespannt, was die Mutter erzählen würde. Das Wichtigste war ihr in diesem Moment aber, dass sie diesem Mann, diesem Gabriel Tretjak, nicht begegnete. Er war am Telefon so merkwürdig gewesen. Erst organisierte er diese Reise, dann wirkte er so kalt. Hoffentlich bin ich da schnell wieder draußen, dachte Carolina, als sie um 18.22 Uhr Gabriel Tretjaks Wohnung aufschloss.

München, Restaurant *Osteria*, 20 Uhr

Als der Volvo in die Schellingstraße einbog, musste sie wieder an das Bild der Marionette denken. Sie hing an den Fäden von Paul Tretjak. Sie tat, was er wollte. Nicht mehr, nicht weniger. Sie fühlte sich nicht schlecht dabei. Sie war froh, sich an ein Drehbuch halten zu können.

Gabriel Tretjak saß wieder an demselben Tisch wie beim ersten Mal. Doch jetzt setzte sie sich dazu, ihm direkt gegenüber. Sie war plötzlich sehr aufgeregt, überraschend aufgeregt. Ihr Herz klopfte. Sie dachte daran, dass sein Vater nur ein paar Meter entfernt draußen auf der Straße im Auto wartete. Diese Vorstellung machte sie nicht unbedingt ruhiger.

Zwei Flaschen Mineralwasser standen auf dem Tisch, eine mit Sprudel, eine ohne. Er hatte ein Glas Champagner vor sich.

»Trinken Sie auch ein Glas?«

»Ja«, antwortete sie, »gern.«

Damit war der freundliche Teil des Gesprächs beendet.

»Lassen Sie uns keine Zeit verschwenden, Frau Poland«, sagte Gabriel Tretjak, »ich habe zwei Fragen. Sie werden sie mir beantworten, und dann werde ich gehen. Ich werde Sie dann morgen noch einmal telefonisch kontaktieren.«

Sie nickte und schwieg.

»Erste Frage: Warum wollten Sie mich neulich sprechen? Was war Ihr Anliegen?«

Charlotte Poland fing an zu erzählen, von ihrem Sohn, von all den Problemen, von der Idee Paul Tretjaks, dass sein Sohn, »also Sie«, helfen könnte. »Ich weiß«, sagte Charlotte Poland, »Sie sind kein Samariter. Eher das Gegenteil davon. Aber ich habe eine hohe Meinung von Ihrem Vater, und wenn er sagt, Sie sind in Ihrem Geschäft richtig gut, dann glaube ich das. Ich will es glauben, weil ich große Angst um meinen Sohn habe. Es wäre schön, wenn Sie helfen könnten. Natürlich zahle ich dafür, ich bin eine vermögende Frau. Aber ich tue in dieser Sache auch sonst alles, was Sie sagen.«

Gabriel Tretjak hörte schweigend zu. Keine Notizen, er tippte nichts in sein vor ihm liegendes Handy. Er wirkte konzentriert, interessiert. Sie hatte nicht das Gefühl, zu viel zu reden. Er konnte gut zuhören, fand sie.

»Zweite Frage«, sagte Gabriel Tretjak. »Sie haben damals gesagt, ich würde einen Fehler machen, wenn ich nicht mit Ihnen spreche. Das klang nach einer Drohung. Was meinten Sie damit? Womit wollten Sie mir drohen?«

»Keine Drohung«, sagte sie. »Mit Fehler meinte ich: Es ist ja vielleicht auch eine Chance, dass Sie und Ihr Vater sich wieder näherkommen. Ich mag Ihren Vater, er ist mir eine große Stütze.«

Er blickte sie an und schwieg. Glaubte er ihr? In diesem Moment leuchtete sein Handy kurz auf, er hatte eine Nachricht erhalten. Und jetzt sah sie eine Reaktion, er wirkte erschrocken. Sie merkte, dass er kurz überlegte. Er rief den Kellner, bestellte sich noch ein Glas Champagner. Fragte nicht, ob sie auch noch eines wollte.

Vielleicht war das der Moment, auf den sie hatte warten sollen. Paul hatte sich das so vorgestellt, eine Gesprächspause, damit die Dramatik größer wurde. »Herr Tretjak«, sagte sie. »Jetzt habe ich noch eine

Frage, es ist eine Frage Ihres Vaters: Was genau ist vor zehn Jahren, am Abend des 11. Mai, wirklich passiert?«

Sie stand auf, entschuldigte sich, sie müsse kurz auf die Toilette. Was nicht stimmte. Sie ging nicht links zu den Toiletten, sondern rechts zum Ausgang. Sie ging hinaus, stieg in den Volvo, und sie fuhren davon.

München, *Osteria*, 21 Uhr

Gabriel Tretjak saß am Tisch und war immer noch mit dem Bild auf seinem Handy beschäftigt, das man ihm gerade geschickt hatte. Er fragte sich, wo Charlotte Poland so lange blieb und blickte suchend Richtung Toiletten. Genau in diesem Moment betrat Kommissar Maler das Lokal, zwei Beamte im Schlepptau. Er trat an Tretjaks Tisch und sagte: »Herr Tretjak, Sie sind verhaftet. Ich muss Sie bitten, mit uns zu kommen.«

Gabriel Tretjak spürte die Unruhe, die im Restaurant entstand, die verstörten Blicke der Kellner. Er sah Maler an und fragte: »Darf ich wissen, warum Sie mich verhaften?«

Maler nickte. »Wir haben vor ein paar Minuten in Ihrer Wohnung eine tote Frau gefunden. Und Sie stehen im dringenden Tatverdacht, damit etwas zu tun zu haben.«

Tretjak erhob sich. »Kann ich noch die Rechnung bezahlen?«

Maler sagte: »Sie wirken nicht gerade überrascht.«

Tretjak merkte, wie er fahrig den Kopf schüttelte, als er dem Kommissar sein Handy zeigte. Dieses Foto habe er vor ein paar Minuten erhalten, sagte er. Das Bild zeigte die Wohnung von Tretjak, wie schon das Foto vom Nachmittag. Doch diesmal war alles voller Blut, die Wände, der Boden, der Tisch.

Sie gingen nach draußen. Die zwei Beamten voraus, dann Tretjak, dann der Kommissar, direkt hinter ihm. Maler sagte: »Da klebt Ihnen etwas am Hals.«

Tretjak fasste sich ins Genick. Er spürte das Blatt eines Weidenbaums. Von der Isar. Vom Nachmittag.

München, Hotel *Splendid*, Mitternacht

Seine Geilheit war unverschämt. Seine Hände waren schon zwischen ihren Beinen, bevor sie sich richtig begrüßt hatten. Und wie immer bediente Fiona Neustadt seine Geilheit. Unten in der Hotelhalle war sie noch kurz auf der Toilette verschwunden, um sich ihr Höschen auszuziehen. Und sie hatte aus ihrer Handtasche ein kleines Fläschchen Massageöl herausgekramt. Die Flüssigkeit hatte sie an all den Stellen einmassiert, die jetzt schon Opfer seiner Finger waren.

Von der Tür des Zimmers zum Bett waren es nur

etwa vier Meter. Am Ende dieser Strecke hatte er es geschafft, dass ihre Bluse ausgezogen, ihr Rock um ihre Hüften gewickelt war und sein Glied in ihr steckte. Sie dachte an heute Nachmittag, an das Rauschen am Fluss. An Tretjaks Zartheit. Größer konnte der Unterschied nicht sein. Lag es am Alter? An der Erfahrung? Ficken. Das Wort hätte heute Nachmittag nicht gepasst. Aber jetzt passte es. Ficken. Das war das, was der Kerl hier tat. Auf und ab, rein und raus. Auf seiner Haut bildete sich ein Schweißfilm und auf ihrer auch. Sie spürte, wie sich ihr Orgasmus aufbaute, wie ein Gewitter in den Bergen, schnell und entschlossen.

Das Hotel, in das er sie bestellt hatte, hieß *Splendid*, eine kleine billige Pension in der Müllerstraße. Arme Künstler, mittellose Schwule stiegen hier ab. Eine Flasche Rotwein hatte er mitgebracht, *Primitivo*, der Name passte zu der Art Sex, wie sie ihn hatten. Sie verstand nichts von Rotwein, aber er schmeckte ihr. Bestimmt kostete er nur ein Zehntel von dem, was Gabriel Tretjak heute Abend in der *Osteria* für den Wein hinblätterte. Wie viele Seelen hatte sie?, fragte sich Fiona Neustadt später, als sie nebeneinander auf dem schmalen Bett lagen und den Rotwein tranken. Sie hörte seine Stimme, diese angenehme Stimme, aber sie hörte ihr nicht zu. Irgendetwas von einem Buch, das er gelesen hatte, erzählte die Stimme. Wie viele Seelen? Musste man sie alle pflegen? Oder sollte man einige verkümmern lassen, mit Absicht? Keine ihrer Freundinnen kam mit diesen Fragen klar. Die meisten von ihnen hatten mehrere Männergeschichten gleichzeitig am Start und die übrigen gar keine.

Alkohol ließ sie manchmal selbstmitleidig werden. Da musste sie aufpassen. Nicht dass sie anfing zu weinen. Von der Straße drang das Geräusch der Straßenbahn ins Zimmer. Als Kind war Fiona Neustadt pummelig gewesen. Das hatte daran gelegen, dass sie sofort etwas gegessen hatte, wenn sie Kummer hatte. Sie wurde sogar »Hamsterchen« genannt, weil sie gelegentlich etwas in ihren Backen aufbewahrte, bevor sie es runterschluckte. Jetzt setzte sie sich auf, beugte sich über den Schwanz des Mannes, der neben ihr lag und von einem Buch redete. Sie nahm ihn in den Mund und behielt ihn dort so lange, bis er sich entlud.

Achter Tag
18. Mai

Hamburg, Café Paris, 10 Uhr 45

Am letzten Tag seines alles in allem heftigen Lebens saß Dimitri Steiner im Café Paris und sah zunehmend ungeduldig auf die Uhr. Das Café bestand aus einem einzigen großen gekachelten Raum, über den sich eine aufwändig restaurierte Jugendstildecke spannte. Früher war hier eine Schlachterei gewesen. Die Speisekarte war bekannt für diverse Klassiker, das am Tisch zubereitete Tartar zum Beispiel, den lauwarmen Salat Niçoise, die pikanten Lammwürstchen, aber auch für die Tartes, heute Birne.

Dimitri Steiner trank schon den zweiten doppelten Espresso, er hatte ein Croissant gegessen, vor ihm lag unberührt die Tageszeitung auf dem Tisch. Gabriel Tretjak verspätete sich nie, aber jetzt war es gleich elf Uhr. Heute Morgen hatte Dimitri Steiner in seiner Wohnung Tretjaks Grüße vorgefunden, einen Kuchen, in den Nägel eingebacken waren. Er hatte seine alte Pistole eingesteckt, eine Tokarev TT-33, und sich sogar seinen Messergurt um die Wade gebunden. Nur vorsichtshalber. Er war in seinem Leben vielen gefährlichen Menschen begegnet, wildgewordenen, zugekoksten Terroristen mit Maschinengewehren, kalten, eher wie Buchhalter wirkenden Profikillern, gemütlichen weintrinkenden Lebemännern, die mit einer Handbewegung Schicksale besiegelten. Im Großen und Ganzen hatte Dimitri Steiner immer gewusst, wie sie zu nehmen waren. Bei diesem Gabriel Tretjak war es anders. Aus ihm war er nie richtig schlau geworden. Er lebte eine bürgerliche Existenz, hatte sich dieses blendend laufende Geschäft aufgebaut. Regelte das Leben von reichen Privatleuten, die zu dumm waren, zu feige oder zu bequem, das selbst zu tun. Und dieses eine Mal, als er sich mit anderen Mächten eingelassen hatte, zumindest dieses eine Mal, von dem Steiner wusste, und einen Auftrag ganz anderer Art angenommen hatte, dieses eine Mal war Tretjak nicht nur ungeschoren davongekommen, sondern er hatte dafür sogar 50 Millionen Dollar kassiert. Dimitri selbst hatte ihm den Koffer mit den Scheinen übergeben.

Er saß hinten im Lokal, mit dem Rücken zur Wand auf der Bank, sein Stammplatz, immer wenn er reservierte, gab man ihm diesen Tisch. Nur um irgendetwas zu bestellen, bestellte er eine Traubensaftschorle und dachte an den alkoholfreien Kommissar aus München. Wegen dem hatte er schlecht geschlafen. War es ein Fehler gewesen, dass er ihm den Tipp mit

Krabbe gegeben hatte? War er auf seine alten Tage irgendwie geschwätzig geworden? Aber was konnte schon passieren? Krabbe lag im Sterben. Die Menschen, die er zu Killern ausgebildet hatte, waren über die Welt verstreut. Und Tretjak wusste nichts davon, was Dimitri auf die Speisekarte im Zug geschrieben hatte. Oder war der Kommissar so dumm gewesen, ihm das zu sagen? So schätzte er ihn nicht ein.

Dimitri Steiner griff jetzt zu seinem Telefon.

»Senatorservice. Was kann ich für Sie tun, Herr Steiner?«

»Ich brauche von Ihnen eine Auskunft. Mögen Sie bitte nachsehen, ob heute Morgen ein Herr Gabriel Tretjak von München nach Hamburg geflogen ist. Ich warte auf ihn, kann ihn nicht erreichen und bin etwas beunruhigt.«

»Einen Moment bitte, Herr Steiner.«

Eine hübsche junge Frau in einem kurzen schwarzen Lederrock ging durchs Lokal an Dimitris Tisch vorbei Richtung Toilette. Während er der Musik der Warteschleife zuhörte, schaute er ihr auf den Hintern, bis sie durch die Tür verschwunden war.

»Herr Steiner, hören Sie? Das stellt sich bei uns so dar: Herr Tretjak war für die LH 051 heute Morgen gebucht, hat den Flug aber nicht angetreten. Er hat auch keine andere unserer Maschinen benutzt. Ich hoffe, ich kann Ihnen mit dieser Auskunft helfen.«

Die Stimme des Mannes am Ende der Lufthansa-

Leitung klang jung und gut geschult. Solche Sätze sagte er wahrscheinlich jeden Tag hundertmal. Aber für Dimitri Steiner war es der letzte Satz, den er in seinem Leben hörte. Denn in diesem Moment stand die junge Frau in dem Lederrock direkt neben seinem Tisch. Mit einer schnellen, fast unsichtbaren Bewegung stieß sie hinter ihrer Handtasche hervor ein stricknadelartiges Stilett direkt in Dimitris Herz. Sekunden später hatte sie das schöne Café Paris durch die offenstehende Glastür verlassen.

Dimitri Steiner blieb angelehnt an die Rückbank sitzen und blickte ins Lokal. Er blinzelte nicht mehr. Aber das fiel zunächst niemandem auf. Es dauerte noch gut 40 Minuten, bis die Hamburger Mordkommission das Café für diesen Tag zusperrte.

München, Polizeipräsidium, Vormittag

Die erste Nacht in einer Zelle. Zelle 226 im Münchner Polizeipräsidium. Kurz nach 21 Uhr hatte ihn der Beamte eingeschlossen. Bett, Stuhl, Toilette, Waschbecken. Nichts zu lesen, kein Handy, kein Computer, kein Fernseher, natürlich nicht. Um 22 Uhr war das Deckenlicht im Zimmer ausgegangen, das einzige Licht. Plötzlich war es dunkel gewesen. Tretjak hatte so viel studiert und nachgedacht über die Wirkung von plötzlicher, absoluter Stille auf Menschen. Wie ein Mensch reagiert, wenn er von einem Moment auf den anderen isoliert ist. Kommissar Maler hatte auf der Fahrt ins Präsidium kein einziges Wort mit ihm gesprochen. Als sie angekommen waren, hatte der Beamte schon auf ihn gewartet. Und Maler war einfach weg gewesen, kein Wort, keine Geste, nichts.

Es gibt Leute, die zerbrechen in der Isolation, schon nach wenigen Stunden. Sie erleben einen Crash der Nerven. Es trifft besonders die Menschen, die vorher viel Kraft aufgewendet haben, ihre Wirklichkeit unter Kontrolle zu halten. Gabriel Tretjak wusste, dass die Polizei auf diesen Effekt setzte. Und er wusste, dass ihm das nicht passieren würde, natürlich nicht. Hatte er nicht immer all seine Kraft dazu verwendet, die Dinge des Lebens zu regeln, und zwar im Sinne seiner Auftraggeber? Diesmal war er gewissermaßen selbst der Auftraggeber. Konnte irgendjemand glauben, dass er es nicht schaffen würde, den eigenen Auftrag auszuführen? Natürlich würde er ruhig bleiben, die Nerven behalten, natürlich würde er den Weg gehen, den er gewählt hatte, und sei das Ende noch so bitter. Er würde die Kontrolle behalten, vor allem über sich selbst. Genau das war seine Profession, genau das war seine Bestimmung.

Er spürte den Zweifel, wie kleine Stromstöße, deren Intensität immer stärker wurde. Es galt jetzt, dieser Unruhe zu widerstehen, dieser Angst. Die Tabletten, die das sonst so zuverlässig erledigten, hatte er nicht in der Zelle, er hatte seine Taschen leeren müssen, alles. Er musste den Schalter alleine finden, der die Angst ausknipste. Er spürte, wie seine Haut feucht wurde, es war der kalte Schweiß, der gefährliche Schweiß, wie es ihm ein Arzt einmal erklärt hatte. Er versuchte, die Atemtechnik des Kollegen von Treysa anzuwenden. Aber er merkte sofort, dass es diesmal nicht funktionierte. Die Angst war stärker.

Gabriel Tretjak schloss die Augen. Norbert Kufner, der in Bozen ermordete Professor, sein Lehrer, hatte ihm den Weg zur inneren Ruhe in Situationen der Isolation erklärt. Kufner hatte ihm davon bei einem ihrer Spezialwochenenden erzählt. Zehn dieser Wochenenden hatte es insgesamt gegeben, nur sie beide, Tretjak hatte viel Geld bezahlt, Kufner war teuer gewesen.

Einmal hatten sie zwei Tage lang in einem Zimmer ohne Fenster gesessen. Vor sechs verschiedenen Tonbandgeräten, aus denen gleichzeitig verschiedenste Stimmen zu hören waren. Kufner wollte ihm zeigen, wie es möglich war, nur das zu hören, was man hören wollte. Und wenn man gar nichts hören wollte, dann ging das auch. Und er wollte ihm zeigen, was eine Stimme sagen musste, um sich gegen die anderen durchzusetzen. Welche Worte man wählen musste, um eine bestimmte Botschaft zu installieren.

Jetzt saß Tretjak mit geschlossenen Augen in der

dunklen Zelle und versuchte sich zu erinnern, was Kufner über den Begriff der doppelten Stille erzählt hatte. Es war eine Langzeituntersuchung durch russische Psychologen gewesen, die sich die Frage gestellt hatten, warum manche Gefangene in Sibirien jahrzehntelange Haft ohne größere Schäden überstanden hatten, wie es ihnen gelungen war, dabei sogar zu einer Art innerem Frieden zu gelangen. Das entscheidende Moment schien die Fähigkeit zu sein, eine Art doppelte Stille aufzusuchen. Die Bereitschaft, von dem äußeren stillen, ereignislosen Ort aus nach innen zu gehen und die innere Stille zu suchen. Sich auf diese Weise abzukapseln von der äußeren Stille. Man meditierte sozusagen in die äußere Stille hinein und wurde unverwundbar. Bauen Sie sich eine Mauer, hatte Kufner gesagt, Stein für Stein, bis der innere Kern eingemauert ist und geschützt.

Kufner teilte das Ich in verschiedene »Ego-States« ein, in unterschiedliche Ich-Staaten: Es gibt das Ich der guten Gefühle, es gibt das Ich der schlechten Gefühle. Es gibt ein Ich der peinlichen Gefühle. Es gibt eines der Schwäche. Es gibt ein Ich der Entscheidungskraft und eines der Entscheidungslosigkeit. Es gibt ein Ich der Erinnerungen, der Ordnung und der Unordnung. All diese Ichs leben wie Staaten zusammen, mal in harmonischer Nachbarschaft, mal im Kriegszustand. Kufner hatte ihm das genau erklärt und betont, es sei die freie Entscheidung jedes Einzelnen, welchem Staat er die Führung in seinem Leben überlasse.

In der Nacht in der Zelle versuchte Gabriel Tretjak, die Mauer zu bauen. Er merkte, wie es jeden Moment besser funktionierte, wie er ruhiger wurde, wie der Herzschlag aufhörte zu toben. Der Schweiß begann zu trocknen. Die Mauer wuchs.

Doch dann war ein anderes Ich aufgeflackert. Ein nervöses Ich, aber auch ein ziemlich lebendiges. Der Nachmittag an der Isar. Die Haut von Fiona Neustadt. Die Frage, wen sie eigentlich meinte, wenn sie ihn küsste. Die Frage, was er eigentlich fühlte, wenn er mit ihr zusammen war. Ein Ich der Gefühle? Gabriel Tretjak saß auf seinem Bett in der Zelle und dachte, ich weiß es nicht. Er wusste nur, auf irgendeine Weise versuchte dieses Ich, von ihm Besitz zu nehmen.

Irgendwann war Tretjak eingeschlafen. Als er aufwachte, kurz nach sechs Uhr, brannte das Deckenlicht in seiner Zelle bereits. Er hatte geträumt. Er erinnerte sich, leider. Es war ihm nie gelungen, eine Technik zu entwickeln, die eigenen Träume zu löschen. Er hätte gut auf sie verzichten können. Was sollte das schon sein, Träume? Diesmal war es wieder der Krankenhaustraum gewesen. In diesem Traum ging er durch einen langen Gang in einer Klinik, bis er endlich auf der Station war, die er suchte. Er sah nirgends Menschen. Er klopfte an eine Zimmertür und trat ein. Ein großes Zimmer, voll mit Betten, acht, zehn Betten. In denen sehr alte Menschen lagen, Wracks. Da er nicht wusste, wen er suchte, schaute er in jedes einzelne Gesicht. Sagte ihm eines davon etwas? Vier, fünf Gesichter, nichts. Doch dann stand er vor einem, das ihm etwas sagte. Er erschrak, bis ins Mark. Das war das zentrale Gefühl des Traums. Der Traum löste nie auf, wer das nun war in diesem Bett, nicht einmal, ob es ein Mann oder eine Frau war. Aber das Gesicht sprach zu ihm. ›Du hast mich vergessen. Du glaubst, ich bin tot, aber nein, du siehst, ich bin nicht tot.‹

Tretjak trank ein paar Schlucke Tee, aß nichts von dem Graubrot mit Wurst, das ihm ein Beamter auf einem Tablett gebracht hatte. Die Angst war wieder da, er spürte sie, sie flackerte. Aber sie war nicht dominant, das war gut.

Um zwei Minuten nach neun betrat Tretjak das Verhörzimmer. Kommissar Maler war schon da. Maler ging auf ihn zu und gab ihm die Hand.

»Guten Morgen, Herr Tretjak.«

»Guten Morgen, Herr Kommissar.«

»Mögen Sie einen Kaffee?«

»Nein, danke.«

Tretjak nahm auf einem Plastikstuhl mit zerkratzter Lehne Platz. Er saß auf einem roten Kissen. Die

Vorstellung, wer hier schon alles vor ihm gesessen hatte, war ihm unangenehm. Er hätte den Kommissar berühren können, so schmal war der Tisch, der sich zwischen ihnen befand. Tretjak wusste, dass er unbedingt die erste Frage stellen musste. Die Frage: Was ist gestern passiert in meiner Wohnung? Er bastelte in seinem Kopf noch an der Formulierung. Die Frage musste den richtigen Tonfall haben.

Tretjak wusste nicht, dass Maler ihn inzwischen in einem anderen Licht sah. Mit wem immer er sich über Gabriel Tretjak unterhalten hatte, was immer er über ihn erfuhr, immer hatte es geheißen: Tretjak ist einer, der manipuliert, geschickt, perfekt. Ein Meister seines Fachs. Jetzt erst war Maler darauf gekommen, dass es gar nicht anders sein konnte, als dass Tretjak versuchte, auch ihn zu manipulieren. Wie war das am Anfang gewesen? Tretjak hatte geleugnet, den ermordeten Professor Kerkhoff gekannt zu haben, um dann zerknirscht zuzugeben, er habe nicht die Wahrheit gesagt, er habe ihn doch gekannt und zwar gut. Wurde einem das nicht in jedem Lehrgang über Polizeiverhöre verklickert, dass das Eingestehen einer kleinen Schwäche Vertrauen schafft? Und tatsächlich, es hatte funktioniert, er hatte es ihm geglaubt. Maler, dachte Maler, du wirst alt.

Dann dieser aufgeregte Anruf von der Steuerprüferin. Hatte Tretjak den organisiert? Und die Sache mit den Botschaften. Erst das merkwürdige Handy bei dem Rennpferd. Dann die Blumen mit dem Hinweis auf die blutige Bettwäsche. Jetzt das Foto mit der blutgetränkten Wohnung. Und wieder steckte der große Unbekannte dahinter. Was spielte Tretjak für ein Spiel? Er schaffte Distanz zwischen der Tat und sich, gut, das hatte Maler verstanden Aber wie waren die anderen Regeln dieses Spiels? Und wie würde das Spiel weitergehen?

Mit der unvorstellbaren Tat in Tretjaks Wohnung waren auch die Bilder in Malers Kopf wiedergekommen. Als er heute Morgen schon sehr früh in der Bäckerei eine Butterbreze gekauft hatte, war der alten Verkäuferin plötzlich das Blut aus den Augen gelaufen. Er hatte weggeschaut und wieder hin, aber das Blut war immer noch gelaufen. Erst beim Hinausgehen, als er sich in der Tür noch einmal umgedreht hatte, war die Verkäuferin wieder unversehrt. Maler war ins Präsidium gefahren, und er hatte sich vorgenommen, so schnell es ging, seine Psychologin aufzusuchen.

»Herr Kommissar«, sagte Gabriel Tretjak, »was ist in meiner Wohnung passiert? Erzählen Sie es mir bitte, sofort.«

»Aber das wissen Sie doch, Herr Tretjak«, antwortete der Kommissar.

Tretjak schwieg. Einen langen Moment. Er blickte Maler nur an. Schließlich deutete er ein Kopfschütteln an, verächtlich, wütend.

»Wir kommen auf Ihre Wohnung zurück und auf das, was dort geschehen ist, das garantiere ich Ihnen. Aber zunächst möchte ich Ihnen etwas vorspielen.« Maler zog aus der Seitentasche seines beigen Jacketts ein kleines schwarzes Aufnahmegerät und drückte auf die Play-Taste. Es war ein kurzer Ausschnitt zu hören aus der Zeugenaussage des alten Zimmermädchens aus dem Hotel in Bozen, die ihm sein Kollege geschickt hatte. »Gabriel war so ein lieber Junge«, sagte eine Frauenstimme in starkem Südtiroler Dialekt. »Gabriel hat viel aushalten müssen. Die Mutter hatte so große Schmerzen und hat so oft geschrien. Gabriel ist oft in der Ecke seines Zimmers gesessen, am Boden, eingekauert, und hat stundenlang geschwiegen. Man konnte nichts tun.« Man hörte, wie die alte Frau seufzte. »Es war keine schöne Kindheit, nein, der arme Gabriel, es war ein schlimmes Leben.« Maler drückte auf die Stopp-Taste.

In Tretjaks Gesicht zeigte sich keine Regung. »Und?«, fragte er, »was soll das? Was wollen Sie von mir hören?«

»Das Zimmermädchen hat die Leiche von Professor Kufner gefunden«, sagte Maler. »Und einen Tag später erhält sie einen Brief von einem Unbekannten, in dem sie aufgefordert wird, ihre Geschichte über Gabriel Tretjak zu erzählen. Haben Sie eine Ahnung, wer diesen Brief geschickt hat?«

»Nein, keinerlei Ahnung.«

»Haben Sie eine Ahnung, warum dieser Brief verschickt wurde? Was könnte dahinterstecken?«

»Ich habe keine Ahnung.«

Maler goss sich Kaffee aus der Thermoskanne in seine Tasse. »Vielleicht kann ich Ihnen bei der Motivsuche ein bisschen helfen. Könnte es sein, dass uns jemand auf Ihre traurige Kindheit aufmerksam machen wollte? Weil dieser Jemand damit sagen wollte: Er war ein Opfer, und jetzt ist er ein Täter. Dieser Tretjak hat etwas Schlimmes erlebt, und vielleicht hat er deshalb eine Rechnung offen. Sollte das die Botschaft des Briefes sein? Oder liegt diese Interpretation Ihrer Meinung nach daneben?«

»Herr Kommissar«, antwortete Tretjak, »ich möchte Ihnen ein paar grundsätzliche Dinge über mein Leben erzählen. Wie Sie selbst gerade gehört haben, hatte ich kein besonderes Glück mit meiner Kindheit. Und ich habe daraus meine Konsequenzen gezogen. Ich habe die ersten Jahre meines Lebens samt zugehöriger Familie gelöscht. Ich habe beschlossen, dass mein Leben mit mir anfängt, und zwar mit mir als jungem Menschen. Ich habe beschlossen, den ganzen Scheiß nicht mein Leben lang mit mir herumzuschleppen.«

»Und das hat funktioniert?«, fragte Maler.

»Ja, das funktioniert ganz ausgezeichnet. Wenn Sie so wollen, habe ich daraus ein Geschäftsmodell entwickelt. Ich bin nicht der Ansicht, dass man seinem

Schicksal hilflos ausgeliefert ist. Ich bin der Ansicht, dass man etwas dagegen tun kann. Man kann seinem Leben immer wieder eine neue Richtung geben, man muss dieser Veränderung nur Regeln geben, die dann strikt zu beachten sind.« Tretjak griff zur Thermoskanne. »Darf ich?« Maler nickte knapp. Tretjak fuhr fort: »Und nun komme ich zu Ihrer Frage zurück, ob ich mir erklären kann, warum dieser Brief an die arme Maria verschickt wurde. Nein, ich kann es nicht erklären. Und ich denke auch nicht darüber nach, keinen einzigen Moment. Ich beschäftige mich nicht mit meiner Vergangenheit, auf keinen Fall. Das ist mein Prinzip.«

»Ihr Prinzip ist das. So, so.« Maler stand auf und ging um den Schreibtisch herum, bis er hinter Tretjaks Rücken stand. »Sie beschäftigen sich nicht mit der Vergangenheit, das ist ja interessant.« Maler machte eine Pause, stützte sich mit beiden Händen fest auf Tretjaks Lehne, so dass er fast dessen Rücken berührte. »Was sind Sie nur für ein Mensch?« Maler wurde laut. »Drei Menschen sind auf grausamste Art und Weise in nicht einmal einer Woche ermordet worden. Drei Menschen, die Sie gut kannten. Und Sie sitzen hier und erzählen mir irgendwas von neuen Regeln, die Sie aufstellen, damit Sie die Welt beherrschen, so wie Sie es wollen. Ich bitte Sie, das ist doch lächerlich!«

»Drei Menschen?«, fragte Tretjak, und seine

Stimme wurde ebenfalls schneidend: »Herr Kommissar, sagen Sie mir, was gestern passiert ist!«

»Das kann ich machen.« Maler beugte sich näher an Tretjaks rechtes Ohr. »Die Tochter Ihrer Putzfrau bekam gestern einen Anruf von Ihnen, dass sie einspringen sollte für die Mutter, Ihre Wohnung zu putzen.«

»Unsinn«, sagte Tretjak, »ich habe nicht angerufen, bei niemandem.«

»Ein telefonischer Auftragsdienst hat bei der Tochter angerufen, in Ihrem Namen, sagt sie. Jedenfalls ist sie zu Ihrer Wohnung gefahren, Sie hatten ja einen Wohnungsschlüssel im Lokal um die Ecke hinterlegt.«

»Ich habe gar nichts hinterlegt«, sagte Tretjak.

»Die Tochter Ihrer Putzfrau hat Ihre Wohnung aufgeschlossen und angefangen zu putzen. Der Täter hatte sich ein besonderes Spiel ausgedacht. Sie hat erst die Küche geputzt, die überall voll Blut war. Angst hat sie gehabt, sagte die Frau, nein, sie sagte es nicht, sie schrie, zitterte am ganzen Körper, weinte, als ich mit ihr sprach. Sie dachte, vielleicht sei irgendein Tier geschlachtet worden.« Maler wurde ganz leise. »Aber, Herr Tretjak, die Frau hatte unrecht, es war kein Tier. Es war ihre Mutter. Sie fand die nackte Leiche in der Badewanne, in Ihrer Badewanne, übersät mit unzähligen Messerstichen. Und ohne Augen. Herr Tretjak, wer denkt sich so etwas aus?«

Tretjak stand abrupt auf. »Mein Gott, Frau Lanner,

die gute Frau Lanner … ja, wer denkt sich so was aus?«

»Wo waren Sie gestern zwischen 14 und 17 Uhr?«, fragte Maler.

»Ich war den ganzen Nachmittag an der Isar. Mit einer Frau.«

»Hat die Frau einen Namen, und kann sie das bezeugen?«

»Ja«, antwortete Tretjak, »aber ich muss sie erst fragen, bevor ich Ihnen den Namen gebe.« Tretjak setzte sich wieder. »Herr Kommissar, welches Motiv sollte ich haben, meine Putzfrau zu töten, und dann noch auf diese Art? Ich bitte Sie.«

»Welches Motiv hatten Sie«, fragte Maler, »die alte Frau Lanner nach Argentinien zu schicken, auf Ihre Kosten?«

»Ich habe sie nicht nach Argentinien geschickt. Das ist völliger Quatsch. Ich habe das Frau Lanners Tochter bereits gesagt.«

»Die hat es aber nicht geglaubt. Herr Tretjak, Ihre Methode zu antworten, wird allmählich eintönig: Weiß nichts, war nicht so, ich hab nichts damit zu tun.«

»Ich kann nichts anderes sagen«, sagte Tretjak.

»Warum haben Sie mir nichts davon erzählt, von dieser Reise Ihrer Putzfrau, angeblich von Ihnen finanziert? Bitte, wenn Ihnen das alles so absurd vorkam, warum haben Sie uns das nicht gesagt?«

»Ich wüsste nicht, warum ich Ihnen das hätte erzählen sollen.«

»Ach nein? Es sind zwei Menschen ermordet worden, unter rätselhaften Begleitumständen – und dann passiert wieder etwas Mysteriöses, aber Sie kommen nicht drauf, warum Sie das der Polizei erzählen sollten?«

»War wahrscheinlich ein Fehler, sehe ich ein.«

»Ich würde es anders formulieren, Herr Tretjak. Frau Lanner könnte womöglich noch leben, wenn Sie Ihre merkwürdige Informationspolitik geändert hätten.«

Es entstand ein Moment der Stille. Maler sah Tretjak an, er konnte keine Regung ausmachen, keine Erschütterung.

Tretjak sagte: »Es läuft ein wahnsinniges Spiel da draußen, Herr Kommissar. Aber ich spiele dieses Spiel nicht, ich habe nichts damit zu tun. Wenigstens nicht direkt.«

»Schon klar«, sagte Maler, »diesen Eindruck versuchen Sie seit dem ersten Tag zu vermitteln, an dem ich bei Ihnen vor der Tür stand. Doch das können Sie vergessen. Sie stehen nicht am Rande, Sie stecken tief drinnen, tiefer geht es nicht.«

»Sagen Sie mir einen Grund«, sagte Tretjak, »warum dieses Spiel mein Spiel sein sollte.«

»Es geht um drei Morde, um drei Menschen. Ich finde, das Wort Spiel ist ziemlich unpassend.«

»Nennen Sie es, wie Sie wollen«, sagte Tretjak, »aber sagen Sie mir, was das alles für einen Sinn ergibt.«

»Angenommen, Sie haben da draußen einen Feind, der Sie vernichten will. Wer könnte das sein? Wer hasst Sie so?«

»Ich habe keine Ahnung«, sagte Tretjak.

»Herr Tretjak, ich habe nur ein bisschen was von Ihrem Beruf verstanden. Aber eines scheint klar zu sein: Sie brechen in anderer Leute Leben ein. So etwas macht Ärger, so etwas schafft Feinde. Sie sind sozusagen ein Profi in der Schaffung von Feinden. Und Sie wollen mir weismachen, Sie hätten keine Ahnung, wer Ihnen etwas Böses wollen könnte?«

»Nein, ich habe keine Ahnung.«

»Ich erwarte von Ihnen eine Liste von Namen«, sagte Maler, »lauter Namen von Leuten, die Opfer Ihres Geschäfts geworden sind. Auf die unterschiedlichste Art.«

»Vergessen Sie es. Eine solche Liste wird es nicht geben.«

Maler hatte sich wieder auf seine Schreibtischseite gesetzt und goss sich noch eine Tasse Kaffee ein. Erstaunlicherweise war er immer noch heiß. Maler hatte jedes Zeitgefühl verloren. Wie lange dauerte das Verhör mit Tretjak schon? Es kam ihm wie Stunden vor. »Drei Morde. Eine alte Frau, die bei Ihnen putzt, wird abgeschlachtet. Und all das lässt Sie kalt.«

Tretjak schwieg.

»Was sind Sie nur für ein Mensch, Herr Tretjak?«

Tretjak antwortete betont kühl. »Ich bin ein Mensch, der ziemlich gut informiert ist. Herr Maler, sagt Ihnen der Name Laura Müller etwas?«

»Nein«, sagte Maler.

»Ein Mädchen, 22 Jahre alt, muss hübsch gewesen sein. Eine tragische Geschichte. Es war ein Fahrradunfall. Ein betrunkener Autofahrer hatte sie beim Abbiegen übersehen. Sie starb an ihren Kopfverletzungen.«

»Was soll das?«, fragte Maler, »wovon sprechen Sie?«

»Ich spreche von der Frau, deren Herz Sie bekommen haben«, sagte Tretjak. »Ich spreche von der Frau, deren Tod für Sie lebenswichtig war. Wie fühlt sich das an, Herr Kommissar, das Herz eines anderen Menschen in sich schlagen zu hören?«

Maler fühlte sich, als hätte ihn ein Blitz getroffen. Als stünde plötzlich sein Arzt wieder vor ihm, der damals ins Zimmer kam und sagte: »Wir haben ein Herz.« Und ihm erklärte, dass er nicht erfahren würde, wem das Herz gehöre, das sei die eiserne Regel bei Herztransplantationen. Keine Informationen über den Spender. Sechs Stunden dauerte es noch, bis sie ihn in den OP schoben, in seinem Krankenhausbett, in dem er 14 Wochen gelegen hatte, jeden Tag ein bisschen elender. Die letzten zehn Tage hatte

Maler nicht einmal mehr den Weg bis zur Toilette geschafft. Er brauchte rund um die Uhr Sauerstoff, sein Herz war zu allem zu schwach. Eine schwere Herzmuskelentzündung war die Diagnose gewesen, mit besonders dramatischem Verlauf. Nur noch wenige Tage hatte der Arzt ihm gegeben. Dann stand er in der Tür mit der Nachricht: »Wir haben ein Herz.«

»Wovon reden Sie?«, wiederholte Maler fast wie in Trance. »Niemand darf wissen, von wem das Herz ist.«

»Ich lebe davon, Dinge zu wissen, die man nicht wissen darf.«

Maler stand auf und ging durch den Raum. Einmal um Tretjak herum und noch einmal um Tretjak herum. Dann setzte er sich wieder. »Mein Herz ist für Sie kein Thema, Herr Tretjak. Wir werden darüber nicht weiter sprechen. Unser Thema sind drei Morde. Und Ihre Rolle dabei, um es vorsichtig zu formulieren.«

»Sie haben gefragt, was ich für ein Mensch bin, Herr Kommissar. Da habe ich mir den Hinweis auf Ihre Herztransplantation erlaubt. Sie würden nicht mehr leben, wenn Sie Ihr Schicksal nicht korrigiert hätten. Ich dachte, jemand wie Sie müsste Verständnis haben für meine Lebensphilosophie. Ich glaube daran, dass man Lebenswege erfolgreich ändern kann. Und ich glaube daran, dass ich auch meinen

Lebensweg korrigieren kann, wann immer es nötig ist. So ein Mensch bin ich.«

Maler stand wieder auf. »Herr Tretjak, was ist wirklich passiert am 11. Mai vor zehn Jahren?«

»Ich weiß nicht, was Sie meinen«, sagte Tretjak.

»Sie kennen doch diese Frage, oder?«

»Ich kenne diese Frage, aber ich kann mit ihr nichts anfangen.«

»Sie saßen gestern Abend in der *Osteria* mit einer Frau zusammen. Als wir kamen, war sie weg. Warum?«

»Das müssen Sie die Frau fragen. Sie ging auf die Toilette und kam nicht wieder zurück. Warum das so war, konnte ich nicht mehr klären, weil Sie mich dann ja verhaftet haben.«

»Frau Poland sagt, ihr sei das Gespräch unangenehm geworden mit Ihnen. Deshalb sei sie gegangen.«

»Das hat Sie gesagt?«, fragte Tretjak.

»Warum haben Sie sich mit Charlotte Poland getroffen?«, fragte Maler.

»Es ging um ihren Sohn, der ein paar Probleme macht. Sie war der Ansicht, ich könnte ihm helfen.«

»Sie hat mir von ihrem Sohn erzählt. Aber Frau Poland ist eine Freundin Ihres Vaters. Sie sagte, das sei der entscheidende Grund, warum Sie sich getroffen haben. Sie sagte auch, Ihr Vater und Sie seien tief verfeindet.«

»Ich bin mit meinem Vater nicht verfeindet. Ich

habe ihn aus meinem Leben gelöscht. Das ist etwas anderes«, sagte Tretjak.

»Warum haben Sie dann Frau Poland getroffen, eine Freundin Ihres Vaters?«

Tretjak schwieg einen Moment. »Lassen Sie es mich so sagen, Herr Kommissar: Mich beunruhigt, was da draußen passiert. Und ich verstehe es nicht. Ich versuche, einer Lösung näher zu kommen, und ich denke dabei in alle Richtungen.«

»Sie glauben, Ihr Vater hat damit etwas zu tun?«

»Ich weiß es nicht«, sagte Tretjak.

»Was soll die Frage nach dem 11. Mai vor zehn Jahren? Was geschah an diesem Tag?«, fragte Maler.

»Keine Ahnung. Das müssen Sie meinen Vater fragen.«

»Keine Sorge«, sagte Maler, »das tue ich. Ihr Vater hat mich gestern angerufen. Er will mich treffen, mir etwas Wichtiges über Sie erzählen. Wir treffen uns heute Nachmittag.« Maler machte eine Pause. Dann sagte er: »Es gibt eine Menge Leute, Herr Tretjak, die uns etwas über Sie erzählen wollen.«

Es klopfte an der Tür. Eine Frau trat herein. August Maler blickte genervt hoch.

»Sorry«, sagte sie, »aber es ist wichtig. Ein Gespräch für dich.« Sie hielt ein Handy in der Hand. »Willst du das Gespräch hier annehmen?«

Maler schüttelte den Kopf, ging mit ihr zusammen aus dem Raum. Und schloss die Tür.

Tretjak blieb allein zurück, er stand auf, ging umher, mit dem Blick auf die Tür.

Nach drei Minuten öffnete sie sich, und Maler kam zurück. Er setzte sich wieder hin, Tretjak auch.

»Es gibt einen vierten Toten«, sagte Maler. »Dimitri Steiner, Sie kennen ihn. Er wurde vor einigen Minuten in einem Hamburger Café erstochen. Viel weiß man noch nicht, nur dass er dort mit Ihnen verabredet war.«

»Das ist richtig«, sagte Tretjak, »wir wollten über alte Zeiten reden.«

»Das geht jetzt nicht mehr«, sagte Maler.

»Aber zumindest«, sagte Gabriel Tretjak, »können Sie es sich sparen, mich nach meinem Alibi zu fragen.«

Mörlbach, Jedlitschka-Hof, Mitternacht

Die Nacht war vollkommen schwarz und sternklar. Er parkte den Wagen in einer kleinen Ausbuchtung der Straße am Waldrand, so dass man ihn vom Jedlitschka-Hof aus nicht sehen konnte. Als er ausstieg, fiel das Licht der Innenbeleuchtung einen Augenblick lang auf die Zeitung, die auf dem Beifahrersitz lag. Die Schlagzeile, fette schwarze Buchstaben, rot unterstrichen: *Putzfrauenmord: Münchner Geschäftsmann verhaftet!* Er verschloss den kleinen Peugeot mit der Zentralverriegelung und stapfte ins Dunkel, zuerst noch etwa hundert Meter an der Straße am Waldrand entlang, dann bog er auf einem kleinen Pfad nach links ins offene Feld ab, direkt über die Wiese auf den Hof zu. Seine Augen hatten sich jetzt an die Dunkelheit gewöhnt. Der Jedlitschka-Hof lag still und grau im fahlen Licht der Sterne da. Schritt für Schritt ging Joseph Lichtinger darauf zu, und für einen Moment spielte ihm sein Gehirn den Streich, den Kinder so gut kennen. Für einen Moment sah er in den Umrissen des Hofes nicht das gewohnte Bild einer menschlichen Behausung, vielmehr erkannte er in dem Gebirge aus Schatten, Linien und Flächen die Konturen eines großen Tieres. Lichtinger verließ den Weg und näherte sich in einem Bogen dem Hof von der Rückseite. Der Schlüssel zur Sternwarte befand sich unter einem Ziegelstein neben dem Eingang.

Nur ein einziges Mal war Lichtinger hier gewesen, damals, als Tretjak ihm sein neues Teleskop vorgeführt hatte. Wie viele Nächte hatten sie früher, als sie jung waren, zusammen verbracht, irgendwo in den Bergen, mit immer besseren Fernrohren und immer kühneren Gesprächen und Plänen …

Putzfrauenmord: Münchner Geschäftsmann verhaftet. Der Anblick der Schlagzeile steckte Lichtinger schon den ganzen Tag in den Knochen, setzte sich in seinen Gedanken immer wieder neu zusammen, beschleunigte seine Herzfrequenz. Das Layout der Abendzeitung war im Laufe der Jahre immer wieder überarbeitet worden. Typografie, Spaltenbreite, Umgang mit Fotos, all das hatte sich immer wieder verändert. Ein modernes digitales Bilderkennungsverfahren, das Punkt für Punkt, Pixel für Pixel vergleicht, hätte zwischen dieser Aufmacherseite und einer ähnlichen von vor über zwanzig Jahren keine Übereinstimmung festgestellt. Aber Lichtingers Gehirn war kein Computer. *Bombenanschlag: Bankmanager stirbt in seinem Wagen!* In Lichtingers Gehirn schob sich die Schlagzeile von damals über die von heute, das Logo der Zeitung war immer noch rot, die Buchstaben immer noch schwarz. Und in Lichtingers Gehirn ergänzten sich die Schlagzeilen, sie tanzten miteinander.

Im Schein einer Taschenlampe mit rotem Licht machte Lichtinger das Teleskop startklar, öffnete die Kuppel einen Spalt, nahm die Schutzkappe vom Fernrohr und schaltete die Steuerung ein. Dann schwenkte er das Gerät zu einer Region im Sternbild Schwan, das schon hoch am Himmel stand. Er wählte ein Weitwinkelokular und einen Nebelfilter und suchte die Region ab, bis sich ein zartes Objekt ins Bild schob. Lange, dünne, weiße Schlieren, die aussahen wie Nebelschwaden über einer feuchten Wiese. Sie breiteten sich über ein riesiges Gebiet aus. Der Cirrusnebel, auch Schleiernebel genannt, der

Überrest einer Supernova, 1700 Lichtjahre von der Erde entfernt.

Bombenanschlag: Bankmanager stirbt in seinem Wagen. Es war die Zeit, als es noch keine Mobiltelefone gab, kein E-Mail. Der Physikstudent Joseph Lichtinger wohnte bei einem alten Münchner zur Untermiete in der Türkenstraße. Das Klopfen von Herrn Schmidt an seiner Tür hatte ihn aus dem Schlaf geweckt, und dann hatte Tretjak vor ihm im Zimmer gestanden, blass, diese Zeitung in der Hand. Noch heute sah Lichtinger seinen Blick vor sich, die flackernden Augen.

»Du hast es gemacht? Du hast es wirklich gemacht?«, hatte er Tretjak gefragt. Sie hatten sich gegenübergesessen, er auf seinem Bett und Tretjak auf dem alten Kamelhocker.

Immer wieder hatte er den Kopf geschüttelt. »Nein. Ich hab gar nichts gemacht. Aber die denken, dass ich's war.« Und er hatte ihn angesehen. »Unser Plan war ja auch fast genauso.«

»Unser Plan, unser Plan ...« Lichtinger war wie gelähmt gewesen vor Angst. Ja, sie hatten den Mann beobachtet, ausspioniert, sein Leben, seine Gewohnheiten, Gabriel hatte wieder Diagramme gezeichnet. Ja, sie hatten von einer Bombe geredet, und ja, Gabriel hatte jemanden gefunden, der sie bauen konnte, aber das war doch nicht ernst, das war doch nur ... »Unser Plan ... War das wirklich ein Plan, das war doch nur … Oder?« Die Augen seines Freundes Gabriel waren schwarz gewesen in diesem Moment. Und, so war es ihm damals erschienen, sie wurden jede Sekunde noch schwärzer.

Vom Fenster des Zimmers aus hatte man die Anzeigetafel eines Programmkinos im Blick. Daran erinnerte sich Lichtinger genau. In dieser Nacht war dort die Ankündigung eines uralten Yves-Montand-Films zu lesen, *Lohn der Angst.* Lichtinger hatte ständig auf eine Packung Lindt-Pralinen gestarrt, die neben seinem Bett auf dem Boden lag. Ein Geschenk seiner Mutter. Das kann nicht der Lohn sein, hatte er gedacht, immer wieder, wie eine defekte Platte, das kann nicht der Lohn für die Angst sein.

Der Überrest einer Supernova ist das, was übrig bleibt, wenn ein Stern stirbt. Der Tod eines Sterns ist eine ziemlich brutale Angelegenheit. Er wehrt sich gegen diesen Tod, bäumt sich auf, greift um sich, ein glühender Feuerball, der immer größer wird, weil ihm der Brennstoff ausgeht. Er verschlingt alles, was er kriegen kann in der Weite des Alls, aber es reicht nicht, am Ende stürzt er in sich zusammen, und in einer letzten gigantischen Explosion, einer Supernova, haucht er sein Leben aus, besser gesagt, er spuckt es aus, Materiefetzen und Staubwolken, die dann durch das schwarze Nichts geistern, schwach glimmend in Erinnerung an ihre lange strahlende Vergangenheit.

Es war ganz still in der Sternwarte, die Nacht roch schon stark nach Sommer. Lichtingers rechtes Auge schwebte über dem Okular, seine Hand hielt die kleine elektronische Steuereinheit, mit deren Hilfe er das Fernrohr leicht hin und her schwenkte, um den Kontrast des Bildes zu erhöhen.

Die Tage nach der Schlagzeile. Lichtinger hatte sein Zimmer praktisch nicht mehr verlassen, Herrn Schmidt hatte er gesagt, er sei krank. Ab und zu hatte er das kleine Kofferradio eingeschaltet. Das Attentat hatte das ganze Land in Aufregung versetzt. Er hatte immer sofort wieder abgeschaltet. Das Gefühl von Fieber. Noch heute die Erinnerung an den Geruch und das Muster der Bettdecke, unter der er sich verkrochen hatte. Tretjak war draußen in der Stadt, schlaflos, immer nervöser, tauchte beinahe stündlich in Lichtingers Zimmer auf, berichtete. Aber Lichtinger konnte nicht zuhören, stand wie unter Schock. Schließlich kam der Augenblick, in dem Tretjak den Koffer im Zimmer abstellte. Fünfzig Millionen, hatte er gesagt. Dollar. Die Russen haben bezahlt. Wenn sie schon denken, dass wir es waren, können sie uns auch bezahlen. Fünfzig Millionen, Sepp. Die gehören uns, hatte er gesagt. Du musst sie verstecken, Sepp.

Lichtinger dachte daran, dass in dem Koffer heute nicht mehr exakt fünfzig Millionen Dollar waren, und musste schmunzeln. 350 Dollar hatte er in seinem Untermietzimmer zurückgelassen für Herrn

Schmidt. Und eine Notiz, dass er den Rest seiner Sachen verkaufen könne. Und 8000 Dollar hatte er eingesteckt, einfach so, in die Innentaschen seiner Lederjacke. Den Koffer hatte er am Hauptbahnhof in ein Schließfach gesperrt, den Schlüssel in der Post in ein wattiertes Kuvert gesteckt und an Tretjak adressiert. Dann war er mit dem Bus zum Flughafen gefahren. München-Riem damals noch, aus heutiger Sicht beinahe mitten in der Stadt gelegen. Der neue große Flughafen im Erdinger Moos war damals erst im Bau gewesen. Er nahm einen Flug nach Atlanta, USA, weil es den gerade gab, und von dort einen nach Venezuela.

Wenn Menschen lange Reisen machen, dann erzählen sie hinterher davon, sie zeigen Fotos, sie geben anderen Tipps, sie vergleichen ihre Erfahrungen. Von der langen Reise des Physikstudenten Joseph Lichtinger, die er an einem Novembertag vor über zwanzig Jahren angetreten hatte, gab es keinerlei Dokumente. Keine Briefe, keine Bilder, keine alten Tickets, keine Tagebuchaufzeichnungen. Und er hatte auch niemals mit irgendjemandem darüber gesprochen.

Die gefährlichen Klettersteige in den Anden von Peru, die noch gefährlicheren Drogenpartys in Kolumbien, die Jobs als Rauschgiftkurier, als Pfleger in einer Klinik, als Aufpasser in einem Bordell … nichts, so schien es ihm später, war ihm beschwerlich und risikoreich genug gewesen, um vor die Hunde zu gehen. Zweimal hatte er sich in einer Gefängniszelle wiedergefunden, das eine Mal in Lima, das andere Mal in Caracas. Jeder Tag, den er überstand, jeder Kilometer, den er zurücklegte, entfernte ihn immer weiter von dem Joseph Lichtinger aus Niederbayern, der er einmal gewesen war. Es existierten keine Beweise, dass dieses Jahr seines Lebens überhaupt stattgefunden hatte. Nur für das Ende der Reise gab es einen Zeugen. Vielleicht war dieser Zeuge der Mensch, den er am besten kannte oder kennen müsste, aber gerade jetzt, in der Nacht in der Sternwarte am Jedlitschka-Hof, entglitt er ihm völlig, und er hatte das ungute Gefühl, nicht die geringste Ahnung davon zu haben, mit wem er es da immer zu tun gehabt hatte.

Lichtinger schraubte das Okular aus dem Teleskop und verstaute es in dem dafür vorgesehenen Kasten. Die Kuppel schloss sich und nahm die Sicht auf den Himmel. Er dachte an Tretjak, der jetzt in Untersuchungshaft war. Ob er schlafen konnte?

Damals hatte Tretjak plötzlich bei ihm am Bett gesessen, in einer Hütte in Haiti. Seit Tagen hatte er in dieser Hütte gelegen, vollgepumpt mit einer Droge, die aus einem Pilz gewonnen wurde. Man träufelte sich den braunen Extrakt auf die Zunge und versank in einem Nebel, der es durchaus mit dem Überrest einer Supernova aufnehmen konnte. Ein großes Fest war in dem kleinen Ort zugange, mit Tänzen, rituellen Schlachtungen, Voodoo-Gesängen. Lichtinger wusste nicht, wie lange Tretjak bei ihm gesessen hatte, ehe er ihn überhaupt wahrnahm, und wie lange er danach noch sitzen bleiben musste, ehe er ihn erkannte.

»Wie hast du mich gefunden?«

»Pack deine Sachen.«

Lichtinger sah, wie Tretjak dem Hüttenbesitzer Geld gab.

Zwei Tage später waren sie in München gelandet. Tretjak brachte ihn zu einem kleinen Apartment im Olympiadorf, das er für ihn gemietet hatte.

»Und?«, hatte er Lichtinger auf dem Weg dorthin im Taxi gefragt. »Bist du sie nun los, die bösen Geister?«

Lichtinger hatte sich in dem Apartment nur kurz umgesehen und den Kopf geschüttelt. »Hier möchte ich nicht bleiben. Ich fahr nach Hause.«

»Nach Hause?«, hatte Tretjak gefragt.

»Aufs Land. Zu meinen Eltern«, hatte Lichtinger gesagt.

»Ja, mach das. Die sind grau geworden vor Sorge.«

Das wattierte Kuvert, das Tretjak ihm dann gegeben hatte, war immer noch dasselbe gewesen, und es war nicht geöffnet worden. Man konnte den Schlüssel tasten. Damals hatten sie die Schließfächer noch nicht automatisch irgendwann geräumt.

»Das gehört uns, Sepp. Du musst darauf aufpassen.«

Lichtinger erinnerte sich an diese Szene, als wäre sie gestern passiert. Sie hatte den Wendepunkt markiert. Von dort an waren ihre Wege auseinandergelaufen. Wenig später hatte Lichtinger schon Theologie studiert, und die Besuche seines Freundes waren immer seltener geworden. Ihre Debatten über die Manipulation von Wirklichkeit hatten ihren Reiz verloren. Über das Geld im Koffer hatten sie nie wieder gesprochen. Und jetzt, als er an diese Szene zurückdachte, versuchte er – so viele Jahre später –, noch einmal in Tretjaks Gesicht zu lesen, das er genau vor sich sah. Aber es gelang ihm nicht.

Er holte ein kleines Fläschchen aus seiner Jackentasche hervor und knipste die rote Taschenlampe an. Die Flüssigkeit, die sich in dem Fläschchen befand, sah beinahe schwarz aus. Er hatte das Kaninchen vom Bauern Sigl gekauft. Es war ihm nicht schwergefallen, dem Tier die Kehle durchzuschneiden. Und das Blut war sofort abgeflossen, kein Problem. Er war nur überrascht gewesen, wie warm es war. Er öffnete das Fläschchen, sah sich in der Sternwarte um und ließ dann vorsichtig einzelne Tropfen des Blutes auf den Fußboden fallen, an verschiedenen Stellen, die er dafür ausgesucht hatte.

Teil 2

Die Entfremdung

1

Es war ein warmer, fast heißer Septembertag, der hier zu Ende ging, und der Trauerzug mit Paul Tretjaks Sarg an der Spitze sah merkwürdig aus. Das lag vor allem an dem sonderbaren Gefährt, das den Sarg transportierte. Es handelte sich um einen winzigen zweirädrigen Traktor, der direkt vor einen kleinen Anhänger gespannt war. Auf der vorderen Kante der Ladefläche saß ein junger Mann, der mit Hilfe einer fahrradähnlichen Lenkstange den Traktor steuerte. Der schwarze Sarg ragte am Ende ein wenig über die zu kurze Ladefläche hinaus und war mit Gurten auf dem Anhänger festgezurrt. Als Schmuck dienten zwei schlichte, purpurrote Bänder. Auf ein Blumenbouquet hatte man verzichtet, vermutlich weil es nicht einfach gewesen wäre, es zu befestigen.

Die Menschen, die in den Bergen um den Lago Maggiore lebten, waren daran gewöhnt, dass fast alles, was sie taten, beschwerlich war. So heiter und leicht sich das Leben unten am Wasser zeigte, mit den schmalen Strandabschnitten, den *Ristoranti* und Bootsverleihern, so anders war es, wenn man nur ein paar Meter die Hänge hinaufstieg. Viele Straßen und Wege waren nicht mit dem Auto befahrbar, zu schmal, zu steinig, zu steil. Ständig mussten sie ausgebessert, das nach ihnen greifende dornige Buschwerk zurückgeschnitten werden. Die Häuser standen im Berg wie kleine aufragende Felsen. Die Anlieferung eines neuen Herdes konnte hier zwei Männer einen ganzen Tag lang beschäftigen. Früher hatte man Esel benutzt, um Lasten zu transportieren – und heute die kleinen zweirädrigen Traktoren, die für fast alles zu gebrauchen waren.

Die kleine Kirche Santo Stefano und der zugehörige Friedhof lagen oberhalb des Ortes Maccagno und waren nur über einen Fußweg zu erreichen. Bei guter Kondition konnte man zwanzig Minuten rechnen, bei weniger guter wurde daraus schnell eine Dreiviertelstunde. Im Sommer fanden Bestattungen entweder früh am Morgen oder spät am Nachmittag statt.

Die kleine Trauergemeinde, die sich hinter dem Traktor mit Paul Tretjaks Sarg versammelt hatte und sich jetzt langsam in Bewegung setzte, zerfiel in zwei Gruppen. Die kleinere Gruppe bestand aus den Einheimischen, zu erkennen an der Kleidung. Sie trugen leichte dunkle Hosen und darüber kurzärmelige dunkle Hemden. Die Leute, die von auswärts gekommen waren, steckten alle in zu warmen Sachen, in Anzügen und Kostümen, man sah Krawatten, sogar

Hüte. Zu dieser Gruppe gehörte auch der Münchner Polizeibeamte Rainer Gritz.

Rainer Gritz war 33 Jahre alt, lang und dünn. Seinen Spitznamen »Kroko« hatte er nicht wegen seines Äußeren bekommen, sondern wegen seiner Beharrlichkeit, sich in Akten und Details eines Falles geradezu zu verbeißen. Wie Karrieren manchmal so laufen. Er war genau zu der Zeit in das Morddezernat in München eingetreten, als Hauptkommissar Maler nach seiner Herztransplantation gerade wieder anfing zu arbeiten. Langsam natürlich, behutsam, zunächst nur stundenweise, dann halbe Tage. Maler musste sich schonen, und die Polizei musste ihn schonen. Das wurde zur Aufgabe von Rainer Gritz. Langatmiges Recherchieren, lästiges Berichteschreiben, umfangreiches Durchforsten von Akten – diesen Teil der Arbeit übernahm der neue Kollege. Und so wurden sie ein interessantes Gespann, der Kommissar mit dem neuen Herzen, der Mann mit der Intuition und der Erfahrung, und der dünne lange Kerl, der sich zu einer Art Superassistent entwickelte, im Hintergrund Thesen überprüfte, Behördenanträge stellte, Beweismaterial zusammentrug und Zugtickets kaufte. Inzwischen war Maler längst wieder voll im Dienst, und von Schonung konnte keine Rede mehr sein. Aber diese Aufteilung der Arbeit war irgendwie geblieben.

Eigentlich hatten sie heute beide bei dieser Beerdigung sein wollen, einem mehr als ungewöhnlichen Fall gewissermaßen die letzte Ehre erweisen. Aber Maler war gestern Morgen von plötzlicher Übelkeit befallen worden, und schnell hatte man festgestellt, dass es sich um eine Abstoßungsreaktion auf das Herz handelte. Maler musste nach Großhadern in die Klinik. Es war keine schlimme Abstoßung, nur eine 1b. Rainer Gritz kannte sich inzwischen aus, und er wusste, solange eine 1 davorstand, war die Abstoßung noch nicht lebensgefährlich. So war er allein an den Lago Maggiore gefahren, über Lindau am Bodensee und den San-Bernardino-Pass.

Er hatte sich hinten bei den Einheimischen in den Trauerzug eingereiht und ertappte sich dabei, dass er daran dachte, dass er eines nicht allzu fernen Tages ganz vorn würde gehen müssen, bei der Beerdigung seiner Mutter oder seines Vaters. Er liebte seine Eltern und hasste den Gedanken. Hier ging der Pfarrer ganz vorn, direkt hinter dem wenig pietätvoll schnurrenden Traktor. Auch er angereist, ein Mann, den Gritz in diesem Fall schon vernommen hatte. Sein Name war Joseph Lichtinger. Er trug nur ein einfaches schwarzes Priestergewand und einen Holzstab mit einem schlichten Kreuz aus Messing an der Spitze. Gabriel Tretjak ging hinter dem Pfarrer. Der Regler, wie sie ihn im Präsidium genannt hatten, seit Gritz die Jedlitschka-Bäuerin vernommen und die Koffer mit dem Datenmaterial in der Gerätehalle des

Hofes sichergestellt hatte. An Tretjaks Seite ging seine Freundin, die Finanzbeamtin Fiona Neustadt.

Kurz bevor der Weg in den schon herbstlich gefärbten Wald führte, kam eine schwierige Stelle, eine enge Spitzkehre, in der der Traktor hängen blieb und das ganze Gefährt ein paar Meter zurücksetzen musste. Schließlich legte Gabriel Tretjak sogar selbst Hand an und schob den Anhänger an, damit die Leiche seines Vaters um die Kurve kam. Sein Gesicht war vollkommen unbewegt.

Diesen Gesichtsausdruck hatten sie alle beschrieben, die Rainer Gritz vernommen hatte. Konzentriert, aber nicht beteiligt. Der Manager Peter Schwarz hatte gesagt, er habe den Mann ja nur einmal persönlich getroffen, in einem Hotel in Sri Lanka. Seine ganze Ausstrahlung sei gewesen: Du hast ein Problem. Du. Nicht ich. »Ein Abendessen lang habe ich in dieses Gesicht geschaut – und danach war mein Leben vollkommen umgekrempelt.« Rainer Gritz war den Eindruck nicht losgeworden, dass Peter Schwarz immer noch damit zu tun hatte, wirklich zu begreifen, was überhaupt geschehen war. Auch seine Frau Melanie hatte er besucht, die frühere Schlagersängerin, in einer kleinen Wohnung in Heidelberg. Was für ein Mann dieser Tretjak sei? »Vor allem ein Mann, der Verständnis hatte«, war ihre Antwort. »Ein attraktiver Mann, einer, der weiß, was zu tun ist und es auch tatsächlich tut. Er gibt einem das Gefühl, bei ihm gut aufgehoben zu sein.« Aber dann hatte sie erzählt, wie schnell er sich zurückgezogen hatte nach Erledigung des Auftrags. Das sei schon irgendwie hart gewesen. Zwei sehr persönliche Briefe habe sie ihm noch geschrieben, ausführliche, mit der Hand geschriebene Briefe. Aber darauf habe sie nur eine karge Antwort erhalten, drei Zeilen, *wünsche Ihnen alles Gute …* »Nun ja … ich brauchte schon eine Weile, um zu begreifen, dass es eben sein Geschäft ist. Dass es kein Freund war, der das alles für mich getan hatte, sondern ein Profi.« Gritz erinnerte sich gut an diese Melanie Schwarz, wie sie in der Tür gestanden hatte, als er ging, ein bisschen unsicher noch in der neuen Stadt und dem neuen Leben.

Auch die Frau, mit der Tretjak jetzt zusammen war, damals noch seine Steuerprüferin, hatte bei ihrem langen Gespräch im Präsidium davon gesprochen, dass das gewissermaßen seine Arbeitsgrundlage war: sich herauszuhalten – um einzugreifen. Sie sprach davon, dass ihm wohl nicht ganz klar sei, wie tief diese Eingriffe rührten, welche Gefühle sie erzeugten. Sie sei überzeugt, dass er kein Gespür dafür habe, was sich da zusammenbrauen konnte, auch gegen ihn.

Dein Problem. Nicht meines. Das, so viel war klar, konnte hier auf dem steilen Weg hinauf zu Santo Stefano nicht gelten. Der Mann, der in dem Sarg lag, und der Mann, der diesen Sarg mit anschob, waren auf eine Weise verstrickt gewesen, die man nur als unheilvoll bezeichnen konnte.

Tun, was getan werden musste: die Leiche des Vaters identifizieren in der Pathologie. Die Beweise für das Verbrechen zur Kenntnis nehmen. Die Genehmigung erwirken, dass er auf dem kleinen Friedhof am Berg beigesetzt werden konnte. Den Pfarrer organisieren, den Traktor. Den Sarg anschieben, wenn er hängen bleibt. Gabriel Tretjak, das wusste Rainer Gritz, beerdigte hier nicht nur seinen Vater. Er beerdigte einen Feind. Und er beerdigte – wahrscheinlich zum wiederholten Mal in seinem Leben – seine Kindheit. Er tat das alles sehr entschlossen, scheinbar ohne nach links oder rechts zu schauen. Nur eine Trauerrede, die hatte Gabriel Tretjak noch nicht gehalten. Und Rainer Gritz hatte auch nicht das Gefühl, dass er das noch tun würde.

Der kleine Zug nahm eine Wegbiegung und kam aus dem Wald heraus. Es entfaltete sich eine beinahe unwirkliche Szenerie. Gritz blickte auf ein sanft abfallendes Stück Wiese, frisch gemäht, eingerahmt von Hortensienbüschen. Unten tiefblau der See mit der Ruine eines Wasserschlosses, am Horizont die Berge mit den weißen Schneekuppen. Links befand sich die Steinmauer der Kirche, die man zuerst für die Wand eines Bauernhauses hätte halten können, aber in diesem Moment begann über den Köpfen der Trauergemeinde die Glocke zu läuten. Sie hing offen in einem kleinen Turm, der nur aus vier Steinsäulen und einem flachen quadratischen Dach bestand. Das Ganze nicht höher als zwei Meter, direkt über dem Eingang der Kirche, den der Zug jetzt erreichte. Ein halbrunder, mit Granitplatten ausgelegter Platz umgab den Eingang. Der junge Mann stellte den Traktor ab. Jemand räusperte sich in die entstandene Stille hinein. Gritz wunderte sich, dass der Friedhof nicht zu sehen war. Vier Männer traten vor, lösten die Befestigungsgurte des Sarges und hoben ihn auf ein leises Kommando hin gleichzeitig von der Ladefläche auf ein Holzgestell, das vor dem Kircheneingang aufgebaut war. Links und rechts des Gestells standen zwei Steinvasen mit dunkellila Eisenhutsträußen. Gritz sah eine große Eidechse von einem der Gestecke zur Kirchenmauer laufen und daran hochklettern. Knapp unter einem Fenstersims hielt sie inne, um den weiteren Verlauf des Geschehens zu beobachten. Und Gritz sah, dass am Rand des Platzes Frau Poland stand, neben einem Steinkübel mit einem Rosenbusch. Offensichtlich war sie nicht dem Zug gefolgt, sondern schon vorher hierhergekommen. Sie trug eine dunkelblaue Baumwollhose, eine schlichte schwarze Bluse und eine Perlenkette. Eine große schwarze Sonnenbrille verbarg ihre Augen.

Rainer Gritz war achtzehn Jahre alt gewesen, hatte kurz vorm Abitur gestanden, als er sich entschloss, zur Polizei zu gehen. Als er das äußerte, warnten ihn seine Familie, seine Freunde alle mit demselben Argument: Das ist nicht wie im Kino, das stellst du dir falsch vor, das ist eine langweilige Behörde mit langweiligen Menschen und staubigen Büros und schrecklichen Formularen. Das konnte man in diesem Fall nun wirklich nicht sagen, dachte er mit Blick auf die bekannte Schriftstellerin Charlotte Poland, die dort drüben abseits in der Abendsonne stand. Die vier dicken Aktenordner, die jetzt in München auf seinem Schreibtisch standen, säuberlich beschriftet und zugeklappt, beinhalteten so viele Geschichten, Verzweigungen, Figuren und Handlungsstränge, dass es locker für einen Kinofilm gereicht hätte.

Die Affären des Professors Kufner zum Beispiel. Bei den Ermittlungen in dessen Leben, bei der Suche nach Motiven für den Mord im Bozener Hotel *Blauer Mondschein*, war man schnell auf die fragwürdige Art gestoßen, mit der sich der renommierte Psychologe um Studentinnen und Patientinnen kümmerte. Man konnte es so sagen: Je jünger und je hübscher die Frauen waren, desto intensiver waren Unterricht und Therapie. Eine nicht ganz ungefährliche Leidenschaft. Kufner selbst hatte einmal in einem Aufsatz die Macht der Sexualität so beschrieben: *Wenn zwei Menschen miteinander ins Bett gehen, dann gehen sie durch eine Tür in einen neuen Raum ihres Lebens. Und sie haben keine Ahnung, nicht die geringste, was sich darin abspielen wird.* Aus den beschlagnahmten Archivunterlagen Tretjaks, die er am Jedlitschka-Hof versteckt hatte, konnte man relativ mühelos folgern, dass der Regler hier mehrmals tätig geworden war, immer dann, wenn der Herr Professor in einem neuen Raum seines Lebens in Schwierigkeiten geraten war. Den härtesten Fall hatte Gritz zu den Akten genommen: den Brief mit der Selbstmorddrohung einer 21-jährigen Patientin, runde kindliche Schrift, Worte wie »außerirdische Liebe«, »Erfüllung nur im Jenseits der Welt«. Tretjak hatte offenbar bei den Eltern angesetzt, viel Geld war da geflossen, am Ende wurde die junge Frau in die USA verfrachtet, Zweijahres-Programm, Job und Therapie in Seattle.

Und noch ein Brief war dort in den Ordnern abgeheftet. In einer ganz anderen Schrift: Zeitungsbuchstaben, ausgeschnitten, aufgeklebt. Das Bekennerschreiben zum Terroranschlag auf den Bankvorstand Ernst Kindermann vor über zwanzig Jahren. Absender: Kommando Roter Junistern. Gritz dachte mit Horror an den überaus komplizierten Dialog mit dem Bundeskriminalamt, dem Bundesnachrichtendienst und dem Verfassungsschutz. Es hatte eine ganze Weile gedauert und drei Kilometer seiner Nerven verbraucht, bis schließlich zumindest ein paar Auszüge der Berichte des V-Mannes Dieter »Dimitri« Steiner auf seinem Tisch im Polizeipräsidium lagen. Dieser V-Mann hatte eine zweite Spur verfolgt. Es hatte nämlich im Bundeskriminalamt auch die Theorie gegeben, dass das Bekennerschreiben eine Fälschung war, eine geschickte Irreführung. Dass in Wahrheit hinter der Bombenexplosion in dem gepanzerten Mercedes gar keine Terroristengruppe steckte, sondern eine Art Wirtschaftskonsortium, dem der Tod Kindermanns viel Geld wert war. Dieses Konsortium bestand aus Russen, die damals gerade dabei waren, in den Wirren des Zusammenbruchs der Sowjetunion ihr Imperium aufzubauen. Kindermann sah für seine Bank gewaltige Expansionsmöglichkeiten im Osten. Er schmiedete hinter den Kulissen eine politische Lobby für diese Expansion, und öffentlich sprach er von der »Notwendigkeit, den rechtsfreien Zustand in Russland zu beenden«. Der übergelaufene Agent Steiner sollte seine Verbindungen und Informationen nutzen, um diese Spur auszuleuchten. In seinen Berichten war dann tatsächlich der Name Gabriel Tretjak aufgetaucht, eher am Rande und nur eine kurze Zeit lang. Das Wirtschaftskonsortium hatte nachweislich einmal Kontakt zu ihm aufgenommen. Tretjak war damals noch ein junger Student, vielleicht zu harmlos, jedenfalls wurden die Ermittlungen in diese Richtung nicht weiterverfolgt. Und auch Rainer Gritz hätte den ganzen Stapel Papier, inklusive der Notizen Malers zu dem Gespräch mit Dieter Steiner, nicht zur Akte genommen, sondern in einem gesonderten

Karton versenkt – wenn eben dieser Steiner nicht ermordet worden wäre, unmittelbar vor einem geplanten Treffen mit Tretjak. Doch außer dieser Verabredung konnte man keine Verbindung feststellen zu den Mordfällen in München und Bozen. Und ein BND-Beamter erklärte Gritz in einem persönlichen Gespräch – dem einzigen persönlichen Gespräch, das es in dieser Angelegenheit zwischen den Behörden gegeben hatte –, dass Überläufer nicht selten von ihrer Vergangenheit eingeholt würden. Irgendeine Rechnung, meinte der Beamte, bliebe da schon mal offen und müsse teuer bezahlt werden. Die Aufklärung solcher Morde sei meist unmöglich. Schließlich seien da Profis am Werk.

Pfarrer Joseph Lichtinger hatte mit der Messe begonnen, die im Freien vor dem Eingang der Kirche abgehalten wurde. Sofern man das überhaupt Messe nannte. Rainer Gritz kannte sich da nicht aus. Seine Eltern waren schon aus der Kirche ausgetreten, als er noch nicht geboren war, er war nicht getauft, Konfirmation, Kommunion, nichts dergleichen.

Es gab keine Musik hier vor der Kirche Santo Stefano, keine Kerze brannte, kein Weihrauchduft lag in der Luft. Die immer tiefer stehende Sonne blendete den Pfarrer. Lichtinger sprach in Lateinisch und Deutsch. Er sprach frei, ohne Buch vor sich. Das Leben des Verstorbenen wurde in wenigen Strichen angerissen, von der neuen Heimat hier am Lago Maggiore war die Rede, von der Ruhe, die Paul Tretjak hier gefunden zu haben schien, Betonung auf »schien«.

»Doch die Wege des Herrn sind unergründlich …«, in solche Formulierungen bettete Lichtinger die Tatsache, dass man hier versammelt war, um einen Mörder unter die Erde zu bringen. Er sprach davon, dass mit dem Tod alle irdische Feindschaft ein Ende habe, dass es jetzt nur noch einen Richter gebe. Dazwischen murmelten die Anwesenden zwei Gebete, eines auf Deutsch, ein anderes, das die immergleichen Sätze wiederholte, auf Lateinisch. Mit Blick auf den Sohn sprach der Pfarrer von der Last, die manchmal schwer auf den Schultern der Angehörigen liege, und Rainer Gritz musste an den dritten Brief denken, der in der Akte dieses Falls abgeheftet war, der sie gewissermaßen geschlossen hatte. Paul Tretjaks Brief an seinen Sohn, der mit den Worten endete: *Was meinst du, Gabriel?*

Alles hatte dieser Brief geklärt. Der Brief und die Leiche im Zug. Beides war quasi frei Haus geliefert worden. Wie hatte noch der Schlafwagenschaffner geheißen, den Gritz vernommen hatte? Wie ein Fußballer … Labadia, das war es. Das Frühstück hatte er bringen wollen, der Herr Labadia, in die Kabine 17, erste Klasse, Wagen 5, im Nachtzug Mailand–München. Als auf sein Klopfen niemand öffnete, sperrte er mit seinem Vierkantschlüssel auf. Und alarmierte eine Minute später die Polizei. Maler und Gritz warteten schon am Bahnsteig, als der Zug im Münchner Hauptbahnhof einfuhr.

Ein friedlicher Anblick war es gewesen, dort in Kabine 17. Zunächst. Paul Tretjak lag auf dem Rücken im Bett, Gesicht zur Decke, die Augen geschlossen. Die weiße Bettdecke war bis unters Kinn gezogen. Darauf lag ein großes Stück Papier, mit blauem Filzstift beschrieben. Druckbuchstaben. *Ich bin tot. Bitte informieren Sie die Kriminalpolizei in München, Hauptkommissar Maler.* Auf dem ausklappbaren Nachtkästchen lagen die Schlaftabletten, Rohypnol, eine leere Flasche Wasser und ein Kuvert, beschriftet mit demselben Filzstift: *Für Gabriel.* Unter dem Tischchen stand ein weißer, unbeschrifteter Schuhkarton auf dem Boden. Als ein Beamter der Spurensicherung ihn öffnete, zuckte er zuerst zurück. Es befanden sich mehrere kleinere Dinge in dem Karton. Was den Beamten erschreckte, war der Inhalt eines kleinen Marmeladenglases: Sechs Augen schwammen darin herum, in einer durchsichtigen Flüssigkeit. Wodka, wie sich später im Labor herausstellen sollte. Die anderen Gegenstände in der Schachtel waren: eine Eiskugelzange, ein größeres Küchenmesser, ein durchsichtiges Beutelchen mit Haaren, ein kleines Bündel Quittungen, das von einer Büroklammer zusammengehalten wurde, zum Beispiel der Tankbeleg einer Autobahnraststätte bei München vom 11. Mai und die Auftragsbestätigung eines Floristen über Lieferung eines Rosenstraußes in die Sankt-Anna-Straße. Ein Handy der Marke Ericsson, auf dem Fotos aus der Wohnung Tretjaks gespeichert waren, die blutigen Wände, die tote Putzfrau in der Badewanne.

Vor der Kirche Santo Stefano nahmen die vier Männer jetzt wieder den Sarg auf und stemmten ihn sich auf die Schultern. Der Pfarrer ging voraus, auf ein kleines Stück Mauer zu, das rechts neben der Kirche begann. Dort war ein Durchgang, eine offenstehende Pforte. Dahinter führte eine Treppe nach unten, zwanzig Meter etwa, auf den Friedhof. Von oben war er nicht zu sehen gewesen, doch auch von hier blickte man wieder über den See. Die Männer gerieten ins Schwitzen, als sie den Sarg konzentriert hinunterbugsierten. Schließlich hielten sie bei einem offenen Grab an und stellten den Sarg auf den Brettern über dem Loch in der Erde ab. An den Seiten sahen die Seile heraus, mit deren Hilfe man den Sarg am Ende der Zeremonie hinablassen würde.

Paul Tretjaks letzter Weg. In Mailand war er in den Zug gestiegen, den Karton mit den Beweisen unterm Arm, zwei Päckchen Schlaftabletten in der Tasche – und den Brief an seinen Sohn, getippt und ausgedruckt in seinem Haus in Maccagno. So hatte er sich selbst bei der Mordkommission in München abgeliefert. Die Laboruntersuchungen hatten ergeben, dass seine DNA identisch war mit der, die auf Hautstellen der drei Leichen gefunden worden war. Das Haarbüschel stammte von Frau Lanner, die Eiskugelzange und das Messer waren tatsächlich die Tatwerkzeuge. Rainer Gritz war sich sicher, dass diese Art der Dingfestmachung eines Täters irgendwo in der Kriminalgeschichte vermerkt werden würde. Jetzt lag Paul Tretjaks Körper in einer Kiste auf ein paar Brettern oberhalb des Lago Maggiore, und der Pfarrer sprach für ihn die unvermeidlichen Worte »denn Staub bist du, und zu Staub wirst du zurückkehren«.

Der Sohn, den er so gehasst hatte und dem er so geschadet hatte, stand wie versteinert daneben. Sein Geschäft, diese merkwürdige Marktlücke im Dienstleistungsgewerbe, gab es nicht mehr. Diskretion war die Grundlage gewesen, Agieren im Verborgenen. Der Moment, als Gabriel Tretjak in die Schlagzeilen geraten war, markierte das Ende: Verhaftung, Durchsuchung der Wohnung, Beschlagnahmung seiner Unterlagen. Aber Rainer Gritz hatte den Eindruck, dass die ganze Geschichte den Regler noch an anderen Stellen getroffen hatte, genau wie es der Vater geplant hatte. Gritz hatte den Brief des Vaters ja oft genug gelesen und wusste, dass er einen ewigen Stachel darstellte in einer Wunde, die sonst vielleicht hätte anfangen können zu verheilen.

Gabriel, so hatte er begonnen, dieses eine Wort am Kopf des Papiers, kein Datum, nichts sonst. *Gabriel*, *als Deine Mutter festgestellt hatte, dass sie schwanger war, schwanger mit Dir, kam es zu einer Szene, die mich mein Leben lang verfolgt hat. Wir saßen am Walterplatz in Bozen in einer Eisdiele, Deine Mutter und ich, und wir sprachen darüber, ob wir eine Abtreibung vornehmen sollten. Es gab ja schon ein Kind, wie Du weißt …* Und dann erklärte der Vater dem Sohn, wie sehr er die Entscheidung, ihn zur Welt zu bringen, ein Leben lang bereut hatte. Er tat das sehr ausführlich und wortreich, man spürte beim Lesen die krankhafte Verfassung des Schreibers. *Hundehütte* nannte er das Haus am See, und er schrieb davon, dass er jede Sekunde damit zugebracht habe, auf Rache zu sinnen. *Aber wie kann man einen Menschen verletzen, der keine Gefühle hat? Oder soll ich lieber sagen, wie kann man einen Menschen verletzen, der nur ein einziges Gefühl kennt: Angst? Nichts macht Dir mehr Angst, als die Kontrolle zu verlieren. Vorgänge, die Du nicht beherrschen kannst …*

Sie hatten den Brief von einem Psychologen begutachten lassen. Viel war nicht dabei herausgekommen. Von einem »emotional aufgewühlten Zustand« war die Rede, von »einer Art seelischer Verwahrlosung«, und die langen Passagen über die Ausführung der Verbrechen, die minutiösen Beschreibungen der Planungen ließen den Experten auf »narzisstische Selbstüberschätzung« schließen, die ein Ventil suchte. Rainer Gritz dachte an den Schluss des Briefes, an den letzten Absatz, der mit etwas größerem Abstand zum Rest angehängt war. *Aber in diesem Brief, uninteressant für die Polizei, nur für Dich erkennbar, ist auch der Zweifel, ob meine Rache mit meinem Tod wirklich zu Ende ist. Was meinst Du, Gabriel?* Keine Unterschrift, nichts sonst.

Ziemlich am Anfang ihrer Zusammenarbeit hatte Kommissar Maler einmal zu Gritz gesagt, dass er früher oder später eine Erfahrung machen werde, die alle Kriminalpolizisten kannten: Wenn ein Fall zu Ende war, spürte man ein eigentümliches Gefühl des Verlustes, man musste sich von dem Fall innerlich verabschieden. »Ein bisschen«, hatte Maler gesagt, »ist es, als würde man eine Beziehung beenden. Und je nachdem, was es für ein Fall war, kann das ganz schön heftig sein.« Was hatten sie nicht alles für Spuren verfolgt in diesem Fall. Was hatten sie nicht alles für Gedankenspiele angestrengt. Wie viele sinnlose Vernehmungen waren durchgeführt und protokolliert worden. Gritz dachte an seine Versuche, drei waren es insgesamt, einen todkranken Mann zu verhören, der unter schweren Medikamenten stand. Doktor Martin Krabbe. Eine Spur, die dieser Dimitri Steiner gelegt hatte. Angeblich hatte Krabbe eine besondere Methode des Tötens entwickelt, die bei den Leichen in ihrem Fall angewendet worden war. »Venezianische Leber.« Gritz hatte bei seinen Recherchen tatsächlich etwas gefunden. Es ging offenbar um eine lautlose Methode. Ein ganz bestimmter Stich in die Leber, von hinten ausgeführt, der so schmerzhaft ist, dass er beim Opfer zu einem kurzen Schockzustand mit Atemstillstand führt – und dem Täter Gelegenheit gibt, gewissermaßen in Ruhe zu töten, beispielsweise durch einen weiteren Stich ins Herz, diesmal von vorn. Sowohl bei Kerkhoff als auch bei Kufner waren Stiche in die Leber festgestellt worden. Krabbe allerdings hatte auf die Fragen von Rainer Gritz nur gelegentlich wie eine Schildkröte langsam die Augen geöffnet – um sie anschließend ebenso langsam wieder zu schließen. Nur einmal hatte er etwas geflüstert und Gritz gezwungen, sich mit dem Ohr ganz nah über Krabbes Mund zu beugen. Aber verstanden hatte er trotzdem nichts.

Der Sarg war in die Grube hinabgelassen worden, und die Menschen gingen bereits nacheinander daran vorbei und warfen mit einer kleinen Schaufel eine Handvoll Erde hinab. Danach nickten sie Gabriel Tretjak zu, manche gaben ihm auch die Hand. Rainer Gritz ertappte sich dabei, dass er sich in Tretjak hineinversetzte. Was würde er jetzt wohl tun? Geld war sicher genug da. Würde er sich irgendwohin zurückziehen und nur noch Sterne betrachten? Würde er das Haus seines Vaters hier oben in den Bergen selbst ausräumen, jeden einzelnen Gegenstand selbst in die Hand nehmen? Oder eine Entrümpelungsfirma damit beauftragen?

Solche Gedanken gingen ihm durch den Kopf. Und vermutlich waren es diese Gedanken, die daran schuld waren, dass Rainer Gritz zwar sah, was passierte, als Charlotte Poland an Tretjak vorbeiging, es aber nicht wirklich registrierte. Poland hatte keine Erde auf den Sarg geworfen, sondern eine Rose. Und als sie bei Gabriel Tretjak stehen blieb, berührte sie seinen Oberarm. Diese Geste war es, die ungewöhnlich war, an diese Geste sollte sich Gritz später wieder zurückerinnern. Sie war von einer Art Vertrautheit, die Gritz eigentlich hätte verblüffen müssen, bei allem, was er wusste über dieses Dreieck Charlotte Poland, Paul und Gabriel Tretjak. Eine fast zärtliche Geste. Erwidert wurde sie übrigens nicht.

Wieder schlug die Glocke oben am Kirchturm. Der Pfarrer segnete das Grab und die Anwesenden. Dann war es vorbei. Als Gritz wie die anderen auch etwas unschlüssig wieder die Treppe nach oben und um die Kirche herumging, stellte er fest, dass der kleine Traktor schon nicht mehr da war, auch das Holzgestell vor dem Eingang hatte man entfernt. Die Eisenhutzweige standen jetzt an der Mauer. An der Biegung, wo der Weg aus dem Wald gekommen war, blieb Rainer Gritz auf dem Rückweg noch einmal stehen und beobachtete, wie sich die Trauergemeinde auflöste. Er sah, dass Gabriel Tretjak und Fiona Neustadt nicht diesen Weg einschlugen, sondern gleich hinter der Kirche in einen schmaleren abbogen, der nicht nach unten führte, sondern weiter nach oben. Gritz sah den beiden nach, wie sie im Wald verschwanden. Er vermutete, dass dies der direkte Weg zu dem Haus des Vaters war. Dann drehte sich der junge Kriminalbeamte um und blickte auf seine Armbanduhr. Es war kurz vor sieben Uhr. Er überlegte, ob er unten im Ort noch einen Teller Pasta essen sollte. Auf der Autofahrt hatte er noch mit Maler im Krankenhaus telefoniert, und der hatte ihm den Tipp gegeben. Er hatte sich erinnert, dass Paul Tretjak bei ihrem Gespräch ein Lokal erwähnt hatte, das angeblich die besten Ravioli der Welt serviere, eine kleine Trattoria direkt am See. »Wer weiß«, hatte Maler am Telefon gesagt, »vielleicht hat er das ja erzählt, weil er da schon genau wusste, dass wir bald wieder in seinen Ort kommen müssen …« Nein, den Namen des Lokals wisse Maler nicht, nicht mal der alte Tretjak selbst habe ihn gewusst, sagte er. Er habe es immer nur bei einem Spitznamen genannt, »das böse Restaurant« oder so ähnlich. Aber man könne es nicht verfehlen. Rainer Gritz machte sich auf den Weg und merkte, dass er richtig Hunger hatte.

2

Professor Entschiedenheit betrat das Zimmer, so nannte er ihn. Maler hatte noch nie einen entschiedener wirkenden Menschen kennengelernt. Es gab keinen Zweifel, kein Zaudern, nur: So machen wir das. Auch ihre erste Begegnung vor knapp sieben Jahren war so ausgefallen. Der Professor hatte ihm gegenübergesessen, die Krankenakte durchgeblättert, ein paar Fragen gestellt und dann gesagt: »Sie sind mein Patient.«

Sein Patient zu sein bedeutete: Sie sind der Mann, dem ich das alte Herz herausreißen und ein neues einpflanzen werde. Sie sind der Mann, dem ich das Leben rette. Sie müssen nur tun, was ich Ihnen sage. Der Professor war einer der besten Herzchirurgen der Welt. Nichts an ihm ließ vermuten, dass er dies nicht wusste.

Der Professor hatte nicht geklopft, bevor er eintrat. Cowboys klopfen nicht an, pflegte er zu sagen. Einmal war Maler an einem kalten Wintertag mit ihm ein paar hundert Meter zu einem Lokal gegangen. Als er den Professor fragte, warum er keinen

Mantel dabeihabe, war die Antwort des Professors – er hätte es ahnen können: »Ein Cowboy braucht keinen Mantel.«

Jetzt stand er an seinem Bett. Abstoßung, 1b. Die erste, geringste Stufe, ab 2a werde es bedenklich, meinte der Professor. Kein Grund zur Sorge, aber man müsse natürlich aufpassen. Und sich fragen, warum das jetzt passiere. Er habe sich mit seinen Kollegen beraten, sagte der Professor, und sie hätten beschlossen, die Medikation zu ändern. Er zog ein Schächtelchen aus der Tasche seines weißen Kittels und gab es Maler. »Cellcept hemmt die Immunabwehr noch stärker. Nehmen Sie das mal die nächste Zeit.«

»Nein«, sagte Maler, »das nehme ich nicht.« Er wusste genau, wie wenig der Professor das Wort »Nein« aus dem Mund eines Patienten schätzte, deshalb fügte er sofort hinzu: »Ich kenne Cellcept, ich vertrage es nicht. Das letzte Mal habe ich Magenbluten bekommen und bin auf der Intensivstation gelandet. Das war vor zwei Jahren. Als ich das Medikament absetzte, ging es mir schnell wieder besser.«

Der Professor steckte das Schächtelchen wieder in seine Tasche. »Warum wissen meine Kollegen das nicht? Schlamperei. Ich werde das besprechen. Dann nehmen Sie das natürlich nicht.«

Maler hätte gern zugehört, wie eine solche Besprechung ablief. Die Arroganz des Professors gegenüber seinen Medizinerkollegen war beachtlich, das hatte er schon öfter mitbekommen. Erst kam der Chirurg, dann kam lange, lange nichts.

»Haben Sie besonderen Stress gerade?«, fragte der Professor.

»Ich muss einen Serienmörder fangen«, sagte Maler, »sonst nichts.«

»Das ist doch Ihr Job«, sagte der Professor, »Mörder fangen. Ich meine: Gibt es etwas anderes, etwas wirklich Besonderes?« Er sei ja nun bekanntlich kein großer Anhänger der Psyche, »schon weil man sie so schlecht operieren kann.« In seinem Mundwinkel zeigte sich der Anflug eines Lächelns. »Aber es gibt verschiedenste Studien, die belegen, dass bei transplantierten Patienten eine Verbindung zwischen außerordentlichen Stresssituationen und Abstoßungsreaktionen des Körpers besteht. Also, ist da was bei Ihnen?«

»Nein, da ist nichts«, sagte Maler. Er wusste, dass es nicht stimmte. Er hatte die schmale Akte sogar schnell in die Tasche zu den Unterhosen und dem Badeantel gepackt, als er die Nachricht bekommen hatte, er müsse wegen der Abstoßungsreaktion sofort für ein paar Tage in die Klinik. Die Akte Laura Müller. Die Frau, deren Herz er in sich trug. Nachdem ihn Tretjak mit dem Namen seiner Spenderin überrascht hatte, hatte er Informationen über sie zusammengetragen. Ein paar Anrufe bei Kollegen gemacht, die damals den Verkehrsunfall protokolliert und die Eltern informiert hatten. Das erschütterndste Dokument fand Maler im Internet. In einer Zeitung zum Jubiläum ihrer Schule erinnerten Mitschüler an Laura Müller. Jeder schrieb etwas über Laura, die gerne tanzte, Jazz hörte, ziemlich kühl dauernd irgendwelche Verliebte zurückwies, die ins Ausland wollte, nach Südamerika, die Kinder wollte und viele Männer, die dauernd lachte und einen Freund hatte, den dicken, aber sehr schlauen Max, den sie sehr liebte.

»Kein Stress also. Ach ja«, sagte der Professor, »das hatte ich vergessen, Herr Kommissar. Sie haben es ja nicht so mit den Gefühlen. Sie machen mehr auf harter Hund. Gefällt mir, ich kenn das, ich mag klare Farben, schwarz ist schwarz, und weiß ist weiß. Gerade deshalb: Denken Sie nach, was bei Ihnen los ist, da muss irgendwas sein.«

Maler sagte nichts von Laura Müller. Aber er fragte den Professor, was für ihn eigentlich das Herz bedeute, ob es für ihn irgendetwas Mystisches sei, ob es für ihn mehr sei als nur das Organ, das alles antreibt.

»Das Herz«, sagte der Professor, »ist für mich nichts Mystisches. Gar nichts. Nichts Kompliziertes, das Herz ist etwas ganz Einfaches. Das Herz ist ein Muskel, Schluss, aus, fertig. Ich weiß, wovon ich spreche, ich habe Tausende Herzen operiert. Ein Muskel, nichts weiter. Es gibt nichts, was man da hineininterpretieren könnte.«

August Maler mochte den Professor. Jeden Tag hatte er damals bei ihm auf der Intensivstation gestanden, zwei Wochen lang, ihn hatte Maler erkannt, bei ihm hatte Maler gewusst, das ist der Arzt, das ist der Professor. Die Transplantation war gut verlaufen, das neue Herz war drin, und es schlug. Der Körper machte keine Probleme, nein, der nicht. Aber Maler war nach der Operation in eine Art Wahnzustand verfallen, er befand sich in einem nicht mehr enden wollenden Albtraum. Halb Traum, halb Wirklichkeit. Er lag in seinem Krankenhausbett, hing an den Schläuchen, und seine Phantasie verwandelte alles in eine völlig andere Geschichte: Er träumte, er wachträumte, er wäre in einer vergitterten Kiste an einem Flughafen gefangen, ihm war kalt, und seine Frau und Freunde liefen an der Kiste vorbei und hörten seine Hilferufe nicht. Er fühlte sich verraten und versuchte auszubrechen aus der Kiste – was in der Wirklichkeit der Intensivstation dazu führte, dass er wild um sich schlug und wirres Zeug redete und deshalb festgebunden werden musste im Bett, fixiert, wie man das nannte. Maler konnte sich nicht mehr im Einzelnen an die Albträume erinnern, aber für immer an das tiefe Gefühl von Furcht und Einsamkeit, das er empfunden hatte, umgeben von grausamen Folterknechten.

Das einzig Wirkliche in diesen Wochen war nicht seine Familie gewesen, die seine Wahnzustände hilflos mit ansah. Es war der Professor, mit dem er reden konnte und der ihm auch erklärt hatte, was da passierte: Patienten gerieten auf Intensivstationen häufig in solche Phantasiewelten, das sei nichts Ungewöhnliches, es sei wie ein LSD-Trip, verursacht durch Krankheit und schwere Medikamentencocktails. Wir Ärzte, sagte der Professor, nennen das den *Durchgang*. Wie wenn man ein Zimmer des Wahnsinns betrete. Der eine bleibe länger drin, der andere kürzer, aber rauskommen tue jeder wieder. »Hören Sie mich, Maler«, hatte der Professor damals jeden Tag gerufen, »Sie kommen hier wieder raus, ganz sicher. Sie müssen mir das glauben.«

August Maler hing lange fest zwischen diesen Welten, der Realität und dem Wahn. Was war echt, was war Vorstellung? Das waren viele Wochen die zentralen Fragen seines Lebens. Nur ganz allmählich konnte er wieder die Grenzen sehen zwischen diesen Welten, konnte er beurteilen, was zur einen, was zur anderen Welt gehörte. Was er nicht loswurde, was ihm seither beinahe ständig bewusst war: Es gab diese andere Welt, und sie konnte sich einschalten, wann immer ihr der Zeitpunkt geeignet schien. Manchmal dachte Maler, ist doch gar nicht so schlecht, diese erweiterte Dimension. Dann wieder verfluchte er dieses Gefühl der Schwäche, dass der Boden unter den Füßen jederzeit anfangen konnte zu wackeln.

Einmal hatte Maler dem Professor von den Horrorbildern erzählt, die ab und zu wiederkamen, zum Beispiel von dem Tankwart, dem plötzlich das Blut aus dem Mund lief, und wie er, August Maler, ein paar Mal die Augen schließen und wieder öffnen musste, damit der Horror wieder aus dem Gesicht des Tankwarts verschwand. Kein Grund zur Sorge, hatte der Professor gesagt, das seien Ausläufer des Horrortrips aus der Intensivstation, chemische Reststoffe, die das Bewusstsein trübten. Kein Grund zur Sorge, das vergeht. Hier irrte der Professor. Sieben Jahre war seine Herzoperation inzwischen her, die Bilder waren geblieben, mal waren sie häufiger gekommen, mal seltener. Maler war unlängst beim nächtlichen Zappen bei einer Wissenschaftssendung hängengeblieben. Da hatte ein Hirnforscher erzählt, dass sich das Gehirn zum Leidwesen vieler Patienten Schmerzen merken konnte, die eigentlich schon längst nicht mehr existierten. Das Gehirn produzierte den Schmerz immer weiter, ohne physiologische Grundlage. Mein Gehirn, dachte Maler, hat sich den Irrsinn gemerkt.

Seit drei Tagen befand er sich nun wieder im Klinikum Großhadern. Er war immer in diesem Klinikum gewesen, von der ersten Untersuchung an, weil der Professor dort die Herzchirurgie leitete. Und seit drei Tagen kamen die Bilder aus der anderen Welt wieder besonders häufig. Maler fragte sich, ob sich sein Gehirn diesen Ort speziell eingraviert hatte, diesen Krankenhauskoloss mit der Intensivstation, wo alles begonnen hatte, und deshalb den Impuls verspürte, im Krankenzimmer eine Extraportion Wahnsinn zu produzieren. Wobei der Wahnsinn diesmal eine neue Schattierung hatte. Zwar verwandelten die Bilder in seinem Kopf wieder die Gesichter von Menschen, in diesem Fall von einem Pfleger, aber diesmal ohne Blut, ohne Katastrophe. Herein kam der Pfleger Marco, ein freundlicher Mann, der Fieber und Blutdruck kontrollierte, und dann plötzlich schaute ihn nicht Marco, sondern Gabriel Tretjak an, mit einem sonderbaren Blick, als wolle er sagen: »Schauen Sie, Herr Kommissar, ich bin überall, wo Sie auch sind.« Mit einem der Stationsärzte ging es ihm genauso. Gabriel Tretjak drängte sich in dessen Gesicht. Was sollte das? Was wollte sein Gehirn damit ausdrücken? Dass Tretjak der Mann war, der ihm die Albträume brachte?

Das hätte August Maler auch ohne diese Bilder herausgefunden. Die vergangene Nacht hatte er lange wachgelegen, und lange hieß im Krankenhaus unendlich lange. Um halb sechs kam das Abendessen. Und dann? Maler lag in einem Einzelzimmer, Herztransplantierte lagen immer in Einzelzimmern. Irgendwann war er eingeschlafen und hatte von Laura Müller geträumt, dem schönen Mädchen, und dass er Sex mit ihr hatte. Er schlief mit der Frau, deren Herz in ihm schlug. Als er aufschreckte, wusste er den

Traum noch. Er fand ihn so widerlich, dass er ins Bad ging und sich übergab. Er putzte sich die Zähne und schaute seinem Spiegelbild in die Augen. Schön, dachte er, dass ich jetzt weiß, von wem ich das Herz habe. Vielen Dank, Herr Tretjak.

Maler erzählte dem Professor nichts von seinen Wahnbildern und auch nichts von seinem letzten Traum. Er fragte ihn, ob er ihm etwas für die Nacht geben könne, »ich will schlafen, und ich will möglichst nicht träumen«. Die Schwestern hatten abgelehnt, ihm Schlaftabletten zu geben, »Sie nehmen doch eh schon so viele Medikamente.«

Der Professor sagte: »Okay, ich lasse Ihnen was bringen. Nehmen Sie zwei Tabletten, dann kann ein Erdbeben in Ihrem Zimmer stattfinden, Sie merken es nicht.«

»Das klingt gut«, sagte Maler. Und da er es gern hatte, wenn der Professor noch ein wenig blieb, fragte er ihn, welchen Patienten er gerade zu transplantieren beabsichtige. Er fragte das immer, es war schon ein Ritual geworden. Maler erkundigte sich nach der Arbeit des Professors, und dann erkundigte sich der Professor nach der Arbeit des Kommissars.

»Ein kleines Mädchen, schwer herzkrank, ein neues Herz ist ihre einzige Chance. Drei Jahre alt ist sie«, sagte der Professor. Das Problem war: Es gab so gut wie keine Herzen für Dreijährige. »Wir müssen uns also anders behelfen.«

»Anders behelfen?«, fragte Maler.

»Wir werden ein größeres Herz verkleinern müssen. Ich werde es abschaben, bis es passt.«

Maler zuckte zusammen: »Mein Gott, das arme Kind.«

»Nein, nein, das wird funktionieren, da bin ich ganz sicher.« Und dann fragte der Professor zurück: »Und an was arbeiten Sie? Sie sagten etwas von einem Serienmörder ...«

»Haben Sie vielleicht in der Zeitung gelesen. Der Mann, der seinen Opfern die Augen ausgeschält hat. Mit solchen Dingen habe ich zu tun.«

»Nein«, sagte der Professor, »ich lese kaum Zeitungen und solche schon gar nicht.«

Maler skizzierte in kurzen Worten den Fall. Mehrere Morde, scheinbar ohne jeden Zusammenhang. Im Mittelpunkt ein dubioser Geschäftsmann, dessen Geschäft darin bestand, anderer Leute Leben zu regeln.

»Ein Münchner, heißt Gabriel Tretjak. Kennen Sie den zufällig?«

»Nein, nie gehört.«

»Na, jedenfalls«, fuhr Maler fort, »kam dann heraus, der Mörder war der Vater von Tretjak. Eine Familientragödie, Marke Shakespeare. Der Mörder hat sich umgebracht und in einem Abschiedsbrief alles erklärt.«

»Gratuliere«, sagte der Professor, »dann ist der

Fall ja gelöst. Stimmt also gar nicht, was Sie vorhin sagten: Sie müssten noch einen Serienmörder fangen.«

»Ja, der Fall scheint gelöst zu sein.« Maler zögerte. »Aber irgendetwas daran beschäftigt mich weiter.«

»Das sollte es aber nicht. Ich mag meinen Beruf, weil es um klare Fragen geht: Funktioniert das Herz, oder funktioniert es nicht? Ja oder nein. Alles, was dazwischen ist, kann ich nicht leiden. Daran sollten Sie sich auch halten. Man wird verrückt, wenn man sich von den klaren Fragen verabschiedet. Glauben Sie mir.«

Der Professor sah auf seine schwarze Armbanduhr, eine einfache Swatch, und verabschiedete sich. »Ich komme morgen wieder vorbei.«

August Maler blieb zurück in seinem Krankenzimmer. Er dachte: Warum habe ich dem Professor erzählt, dass ich zweifele, ob der Fall wirklich gelöst ist? Die Ermittlungen waren abgeschlossen, und zwar von ihm selbst. Stempel drauf, abgehakt. Er war nie jemand gewesen, der seine Aufgabe darin sah, sich zu viele Gedanken zu machen. Was also sollte das jetzt? Die klaren Fragen des Professors. Ist Paul Tretjak der Mörder? Ja oder nein? Die Beweise gaben eine klare Antwort. War der Fall gelöst, oder war er nicht gelöst? Ja oder nein?

Es dauerte eine Weile, bis sich Maler in seinem

Bett aufsetzte. Und ziemlich laut, unpassend laut sagte: »Nein. Nein, ich glaube es nicht.«

Es klopfte an der Tür. Das Abendessen wurde gebracht, auf einem Tablett, zwei Semmeln, zwei Scheiben Wurst, zwei Scheiben Käse, Butter. Dazu Tee, Kräutertee. Er entschied, noch ein bisschen zu warten mit dem Essen.

Maler erinnerte sich an sein Treffen mit Paul Tretjak. Lago Maggiore, herrlicher Sonnenschein, ein Café direkt am See. Ein zunächst durchaus sympathisch wirkender Mann, der ihm erzählte von dem Drama mit seinem Sohn und sich als einer darstellte, der alles daransetzte, die Beziehung zu kitten. Paul Tretjak erklärte Maler, warum er seinen Sohn Gabriel für geeignet hielt, den Sohn von Charlotte Poland auf einen guten Weg zu bringen. »Herr Kommissar«, hatte der alte Tretjak gesagt, »mein Sohn hat das Verständnis für diesen Lars, und er besitzt die Brutalität, ihm zu erklären, was nun wirklich zu tun ist.«

Maler war nach Italien gefahren, viereinhalb Stunden, um zu erfahren, was vor zehn Jahren passiert war und warum Paul Tretjak seinem Sohn Gabriel Tretjak diese Frage hatte ausrichten lassen. Eigentlich hätte ihm die Veränderung sofort auffallen müssen, denn als er ihm die Frage stellte, war bei Vater Tretjak plötzlich nichts mehr zu spüren gewesen von der Weichheit und Freundlichkeit zuvor. Paul Tretjak begann von seinem anderen Sohn zu sprechen, einem

Halbbruder Gabriels, ein paar Jahre älter. Luca, sagte Tretjak, war sein Name, seine Mutter war Italienerin gewesen, lebte schon lange nicht mehr. Und vor zehn Jahren, an diesem 11. Mai, hatte es ein Treffen zwischen den beiden Söhnen gegeben. Soweit Tretjak Senior wusste, hatte es im *Blauen Mondschein* in Bozen stattgefunden, dem Hotel, das er einst geleitet hatte.

»Das ist passiert vor zehn Jahren, Herr Kommissar«, sagte Paul Tretjak.

»Und?«, fragte Maler, »und dann?«

»Das weiß ich nicht«, sagte Tretjak. »Gabriel leugnet, dass es dieses Treffen je gegeben hat. Er sagt, er habe Luca seit mehr als dreißig Jahre nicht gesehen.«

»Und was sagt Luca?«

»Gar nichts«, Herr Kommissar, »Luca ist seit diesem Tag verschwunden. Kein Mensch hat ihn je wieder gesehen.«

»Haben Sie damals die Polizei benachrichtigt?«

»Es gab Ermittlungen, aber die wurden eingestellt. Es würden immer wieder Menschen mal verschwinden. Das sei nicht verboten, hieß es. Herr Kommissar, ich bin davon überzeugt, dass mein Sohn nicht mehr am Leben ist.«

»Darf ich fragen, was Luca damals wollte von Gabriel? Wissen Sie das?«

»Es ging um mich«, sagte Paul Tretjak, »er wollte vermitteln. Er wollte die Familie wieder zusammenbringen.«

»Ich verstehe immer weniger, Herr Tretjak«, sagte Maler. »Sie verdächtigen Ihren Sohn, den anderen Sohn getötet zu haben. Wollen aber andererseits Gabriel dazu bewegen, den Sohn einer Freundin zu retten. Wie passt das zusammen?«

Es hatte auf diese Frage keine vernünftige Antwort gegeben vom alten Tretjak. Aber kurz vor Malers Abfahrt zurück nach München hatte er noch eine kryptische Bemerkung gemacht. Wenn Maler die Sache mit seinem anderen Sohn aufklären wolle, müsse er nach Südtirol fahren. Nach Jenesien, das kleine Bergdorf hoch über Bozen. »Fragen Sie dort nach dem Mann, der bei den Adlern lebt. Das ist eine interessante Spur für Sie, Herr Kommissar«, hatte Tretjak gesagt. Maler hatte ihn stehengelassen und sich ziemlich genervt auf die Rückreise gemacht.

Jetzt im Krankenzimmer biss er in die Wurstsemmel. War es nicht doch logisch: Ein verrückter alter Mann, der verrückte Morde beging – aus Rache an seinem Sohn? Er hatte damals kurz angefangen zu ermitteln in Sachen des Halbbruders von Gabriel Tretjak. Doch ohne Ergebnis – beziehungsweise hatte das Ergebnis gelautet: Luca Tretjak? Gab es nicht. Es gab keine Informationen über diesen Menschen, nichts, nirgends. Maler aß die Semmel auf und erlaubte sich für einen Moment den Gedanken: Ein Mann begeht einen Mord und löscht die Identität seines Opfers. Wenn kein Opfer existiert, gibt es auch keinen Mord.

Ein perfekter Mord. Verübt vom Regler? Zumindest von der Theorie her, dachte Maler, müsste Gabriel Tretjak das gefallen.

Den Tee ließ Maler unberührt. Er wusste, wie grässlich er schmeckte. Es war jetzt kurz vor sechs. Maler beschloss, sich noch einen Kaffee in der traurigen Cafeteria des Klinikums zu genehmigen.

3

Um eine Minute nach sechs schloss Fiona Neustadt die Tür des Zimmers auf der Krebsstation. »Trink noch einen Schnaps auf mich, wie immer«, hatte er zum Abschied gesagt. »Ich kann nicht mitmachen, ich schaffe es nicht mehr.«

Das hatte sie nicht erwartet, obwohl sie natürlich wusste, wie schlecht es um ihn stand. Er hatte dauernd davon gesprochen, dass dies ihr letztes Mal sei. Von dem, was er ihr noch sagen wollte. Welche Ratschläge er noch hatte, für die nächsten Wochen. Was sie unbedingt beachten sollte. Und er war ein bisschen sentimental geworden. Stolz sei er auf sie, hatte er gesagt, immer habe er an sie geglaubt, im Gegensatz zu vielen anderen Leuten, und heute wisse er, wie recht er mit seinem Vertrauen gehabt habe. »Tschüss, mein Mädchen.«

Fiona Neustadt ging den langen grauen Gang der Krebsstation hinunter und begann sich zu beobachten. Als würde sie von mehreren Kameras begleitet. Wie wirkte sie, wenn sie hier so ging? Eine hübsche junge Frau, klar, das war sie, aber sah man ihr die Erschütterung an, dass sie gerade von einem Menschen Abschied genommen hatte, der ihr so viel bedeutete? Mehr noch, der vielleicht überhaupt der wichtigste in ihrem Leben war? Er hatte sie immer so gesehen, wie sie war, er hatte immer ihren besonderen Kern wahrgenommen. Er hatte gewusst, wie wertvoll sie war, wozu sie fähig war.

Sie wünschte sich, dass man ihr diese besondere Trauer, ihren Schmerz ansah. Sie wartete am Aufzug. Sie hatte diese Begabung, sich zu betrachten, eine Position von außen einzunehmen und auf diese Weise Distanz zu halten. So verlor sie nie die Kontrolle, behielt immer den Überblick. Das war vielleicht ihre größte Stärke, dachte sie, als der Aufzug kam. Sie drückte auf Erdgeschoss. Sie wollte noch zur Cafeteria. Einen Schnaps auf ihn trinken, wie versprochen. Sie hielt immer, was sie versprach.

Ihre Fähigkeit, sich von außen betrachten zu können, ging noch weiter, dachte Fiona Neustadt, als sie aus dem großen metallenen Aufzug ausstieg und wieder einen langen, grauen Gang Richtung Cafeteria entlangging. Sie konnte sich mit dieser Methode ständig aufspalten, sie war nie nur eine Person und damit immer stärker als die anderen. Kontrollierte Schizophrenie, dachte sie und musste lächeln.

Zum Beispiel heute Morgen: Sie war nach längerer Zeit einmal wieder alleine in ihrer Wohnung aufgewacht. Und sie war nicht einfach aufgestanden. Sie hatte sich selbst dabei zugeschaut. Als jemand, der sie liebte und begehrte. Nicht Gabriel, irgendein Mann. Der Mann als Prototyp. Sie hatte ihre eigenen Blicke auf ihrer Haut gespürt, auch im Bad, unter der Dusche. Sie hatte sich stark gefühlt, nur durch die eigene Projektion.

Fiona Neustadt stand an der Selbstbedienungstheke der Cafeteria und kaufte eine kleine Flasche Weinbrand. Sie nahm sich ein großes Wasserglas und füllte den Weinbrand hinein. Auch jetzt fühlte sie sich stark. Welche Frau machte das schon, Schnaps trinken, in der Cafeteria eines Großklinikums? Sie wollte in einer Ecke sitzen und fand einen Platz am Fenster, das auf den großen Parkplatz hinausging. Die Sonne schien noch. Welch ein Kontrast, dachte sie, zu dem Zimmer auf der Krebsstation.

»Frau Neustadt?«

Sie blickte auf und sah einen Mann in blauem Bademantel, Schlafanzug und Turnschuhen vor sich. Sie brauchte einen Moment, bis sie ihn erkannte.

»Herr Kommissar! Guten Tag, was machen Sie denn hier?«

»Ich bin einige Tage als Patient hier. Nichts Schlimmes. Nur ein paar Untersuchungen. Und Sie? Was tun Sie hier?«, fragte August Maler.

»Ich habe meinen Vater besucht. Leider schlimm,

sehr schlimm. Um es direkt zu sagen: Mein Vater liegt im Sterben.«

»Oh, das tut mir leid.«

»Nehmen Sie doch bitte Platz«, sagte sie.

Maler setzte sich, und beide schwiegen. Keine einfache Situation für netten Smalltalk. Eine junge Frau im Trauerschmerz und ein Kommissar im blauen Bademantel. Die erste Frage konnte die Stimmung nicht auflockern.

»Sagen Sie«, fragte Maler, »ich will nicht neugierig sein, aber warum wird eine junge, attraktive Frau wie Sie Finanzbeamtin?«

»Was ist denn das für eine Frage?«

»Interessiert mich wirklich«, sagte Maler.

»Warum sind Sie Polizist geworden?«, fragte Fiona Neustadt.

»Okay, ich verstehe. Blöde Frage. Dann frage ich was anderes: Wie geht's Herrn Tretjak?«

»Er muss damit leben, dass sein Vater ein mehrfacher Mörder ist. Aber sonst geht es ihm gut, Herr Kommissar. Denke ich.«

»Ist ja schön, dass Sie beide jetzt ein Paar sind«, lautete der letzte Versuch des Kommissars.

Fiona Neustadt nahm einen kräftigen Schluck vom Weinbrand. Und stand auf und streckte ihm die Hand entgegen. »Herr Kommissar, ich muss weiter. Auf Wiedersehen.«

Sie sah nicht mehr, wie August Maler zurück in

sein Zimmer ging, zurück zu den Tabletten, die ihm der Professor hatte bringen lassen. Aber als sie das Klinikum verlassen hatte, draußen auf dem Parkplatz in der Sonne, fragte sie sich, ob sie einen Fehler gemacht hatte.

4

Die Tabletten des Professors hatten gewirkt, und zwar derart gut, dass Kommissar Maler einige Zeit brauchte, um zu realisieren, wer da vor seinem Bett stand, als er morgens aufwachte. Es war schon nach acht Uhr, sein Frühstück auf dem Nachtkästchen wartete schon satte zwei Stunden auf ihn. Er hatte nicht einmal mitbekommen, dass es ihm gebracht worden war.

Rainer Gritz stand an seinem Bett, der junge Weggefährte, der ihm so vertraut geworden war. Alles lief bei Maler wie in Zeitlupe ab, nur sehr gemächlich kamen seine Körperfunktionen auf Touren. Auch die Worte von Gritz erreichten lähmend langsam sein Hirn. Es gab einen neuen Fall, einen neuen Mord. Ein Münchner Bankbeamter lag tot in seiner Wohnung, vergiftet. Ein sehr seltenes Gift, irgendetwas Exotisches, verstand Maler.

»Aber Chef«, sagte Gritz, »das ist noch nicht alles.«

Und was er weiter sagte, ließ Maler nun doch ziemlich rasch wach werden. Es gab eine Verbindung zur Mordserie? Charlotte Poland?

»Du weißt schon, die Schriftstellerin mit dem gestörten Sohn, die mit dem alten Tretjak befreundet war. Sie war auch bei der Beerdigung, ich hab sie gesehen.«

Charlotte Poland, erklärte Gritz, hatte den ermordeten Bankbeamten getroffen, offiziell zu einem ganz normalen Beratungsgespräch. Aber dessen Kollegen hatten ausgesagt, er sei nach dem Termin völlig außer sich gewesen.

»Ich habe die Bänder der Überwachungskamera der Bank durchgesehen«, sagte Gritz. »Man konnte sehen, wie nervös der Mann im Foyer auf und ab ging, nachdem sie gegangen war. Der Typ war fertig. Und wissen Sie, wann das Treffen stattgefunden hat? Zwei Stunden vor dem Essen mit Gabriel Tretjak in der *Osteria*, bei dem wir ihn dann festgenommen haben.«

»Hast du Charlotte Poland schon erreicht?«

»Ja. Sie sagt, es sei ein völlig alltägliches Gespräch gewesen. Sie habe sich beraten lassen, was sie mit ihrem Geld machen sollte. An irgendwelche Einzelheiten erinnere sie sich nicht.«

Als Rainer Gritz das Krankenzimmer wieder verließ, sagte er noch: »Chef, du gefällst mir nicht.«

Maler hatte sich inzwischen in seinem Bett aufgerichtet. Er dachte, da hat er recht, der Gritz, ich gefalle mir auch nicht. Und dann plötzlich hatte der Kommissar noch einen Gedanken. Mein Gott. Maler wuchtete sich aus dem Bett, ging zum Schrank und holte sein Handy aus seinem Jackett. Er drückte ein wenig darauf herum, dann wählte er die Nummer der Gerichtsmedizinerin.

5

Charlotte Poland tippte die letzten Sätze ihres neuen Romans in den Computer. Sie saß an dem kleinen Schreibtisch ihres Hotelzimmers, im Hilton am Tucher Park in München. Sie hatte sich eine große Kanne Tee bringen lassen, einen Darjeeling, Marke Risheehat. Keiner der üblichen Darjeelings, ein ziemlich teurer, das Hotel besorgte den Tee für sie extra bei Dallmayr, dem berühmten Münchner Feinkostladen. »Selbstverständlich bekommen Sie diesen Tee, das machen wir gerne«, hatte der Rezeptionist gesagt. Das Aroma des Risheehats gehörte bei ihr zum Schreiben, auch der ganz leichte Magenschmerz, der sich zuverlässig nach der vierten Tasse einstellte. Sie wartete auf diesen Schmerz, sie mochte ihn.

Sie nahm noch einen Schluck aus der weißen Porzellantasse, und dann schrieb sie den allerletzten Satz: *Es war so einfach gewesen. Am Ende war es immer einfach.*

Charlotte Poland freute sich an der Vorstellung, wie ihr Verleger und Liebhaber reagieren würde, wenn er das neue Buch las. Sicher, sie hatte ihm gesagt, diesmal müsse er mit einem völlig anderen Buch rechnen, einem radikalen, mutigen Buch. Ja, ja, hatte er gemeint, er sei gespannt. »Denk aber auch an deine Leser«, hatte er gesagt, »die wollen wieder eine Poland lesen, nichts anderes. Anderes gibt es genug, aber Poland eben nur einmal.« Der alte Charmeur.

Es war so einfach gewesen. Am Ende war es immer einfach. Der letzte Satz eines Romans über eine brutale Mörderin. Im Grunde, dachte sie, war das Buch gar nicht so anders als ihre früheren Bücher. Es ging auch hier um den doppelten Boden im Leben ihrer Heldin. Eine Frau, die merkte, dass nichts so war, wie es schien, die begriff, dass um sie herum nichts als Lüge und Betrug und Scheinheiligkeit waren. Der Unterschied im neuen Roman bestand nur in den Konsequenzen, die ihre Heldin zog. Früher waren ihre Bücher eine Art Liebeserklärung an die Scheinheiligkeit gewesen: Wer die Scheinheiligkeit erkennt, lebt ganz wunderbar mit ihr. Das war dieses Mal anders. Diesmal schrie ihre Heldin dagegen an, diesmal vernichtete sie die Lüge, und das Vernichten war wörtlich gemeint. Eine Frau suchte die Wahrheit und lief Amok. Ihr Motiv: Wut auf die Welt, Rache an der Welt.

Charlotte Poland öffnete das Mailprogramm in ihrem Computer und schickte das Manuskript an den Verleger. Der Computer registrierte 7 Uhr 34.

354 Seiten waren es geworden, ihre sonstigen Werke hatten immer fast 200 Seiten mehr gehabt. Die Wahrheit war eben kürzer als die Lüge, dachte sie.

Sie wählte auf dem Hotelapparat die Nummer des Zimmerservice und bestellte ein Glas Champagner. Etwas früh, dachte sie, aber ein bisschen Feiern musste schon sein. Der Service war gut im Hilton, genau sechseinhalb Minuten später wurde ihr das Glas Champagner gebracht. Sie gab dem Kellner zehn Euro Trinkgeld, und als er draußen war, stellte sie sich vor den Spiegel und grinste: Prost, Frau Poland, auf die Mörderin!

Sie wollte mit der Geschichte der Mörderin vor allem eine Frage beantworten: Wie viel Schuld hält ein Mensch aus? Wie viele Unrechtstaten hält ein Gewissen aus? Gewissen, was für ein Wort, dachte Poland. Wenn man einen bösen Menschen tötete, war das nicht viel moralischer, als wenn man ihm zuschaute bei seinen Taten? Gut, dass sie eine Menge recherchiert hatte für das Buch, dachte sie, gut, dass sie genau Bescheid wusste, über was sie schrieb.

»Mein Gewissen hält alles aus«, sagte Charlotte Poland laut in Richtung Spiegelbild. »Mein Gewissen wird noch viel aushalten.«

Sie trank das Glas aus. Und musste für einen Moment an Herrn Borbely denken, den feisten Bankbeamten. War irgendjemand traurig, dass diese schmierige Kreatur nicht mehr lebte? Na, dachte sie, eine Mutter wird er schon auch gehabt haben. Eine Mutter, die jetzt litt. Sie überprüfte sich, als würde sie Fieber messen. Sie horchte in sich hinein – und war zufrieden. Auch das Ende von Herrn Borbely belastete sie nicht, absolut null. Es erreichte nicht mal ansatzweise ihr Bewusstsein. Prallte ab, hinterließ keine messbare Reaktion.

Charlotte Poland hatte sich für sechs Monate ins Hilton eingemietet. Erst mal. Wie es weitergehen würde, wusste sie nicht. Sie hatte die untrügliche Ahnung, keine Zukunft mehr zu haben. Das Hotel schien der geeignete Ort für diese Ahnung zu sein. Die ersten drei Wochen waren nun vorbei, es lebte sich gut hier. Das Hilton lag mitten im Englischen Garten, dem kilometerlangen Münchner Park, und war aus verschiedenen Gründen ein idealer Ort für sie. Man konnte spazieren gehen, wann immer man wollte. Frühmorgens, in der Nacht, immer wenn man nicht schlafen konnte. Sie konnte inzwischen genau die verschiedenen Grau- und Schwarztöne auseinanderhalten, auf die man im Park traf, nachts um zwei Uhr oder um vier Uhr, das Grau morgens um kurz vor sechs Uhr war anders als das um halb sieben.

Das Hotel musste in München sein, in der Stadt, in der ihr Sohn lebte. Dennoch sollte es möglichst weit weg sein von dem Stadtteil Haar im Münchner Osten. Sie fuhr jeden zweiten Tag hin, und sie brauchte diese Distanz, diese knappe halbe Stunde im Auto, um ihre Kräfte zu sammeln.

Sie kannte das Hilton am Tucherpark schon lange, ein paar Mal hatte sie sich mit ihrem Verleger dort nachmittags zum Sex getroffen. Sie mochte damals schon die Abgeschiedenheit, das Grün, diese Illusion von einem Landsitz. Der Verleger hatte in den letzten Wochen öfter nach einem Date gefragt, »damit du auf andere Gedanken kommst«. Doch Charlotte Poland hatte ihn immer wieder vertröstet auf ein anderes Mal, und irgendwann hatte er klugerweise aufgehört zu fragen. Vielleicht war einfach die Luft raus aus dieser Leidenschaft, aber vielleicht, dachte sie, gab es auch einen anderen Grund: Vielleicht hatte ein anderes Gefühl derart von ihr Besitz ergriffen, dass für nichts anderes mehr Platz war. Es war ein Gefühl, für das sie in ihrem Roman viele Sätze und Seiten benötigt hatte, weil ihr das eine Wort, das es gab, nicht passend schien. Wut – dieses Wort beschrieb ja nur einen momentanen Zustand, etwas Heftiges, das sich schnell aufbaute und wieder abklang.

Sie fuhr immer morgens los. Sie fuhr durch die Stadt, und bei jeder Ampel, die rot war, atmete sie auf, weil das den Weg verlängerte.

Stadtteil Haar. Es gab in vielen Städten Viertel, die mit einem einzigen Begriff identifiziert wurden. Bei Haar war es das Bezirkskrankenhaus, Schilder wiesen frühzeitig die Richtung. Es war kein normales Krankenhaus, es war ein Krankenhaus für Nervenkranke, wenn man es freundlich ausdrückte. Man konnte auch sagen: eine Stadt der Irren. Eine Mauer umgrenzte das Areal, das aus vielen verschiedenen Gebäuden bestand, immer mehr waren im Lauf der Jahre dazugekommen. Charlotte Poland parkte immer draußen, obwohl sie mit dem Auto auf das Gelände hätte fahren können. Sie ging das letzte Stück zu Fuß. Es war ein schöner Weg, an großen Bäumen vorbei. Sie musste zum Haus 10, von außen ein besonders schönes Gebäude. Auch hier konnte man die Illusion von einem Landsitz haben. Untergebracht waren hier die harten Fälle, die forensischen, Menschen, über die ein Richter geurteilt hatte, sie müssten wegen ihrer Taten auf längere Dauer weggesperrt werden, da sie eine Gefahr für die Bevölkerung darstellten.

Seit drei Wochen kam sie nun jeden zweiten Tag. Normalerweise bekam sie nichts mit von den anderen Patienten im Haus 10, zu den Besuchszeiten am Morgen waren alle auf den Zimmern. Nur einmal war sie in die Kaffeeküche gegangen, um nach Besteck und einem Teller zu fragen. Da hatte ein dicker, blasser Mann gestanden, der sich einen Kaffee kochte. Er war sehr freundlich, gab ihr das Besteck und den Teller und fragte, wen sie denn besuche. Sie kamen ins Gespräch, und irgendwann sagte der Mann, es sei ihm am Anfang nicht leichtgefallen, die

Patienten hier zu akzeptieren, dass sie eben auch Menschen waren, nur ein bisschen anders, vielleicht auch ein bisschen ehrlicher. Ehrlicher, hatte er gesagt. Charlotte Poland hatte ihn nicht gefragt, warum er denn hier war. Später hatte sie sich bei einer Schwester erkundigt.

»Der Mann mag Leichen«, hatte die Schwester gesagt. Sie würde nicht ganz verstehen, sagte Charlotte Poland. »Na«, hatte die Schwester erklärt, »er gräbt Leichen aus am Friedhof und nimmt sie mit nach Hause. Und manchmal war ihm das zu anstrengend, dann hat er sich die Leichen anders verschafft. Verstehen Sie?« Und sie hatte noch hinzugefügt: »Er hat mir mal erzählt, warum er das tut. Er möchte unter die Haut. Ja, so hat er es gesagt.«

Einige Tage danach hatte Charlotte Poland den Mann mit einer älteren Frau draußen im Park spazieren gehen sehen. Sie hatte gewartet, bis die Frau allein das Haus 10 verließ. Sie fragte sie, wann sie bei ihrem Sohn zum ersten Mal etwas Auffälliges bemerkt habe. Die Frau sagte, schon früh, ihr Sohn habe tote Tiere mit zu sich ins Bett genommen, Mäuse, und dann auch mal eine Katze. Damals habe sie gedacht und gehofft, es werde schon eines Tages vorbeigehen.

Lars war im Zimmer 10 untergebracht. Haus 10, Zimmer 10, leicht zu merken. Ein Doppelzimmer, aber er war allein, die Ärzte hatten gesagt, er könne sich auf keinen Fall mit jemandem das Zimmer teilen. Und sie hatten ihr gesagt, sie könnten es nicht verantworten, dass sie allein zu ihrem Sohn ins Zimmer ginge. Mindestens müssten sie auf einer Zwangsjacke bestehen. Ihr Sohn sei gefährlich. Ihr Sohn könne sie angreifen.

»Mein Sohn tut mir nichts, ich weiß das«, hatte Charlotte Poland gesagt.

»Das können Sie möglicherweise nicht richtig einschätzen«, war die Antwort des Doktors gewesen.

»Und wenn er mir etwas tut, dann ist das meine Sache. Ich übernehme die Verantwortung, ich unterschreibe alles.«

»Nein, wir im Haus 10 haben die Verantwortung. Sie haben, wenigstens rein rechtlich, nichts mehr damit zu tun, mit Ihrem Sohn«, hatte der Arzt gesagt.

Lars lag meistens im Bett, manchmal saß er auch auf einem Stuhl, irgendwie verkrümmt. Blond und schmal, wie immer, die Zwangsjacke machte ihn noch dünner, als er ohnehin war.

»Hallo, Mama. Schön, dass du gekommen bist. Ich freue mich.« Genau das waren immer seine Worte.

»Hallo, Lars. Ich freue mich auch«, sagte sie. Und dann fragte sie meistens: »Wie geht es dir?«

»Gut Mama, eigentlich ganz gut.«

Bei ihren ersten Besuchen bat Lars seine Mutter,

von der Zukunft zu reden, von ihren Plänen, von Reisen, von Essen, von Träumen. Lars hatte das schon als kleiner Junge gemocht. »Mama, erzähl …«

Charlotte Poland mochte es auch, sogar hier im Zimmer 10. Sie konnte dadurch dem Moment entfliehen. Doch dann hatten die Ärzte von diesen Gesprächen erfahren. Und sie ihr dringlich untersagt: »Frau Poland, für Ihren Sohn ist jede Vorstellung von der Zukunft absolutes Gift. Das ist jedes Mal wieder eine neue Droge, die ihn weiter ins Unglück reißt. Normalerweise ist Phantasie etwas Gutes, bei Lars nicht. Ihr Sohn, Frau Poland, hat jeden Bezug zur Realität verloren. Wir alle müssen versuchen, ihn wieder in die Realität zurückzuführen.«

»Was soll ich dann mit meinem Sohn reden?«

»Fragen Sie, was ihm JETZT durch den Kopf geht. Fragen Sie, wo er sich JETZT in seinem Kopf befindet.«

Seither war es immer ziemlich still im Zimmer 10, wenn Charlotte Poland ihren Sohn besuchte.

»Erzähl von unseren Plänen, Mama.«

»Nein, Lars. Die Ärzte sagen, das ist nicht gut für dich. Erzähl mir doch, was du gerade denkst, was du fühlst.«

»Das weiß ich nicht«, sagte Lars.

Und dann schwiegen sie, beide.

An diesem Morgen, nachdem sie ihren Roman beendet hatte, bat der Chefarzt, der Leiter des Hauses 10, Charlotte Poland noch in sein Büro. Es befand sich im Haus gegenüber, im Haus der Verwaltung, eine Nummer hatte es nicht. Sie hasste diese Gespräche, und die abklingende Wirkung des Champagners machte es nicht besser. Als sie ein paar Minuten später in ihr Auto stieg und Richtung Stadt fuhr, hörte sie noch die Stimme des Chefarztes. »Frau Poland, die Lage Ihres Sohnes ist dramatisch. Es hat eine Entwicklung eingesetzt, eine Art Rückkopplung verschiedenster negativer Faktoren, die wir bislang nicht stoppen können. Es gibt auf der einen Seite die psychische Diagnose, die Unfähigkeit, eine eigene Identität wahrzunehmen. Und dazu kommt der Drogenexzess, der bereits zu Schädigungen des Gehirns geführt hat, die genau diese Auflösungserscheinungen des Ichs weiter fördern.«

»Und was soll ich mit dieser Information anfangen?«, hatte Charlotte Poland gefragt.

»Sie müssen sich darauf einstellen, dass Ihr Sohn niemals in seinem Leben die Psychiatrie verlassen wird. Wir dachten, dass sollten Sie wissen.«

Im Auto suchte Charlotte Poland einen Sender, der nur Musik spielte, sie konnte jetzt keine Stimmen mehr ertragen, die redeten. Sie fand irgendetwas Klassisches. Sie spürte ihre Wut. Auf ihren Mann, auf ihren zukünftigen Exmann, der sich seit der Trennung vielleicht dreimal nach Lars erkundigt hatte, höchstens dreimal. Die Wut auf die Ärzte, die niemals auch nur ein bisschen geholfen hatten, aber nie den Eindruck vermittelten, sie hätten irgendein Gefühl des Versagens.

Die Wut auf Paul Tretjak. Dem Mann hatte sie wirklich geglaubt, dass er etwas Gutes wollte. Ein Träumer, ein gefühlvoller Phantast. Als er ihr damals am Lago Maggiore durch einen Zufall begegnet war, hatte sie gedacht, der Mann mit seiner eigenen Geschichte könnte eine Wende im Leben ihres Sohnes bewirken. Bis sie begriff, mit wem sie es zu tun hatte. Mit einem durch und durch verkommenen Menschen, der nur die eigene Wehleidigkeit im Kopf hatte. Wie hatte sie bei diesem Mann nur so falschliegen können?

Und der andere Tretjak? Der Sohn Gabriel, von seinem Vater als Monster bezeichnet? Dieser Schönling, der sich für einen modernen James Bond hielt? Der angeblich alles in Ordnung bringen konnte, wenn er nur wollte. In Ordnung! Was für ein Begriff für einen Mann, der keine Ahnung von den Abgründen der eigenen Familiengeschichte hatte.

Charlotte Poland stellte den Wagen auf dem Hotelparkplatz ab. Es war inzwischen Mittag. Schwül, sah so aus, als käme bald ein Gewitter. Würde guttun. Sie ging zur Rezeption und holte sich ihren Zimmerschlüssel. Ihr Lieblingsrezeptionist, Helmut Gruber, hatte Dienst. Gruber gab ihr den Schlüssel und sagte:

»Ein Herr Tretjak war hier. Er ließ ausrichten, dass er im Englischen Garten ist. Sie wissen, wo, sagte der Mann.«

»Danke, Helmut«, sagte Charlotte Poland. »Ja, ich weiß, wo.«

6

Gabriel Tretjak ging am späten Montagvormittag in eine der Filialen seiner Bank und tippte die Überweisung in den Bankcomputer. Wie viel ist ein Menschenleben wert, dachte er. Und versuchte den Gedanken gleich wieder zu verwerfen. 50 000 Euro. Überwiesen an Carolina Lanner. Vielleicht empfand sie das Geld als eine Unverschämtheit. Ausgerechnet von ihm. Doch Tretjak hatte die Erfahrung gemacht, alles in allem, dass Geld beruhigte, in jeder Lebenslage. Er war sich sicher, sie würde das Geld behalten. Morgen würde er Carolina Lanner eine SMS schicken, erst morgen, wenn das Geld auf ihrem Konto war. Formuliert hatte er die Nachricht schon: *Nichts kann Ihre geliebte Mutter zurückholen. Aber sie würde sich sicher freuen, wenn das Geld Ihr Café ein bisschen unterstützt. Gabriel Tretjak.*

Er verließ die Bank in der Sendlinger Straße, und er spürte einen Hauch von Lebendigkeit. Er hatte endlich wieder einmal etwas getan. Geld überwiesen, ein paar Buchstaben auf dem Bankcomputer eingetippt, immerhin. In der Früh hatte er bei dem Makler angerufen, ja, er würde die Wohnung nehmen, ab sofort. Nur ein großes Zimmer, mit Doorman unten im Haus, nicht weit entfernt von der Isar, nicht weit weg vom Tierpark. Eine Entscheidung getroffen, ein Telefonat geführt, immerhin.

Tretjak hatte seine Wohnung am Sankt-Anna-Platz seit dem Mord an Rosa Lanner nicht mehr betreten. Schon die Vorstellung, den Schlüssel in der Wohnungstür umzudrehen, bereitete ihm körperliche Schmerzen. Er hatte sofort gewusst, dass dieser Ort für ihn nicht mehr existierte. Durch den Mord gab es nur noch Vergangenheit in diesen Räumen. Und Vergangenheit war keine Kategorie in seinem Leben. Es konnte für ihn keine andere Entscheidung geben, als die Wohnung so schnell wie möglich loszuwerden.

Als ihn die Polizei nach der einen Nacht Haft freigelassen hatte, hatte er ein paar Tage im Hotel *Vier Jahreszeiten* gewohnt, einer der besten Adressen der Stadt. Dann hatte er alle zwei Tage die Hotels gewechselt, auch deshalb, weil die Tage dadurch ein wenig Struktur bekamen, auschecken, einchecken, wenigstens das. Am besten ging es ihm, wenn er bei Fiona war, wenn er bei ihr übernachtete. Wenn er nachts aufwachte und sie spürte. Wenn die Angst kam, und er hörte sie atmen. Er fühlte sich ruhiger, wenn Fiona da war.

Es half ihm überhaupt, wenn irgendjemand da war.

Tretjak setzte sich in volle Lokale und versuchte, mit Leuten ins Gespräch zu kommen. Er stieg in ein Taxi und sagte dem Fahrer, er solle ihm München zeigen, er sei ein Tourist mit wenig Zeit, nur auf Durchreise. Mehr als zwei Stunden konnte so eine Fahrt dauern. Tretjak fragte dann und fragte, lauter Dinge über München, die er schon wusste. Wer redet, ist nicht tot, hatte er in irgendeinem Gedicht einmal gelesen.

Gabriel Tretjak ertrug es nicht mehr, allein zu sein. Ausgerechnet er, der sich immer für den Meister der Einsamkeit gehalten hatte, der bisher gedacht hatte, das Alleinsein wäre das einzige wirkliche Lebenselixier. Tretjak wusste, was dahintersteckte, dass er nicht mehr allein sein konnte: Er konnte sich nicht mehr ertragen. Aber mehr wusste er nicht. Eine Fliehkraft hatte von ihm Besitz ergriffen. Als würde er sich in lauter Einzelteile auflösen, wenn er still dasaß oder dastand und sich nur auf sich konzentrierte. Nur die Bewegung schützte ihn, die Bewegung aus Prinzip, ohne Konzept, ohne Plan. Oder wenn Fiona ihm eher beiläufig einen Kuss gab.

Mit anderen Worten half ihm genau das, was ihm früher nie geholfen hatte. Sein Leben hatte sich auf den Kopf gestellt, und er hatte keine schlüssige Erklärung, warum es so gekommen war. Und keine Idee, wie es weitergehen sollte. Es machte ihn wahnsinnig, dass er keine Antworten auf die Frage hatte: Was bitte passierte hier mit ihm?

Tretjak hatte seit zwei Tagen kein Tavor mehr genommen. Er hatte die Dinger zum Schluss wie Hustenbonbons eingeworfen. Aber kaum noch eine positive Wirkung gemerkt. Beim letzten Mal hatte er sich eingebildet, dass die Tabletten überhaupt erst neue Formen seiner Angst erzeugten.

Es hieß immer, solche Krisen seien die Stunde der wahren Freunde, die man nachts anrufen konnte und zu denen man sagen konnte: Ich brauche dich. Ich brauch deine Hilfe. Kannst du kommen? Das Problem war, dass Gabriel Tretjaks Freunde von anderer Natur waren. Sie kannten von Tretjak andere Anrufe: Du musst sofort für mich etwas tun, und zwar Folgendes. Frag nicht, warum, tu es. Und das galt auch andersherum. Sie meldeten sich bei Tretjak: Kannst du mir einen Gefallen tun? Man wusste, man konnte sich aufeinander verlassen. Sie waren Freunde, aber sie hatten eben diesen eigenen Code. Einen Code, den man nicht verletzen sollte.

Und trotzdem hatte es Tretjak getan, auf seine Weise. Er hatte Stefan Treysa am Wochenende eine Mail geschickt: *Mir geht es nicht gut. Ich würde Dich gern um Deinen Rat bitten. Ich habe einen Vorschlag: Du bist doch Therapeut. Oder warst es mal. Ich möchte einen Termin bei Dir, als Patient. Eine Stunde. Ich fürchte, ich schaffe es sonst nicht.*

Treysa antwortete schon einige Minuten später.

Gerne. Montag um 12.30 Uhr, bei mir im Büro, in der Buttermelcherstraße?

Tretjak schaute auf die Uhr, er hatte noch eine Stunde Zeit. Er ging die Sendlinger Straße hinunter, dann links, Richtung Müllerstraße, ein Stück geradeaus, dann rechts in die Hans-Sachs-Straße. Antiquariat Hierlmaier. Er betrat den Laden, und das Klingeln der Türglocke ließ einen sehr dicken Mann aus dem Hintergrund des Ladens erscheinen, dessen Bauch so groß war, dass die blaue Arbeitsschürze ihn kaum umfassen konnte.

»Servus, Herr Tretjak«, sagte Max Hierlmaier.

»Servus, Herr Hierlmaier. Ich hätte einen Job. Eine Wohnung in München. Alles, was im Arbeitszimmer ist, muss in eine andere Wohnung geschafft werden. Alles, was sonst in der Wohnung ist, bitte ausräumen und verkaufen oder sonst was damit machen.«

Max Hierlmaier kannte diese Art von Umzügen. Er hatte sie dutzendfach in Tretjaks Auftrag organisiert. Wenig mitnehmen, viel entsorgen, das war immer die Devise. Tretjak hatte es ihm einmal so erklärt: »Die Leute wollen nicht allzu viel Ballast in ihr neues Leben mitnehmen.«

Hierlmaier fragte nach dem Namen des Wohnungsbesitzers. Tretjak antwortete: »Mein Name. Es geht um mich diesmal. Es ist sozusagen ein privater Auftrag.«

»Oha«, sagte Hierlmaier, »dann übernehme ich

den Auftrag persönlich. Das interessiert mich, wie es bei Ihnen zu Hause ausschaut. Ich glaube ja, in Wohnungen kann man alles lesen über einen Menschen.«

»Da werden Sie bei mir nichts zum Lesen finden.«

»Herr Tretjak, ich sag Ihnen: Nix ist auch viel.«

Tretjak sagte ihm noch, er solle sich nicht wundern, wenn er noch Spuren von der Polizei in der Wohnung fände. Die Polizei habe die Wohnung tagelang durchforstet und abschließend gereinigt.

»Okay«, sagte Hierlmaier, »kein Problem.«

Tretjak verließ den Laden, lief Richtung Buttermelcherstraße und dachte an die einzige Anfrage, auf die er in den letzten Wochen reagiert hatte. Ansonsten war er völlig abgetaucht. Egal auf welchem Wege man versucht hatte, ihn zu kontaktieren, der Absender hatte die Nachricht erhalten, Gabriel Tretjak sei auf unbestimmte Zeit nicht erreichbar, er werde die Anfrage auch nicht lesen oder abhören. In diesem Punkt hatte Rainer Gritz sich geirrt, es kamen kaum weniger Anfragen als zuvor. Doch er hatte nur einer einzigen Person eine Antwortmail geschickt. Sie hatte in ein paar Zeilen ihr Leben formuliert: Sie sei eine wohlhabende Frau, ohne Familie, jahrelang sei sie die Geliebte eines sehr prominenten Münchners gewesen, ohne dass es jemand hätte wissen dürfen. Nun sei der Mann gestorben. Und mit ihm ihr Leben, ihre Vergangenheit. Sie wollte dies nun rückwirkend ändern, wollte, dass möglichst viele Leute von der Wahrheit erführen, davon, dass es sie gegeben hatte und gab. Sie wollte sich ihr Leben zurückholen, wenigstens im Erzählen und Erinnern. *Das möchte ich erreichen*, hatte die Frau geschrieben, *unbedingt. Ich kann es nicht selbst organisieren. Können Sie es?*

Zur eigenen Überraschung hatte Tretjak geantwortet: *Ja, das könnte ich. Ich muss Sie nur um etwas Geduld bitten. Ich brauche noch etwas Zeit.*

Die Antwort hatte er erwartet: *Ich habe so lange gewartet. Da kommt es auf ein paar Monate wirklich nicht an.*

Er fand die Vorstellung irgendwie reizvoll: nicht wie sonst immer die Vergangenheit zu korrigieren, sondern der Vergangenheit einen prunkvollen Auftritt zu bereiten. Es war irrsinnig, dass er diese Mail geschickt hatte. Wollte er jemals wieder arbeiten? Konnte er? War nicht eigentlich völlig klar, dass es vorbei war? Dass der Regler nicht mehr regeln konnte? Es war zu viel passiert, kein Stein lag mehr auf dem anderen in seinem Leben, dachte er. Andererseits: Konnte man in einem solchen Beruf überhaupt je aufhören? Er musste an Dimitri Steiner denken, an dessen Ende. Wird bei Leuten wie uns, dachte Tretjak, am Ende immer die Abschlussrechnung präsentiert? Es waren solche Gedanken, die ihn verrückt machten, er konnte sie einfach nicht bremsen.

Tretjak war in der Buttermelcherstraße angekommen. Noch sieben Minuten, bis es halb war. Er stand vor einem Laden für Ledermoden, im Schaufenster lagerten hauptsächlich Ketten und Halsbänder mit Stacheln dran, dazwischen nackte männliche Schaufensterpuppen mit Peitschen in der Hand. Für einen Augenblick wechselten seine Gedanken zu einem anderen Thema: Er kannte ein paar Homosexuelle, alles auffallend höfliche und sensible Menschen. Wie passte das zu den Peitschen? Bekam er da irgendwas nicht richtig mit?

Es war einer dieser wunderbaren Herbsttage, die München wie keine andere Stadt zum Leuchten brachten. Die nächste Gedankenkette begann: Würde er München vermissen? Wie würde es sein, wenn er irgendwann wieder zurückkäme in diese Stadt, würde er sich fühlen wie in einem alten Film, der ohne ihn weitergelaufen war? Tretjak gefielen Fionas Pläne, zusammen wegzugehen, zum Beispiel nach Brasilien, gut fürs Leben, oder nach Moskau, gut fürs Geschäft. Er mochte ihre Begeisterung, ihre Kraft, die ihn begann mitzuziehen.

Stefan Treysa hatte Kaffee gekocht, und auf dem Tisch wartete ein Teller mit Butterbrezen. Treysa war wie immer allein in seinem Büro, außer seinem Papagei natürlich, der sich rasch mit lauten »Wau«-Rufen bemerkbar machte. Sie saßen sich auf zwei Bürostühlen gegenüber, dazwischen das Tischchen mit den Brezen. Tretjak fand, dass sein Freund noch ein wenig kleiner, noch ein wenig dünner als sonst wirkte.

Treysa begann mit einer kleinen Einführung über die Rolle eines Therapeuten. Es sei im Grunde nicht möglich, einen Menschen zu therapieren, den man sehr gut kenne, jemanden aus der Familie oder einen Freund. Ein Therapeut müsse immer in der Lage sein, Abstand zu halten, einen Standpunkt von außen einzunehmen, um wirksam eingreifen zu können. Ein Therapeut dürfe nie Teil eines Systems sein, über das er urteile. Treysa schmunzelte. »Also gut, versuchen wir das Unmögliche«, sagte er. »Wir haben 45 Minuten Zeit. Ich würde vorschlagen, die nächste Stunde ist morgen. Das weitere Vorgehen besprechen wir dann.«

Tretjak nickte.

»Ich frage dich, was ich immer als Erstes frage: Warum bist du hier?«

»Mir geht es schlecht. Richtig schlecht. Ich kann nicht schlafen. Ich habe Angst. Ich nehme keine Tabletten mehr. Du wirst vielleicht sagen, das ist eine gute Nachricht, aber es ist keine gute Nachricht. Hört sich bescheuert an, aber mit diesen Tabletten hatte ich das Gefühl, noch eine gewisse Kontrolle zu haben. Doch dann habe ich gespürt, genau dieser Versuch, die Kontrolle zu haben, macht alles noch schlimmer. Ich fühle mich vollkommen hilflos, ich glaube zum ersten Mal in meinem Leben.«

»Das glaube ich nicht. Du hast die Hilflosigkeit nur aus deinem Leben verbannt. Und jetzt kommt sie zurück.«

Tretjak schwieg.

»Gabriel, ich fasse mal zusammen, was in den letzten Monaten passiert ist. Es gab mehrere Morde, grausame Morde. Bekannte, gute Bekannte von dir wurden umgebracht. Und deine Putzfrau. Eine arme, alte Frau. Und wer hat es getan? Dein Vater. Lass mich das wiederholen: Dein Vater hat diese Morde begangen, dein Vater, zu dem du immer ein gestörtes Verhältnis hattest.«

»Ich weiß, was passiert ist. Du musst es mir nicht noch einmal erzählen.«

»Doch, das muss ich. Denn ich sage es aus einem bestimmten Grund. Ein Mann, dem solcher Horror widerfahren ist, soll nicht in einer Krise sein? Ein Mann, der das erlebt hat, dem soll nicht der Boden unter den Füßen wackeln? Lass es mich einfach so sagen: Wenn es jemals einen Menschen gegeben hat, der das Recht hat, in einer Krise zu stecken, dann bist du es.« Treysa trank einen Schluck Kaffee und sagte: »Kann es sein, dass du diese Tatsache einmal zur Kenntnis nehmen solltest, bevor wir über alles andere sprechen?«

»Nein«, sagte Tretjak.

»Was, nein?«

»Du kennst mich, Stefan. Ich habe eine Lebensphilosophie, der ich alles andere unterordne. Ich lebe nach dieser Philosophie. Du kannst es Korsett nennen, mir egal. Ein wichtiger Pfeiler dieser Philosophie lautet: Ich schneide mein Leben immer nach hinten ab. Alles, was vorbei ist, ist vorbei. Spielt keine Rolle mehr. Nichts, was ganz früher war, nichts, was vor einigen Jahren war, und auch nichts, was vorgestern war. Das ist mein Prinzip.«

»Ja, ich weiß«, sagte Treysa. »Es gab Momente, da hattest du mich beinahe überzeugt. Ein Leben ohne Vergangenheit? Das ist eine echte Herausforderung für einen Psychologen.«

»Aber ausgerechnet jetzt funktioniert es nicht«, sagte Tretjak, »ausgerechnet jetzt, wo es funktionieren müsste. Alles spricht dafür, denn alles Schreckliche liegt in der Vergangenheit. Die Morde, mein Vater, alles. Du weißt, dass ich ausgebildet bin in der Technik, die Vergangenheit zu löschen. Ich habe alles versucht, nichts funktioniert. Alles kommt hoch, ich habe das Gefühl, ich bestehe nur noch aus Vergangenheit. Ich träume plötzlich, du kannst dir nicht vorstellen, was ich alles träume.«

»Erzähl mal einen Traum.«

»Einer kommt im Moment jede Nacht. Ich bin ein kleiner Junge, vielleicht zehn Jahre alt, und gehe an der Hand eines älteren Mannes über eine Wiese, auf eine Waldlichtung zu. Da sagt der Mann zu mir, siehst du den Vogel da, den großen Vogel da. Und tatsächlich sehe ich einen großen Vogel auf der Wiese hüpfen, eine Krähe, schwarz, so groß wie ein Mensch. Ich will zu ihr hinlaufen. Nein, sagt der Mann, ich meine nicht den kleinen Vogel, ich meine den großen, den ganz großen Vogel. Schau nur genau hin! Und dann sehe ich ihn. Es ist gar keine Waldlichtung vor uns, sondern das alles ist der riesige Vogel, ein Adler so groß wie hundert Bäume. Ich spüre, wie mir die Luft wegbleibt, vor Aufregung. Und dann wache ich auf und bin vollkommen schweißgebadet.«

»Interessanter Traum«, sagte Treysa.

Tretjak nahm sich eine Breze und sagte: »Was soll das? Was bitte ist die Botschaft?«

»Spontan würde ich sagen: Der kleine Junge, der kleine Gabriel, durfte nicht Kind sein. Er sieht nur den kleinen, nicht den großen Vogel. Jedenfalls meldet sich mit diesem Traum deine Kindheit.« Treysa griff sich auch eine Breze. »Erinnerst du dich an den armen Professor Kerkhoff und seine These von der Seelenfabrik?«

»Ja«, antwortete Tretjak, »daran erinnere ich mich gut. Ich muss sehr oft daran denken.« Und es erschienen Bilder vor Tretjaks geistigem Auge, in kurzen Schnitten. Das hochmütige Gesicht von Harry Kerkhoff. Die merkwürdige Nachricht über das Rennpferd in dem Hotelrestaurant in Sri Lanka. Dann die Nachricht vom Mord an Kerkhoff. So hatte alles angefangen, der ganze Albtraum. »Ja«, wiederholte er, »ich muss oft an Harry denken.«

Treysa fasste Kerkhoffs Theorie noch einmal zusammen. Kerkhoff war Biochemiker und Hirnforscher, kein Freund der Psychologie. »Wenn man schon mit diesem merkwürdigen Begriff Seele arbeitet«, hatte er immer formuliert, »dann muss man sich die Seele als eine Fabrik vorstellen.« Und er hatte eine Fabrik gemeint mit riesigen Maschinen, die alle unterschiedlichste Dinge verrichten. Die Maschinen verarbeiten, verdrängen, planen, und wenn es dem Menschen gutgeht, dann laufen die Maschinen rund. Dann soll bloß niemand auf die Idee kommen, die Maschinen anzuhalten oder sie in Frage zu stellen. Kerkhoffs Überzeugung war es, dass man am besten alles so belassen sollte, wie es war. Nur wenn es dem Menschen schlecht ging, dann war der Zeitpunkt da, zu dem man hineinmusste in den Maschinenraum und nachsehen, was defekt war.

Tretjak konnte Kerkhoffs Theorie wie ein Automat zu Ende formulieren: Solange alles gut lief, musste man die Maschinen aber dennoch ölen und füttern. »Zu mir hat er immer gesagt, du blendest die Vergangenheit aus, okay, aber dann musst du deiner Seele genügend anderen Stoff geben. Du musst zum Beispiel größenwahnsinnig sein …«

»Das war Kerkhoffs eigene Methode …«, sagte Treysa und musste lachen.

»Ja, Größenwahn war sein Ding. Und auf eine Art vielleicht auch meins. Kerkhoff hat zu mir gesagt, du musst erfolgreich sein, sehr erfolgreich, du musst fleißig sein, du musst dir eine eigene Erlebniswelt schaffen. Du darfst deiner Seele keine Zeit lassen, sich auch nur kurz umzudrehen.« Tretjak machte eine Pause. »Jetzt hat sie sich anscheinend umgedreht.«

Stefan Treysa stand auf. Und setzte sich wieder. »Ja, und kein Wunder, bei dem, was passiert ist. Die Fabrik wurde von außen beschädigt. Und wir müssen jetzt in den Maschinenraum und die Maschine wieder zum Laufen kriegen.« Es war ganz still in dem Zimmer, man hörte nichts von draußen, auch nichts vom Papagei. »Erzähl mal was von deiner Fiona. Was ist das für eine Geschichte? Ich habe euch zweimal gesehen, ihr macht einen guten Eindruck zusammen.«

»Sie hat gedacht, sie hat sich einen ganz coolen Macker eingefangen. Und was hat sie? Eine Ruine.«

»Darauf stehen manche Frauen. Habt ihr Pläne?«

»Fiona macht dauernd Pläne. Irgendwo neu anfangen, weg von hier. Wir beide.«

»Und du?«

Tretjak überlegte. Lange, zu lange, um danach einfach nur noch irgendetwas zu sagen. »Ich misstraue ihr. Ich fühle Misstrauen. Ich frage mich, warum sagt sie das, warum macht sie das. Ich frage mich, ob da vielleicht etwas ganz anderes dahintersteckt. Solche Sachen denke ich. Ich kann nicht anders.«

»Gibt es einen Grund dafür?«

»Ich weiß es nicht. Ich misstraue nicht nur ihr. Ich misstraue allen. Auch dir. Ich kann mir vorstellen, wenn ich hier rausgehe, rufst du jemanden an, um ihm zu sagen, wie er mich fertigmachen kann. Weil du Teil einer größeren Verschwörung bist. Ich stelle mir dauernd solche Sachen vor.«

»Das wundert mich nicht. Bei deinem Job würde ich auch so denken. Und angesichts dessen, was dir passiert ist.«

»Stefan, du hast mich nach Fiona gefragt. Ich finde diese Frau toll, in manchen Momenten glaube ich, ich liebe sie. Aber wie soll das gehen bei einem Typen wie mir, der durch und durch von Misstrauen besetzt ist? Ich bin kaputt, wirklich kaputt. Ein solcher Typ sollte die Finger von netten Frauen lassen.«

»Hm«, sagte Stefan Treysa, »das könnte sein.«

»Da ist noch was«, sagte Tretjak, »ich habe dir doch den Brief meines Vaters zu lesen gegeben, seinen Abschiedsbrief. Was hältst du davon?«

»Ich habe selten etwas Schrecklicheres gelesen. Ich gebrauche das Wort äußerst selten, es gehört eigentlich nicht zu meinem Wortschatz, aber dieser Brief ist wirklich böse. Mir fällt kein anderes Wort ein.«

»Ja«, sagte Tretjak, »aber an dem Brief stimmt etwas nicht. Wieso hat sich mein Vater in diesem Moment umgebracht? Er tötet meine Putzfrau und dann sich selbst. Warum? Warum macht er nicht weiter?

Warum dreht er nicht völlig durch und macht weiß Gott was? Ich verstehe das nicht. Und es gibt eine Stelle, die ist besonders merkwürdig. Ich weiß nicht, ob du dich erinnerst. Da schreibt er …«

»Still«, sagte Treysa, »ich will nichts davon hören. Dieser Brief ist ein hypnotisches Werk. Dein Vater hat ihn in einer einzigen Absicht geschrieben: Er soll dich weiter und weiter beschäftigen. Und er wäre zufrieden, wenn er dich jetzt hier sehen würde. Sein Plan ist dabei, aufzugehen. Wenn es jemals sinnvoll war, etwas aus dem Gedächtnis zu löschen, dann ist es dieser Brief. Lösche ihn, Gabriel. Lösche ihn für immer.«

»Es geht aber nicht nur um mich«, sagte Tretjak, »es geht um einen Fall, der gelöst werden muss. Und vielleicht kann ich das.«

»Jetzt will ich dir etwas anderes sagen: Du kennst den Begriff der Komfortzone?«

»Nein«, sagte Tretjak, »den Begriff kenne ich nicht.«

»Nichts bestimmt den Menschen so sehr wie seine Komfortzone. Das heißt, wie er sich angewöhnt hat zu denken, wie er sich angewöhnt hat zu leben. Was er tut, was er nicht tut, was er denkt, was er nicht denkt. Bei dir füge ich hinzu: wie er ein Problem löst, und wie er es nicht löst. Der Mensch richtet sich in seiner Komfortzone ein und wehrt sich mit allen Mitteln, sie zu verlassen. Er erfindet Gründe, Logiken, alles Mögliche, was ihn davon abhalten soll, in eine andere Zone zu wechseln.«

»Ich erfinde gar nichts.«

»Doch«, sagte Treysa, »du fällst in dein altes Muster: Ich will einen Fall lösen und wende dazu meine Regeln an. Doch diesmal ist das nicht dein Fall. Es gibt überhaupt keinen Fall mehr. Dein Vater ist der Täter, die Geschichte ist zu Ende. Und du darfst dich nicht im Spinnennetz deines Vaters verstricken, sondern musst dich um dich kümmern. Du musst raus aus deiner bewährten Komfortzone. Jetzt geht es nur um Gabriel Tretjak, um seine Seele. Du hast keine Zeit zu verlieren, gar keine. Du weißt selbst, wie ernst die Lage ist.«

»Was meinst du mit: ernst?«

»Das weißt du am besten. Dazu kommt, dass du medikamentenabhängig bist. So einfach wird das nicht funktionieren mit dem Absetzen.« Treysa schaute auf die Uhr. »Die Stunde ist um. Wir sehen uns morgen wieder. Und dann gehen wir in den Maschinenraum.«

Sie verabschiedeten sich an der Bürotür, und Tretjak war schon ein paar Stufen die Treppe hinuntergegangen, als er sich noch einmal umdrehte. Treysa nickte ihm zu. Verabschieden und sich dann noch einmal umdrehen, das hatte er schon lange nicht mehr gemacht, dachte Tretjak.

Treysa und er hatten sich vor einigen Jahren auf einer langen Zugfahrt kennengelernt, im Orientexpress von Wien nach Istanbul. Tretjak hatte die Fahrt einer Freundin zum Geburtstag geschenkt, Schlafwagen, tolle Reise mit vollem Luxus. Im Nachbarabteil war das Ehepaar Treysa untergebracht. Man sah sich beim Frühstück, beim Abendessen, man kam ins Gespräch und mochte sich. Eine lustige Woche zu viert war es gewesen. Als sie sich in Istanbul verabschiedeten, tauschte man Nummern aus, aber man sah sich nicht wieder. Doch einige Monate später stand Tretjak auf einem Empfang im Münchner Literaturhaus, ein wenig angespannt, weil er dabei war, eine unangenehme Begegnung dreier Menschen zu organisieren, die für seinen damaligen Fall sehr wichtig war. Und plötzlich stand Stefan Treysa vor ihm, der schmale kleine Mann. Tretjak konnte ihn in dem Moment gar nicht gebrauchen und schaute an ihm vorbei, so arrogant er konnte – und er konnte sehr arrogant. Treysa verstand sofort, grinste und ging weiter. Dieses Grinsen hatte Tretjak gefallen. Am nächsten Tag rief er Treysa an. Wenn man so wollte, hatte ihre Freundschaft mit einer Lüge begonnen.

Gabriel Tretjak ging die Buttermelcherstraße hinunter in Richtung Viktualienmarkt. Er schaltete sein Handy an. Er hatte eine Nachricht von Lichtinger. Sie lautete: *Habe lange nachgedacht. Bin mir sicher, du hast dich angelegt mit einer ganz anderen Macht. Gabriel, es geht um eine größere Dimension. Du musst anders denken, ganz anders. Ich glaube, ich kann dir helfen.*

7

Die Gerichtsmedizinerin hatte kurz nach dem Aufstehen noch überlegt, ob sie heute nicht einmal dieses neue Lokal gleich um die Ecke testen sollte. Gefüllte Kalbsbrust, eine ihrer zahlreichen Leibspeisen. Für ihre Diät wäre das nicht so gut, andererseits hatte sie irgendwo gelesen, wenn man unbedingt sündigen müsse, dann am besten mittags, auf keinen Fall abends. Jedenfalls bereitete ihr die Vorstellung von Kalbsbrust gute Laune, an diesem Morgen, der einen eher ruhigen Tag versprach. Doch dann rief Maler an.

Sie fragte sich, ob Kommissare eigentlich ahnten, welche Folgen ein einziger solcher Anruf hatte. In diesem Fall musste sie zwei Mitarbeitern das freie und schon freudig verplante Wochenende ruinieren, sie brauchte sie für die erneute Obduktion und für die anschließenden Laboruntersuchungen. Einem dritten Mitarbeiter teilte sie mit, er solle sich bereithalten, er werde vielleicht auch noch benötigt. Sie rief bei der Staatsanwaltschaft an und beantragte die sofortige Exhumierung von drei Leichen. Sie rief bei drei verschiedenen Friedhofsverwaltungen an, um ihnen zu sagen, sie sollten ihre Arbeiter anweisen, die Leichen wieder auszugraben. Sie musste das alles selbst tun, weil ihre Sekretärin mit Magen-Darm-Grippe zu Hause geblieben war und weil es überhaupt immer am schnellsten ging, wenn man es selbst machte.

Maler hatte im Grunde nur eine Frage gestellt: Ob sie, die Gerichtsmedizinerin, ausschließen könne, dass auch die drei früheren Opfer, die beiden Professoren und die Putzfrau, vergiftet worden waren, so wie der neue Tote, der Bankbeamte? Nein, hatte sie ziemlich rasch geantwortet, das könne sie nicht ausschließen. Sie hatte sich ja selbst gewundert, dass bei keinem Opfer Spuren eines Abwehrkampfes zu finden gewesen waren, und es sich am Ende so erklärt, dass der höchst professionell ausgeführte Stich in die Leber zu einem Schock geführt hatte, der alles lähmte. Hatte sie da etwas übersehen? Nein, sie machte sich eigentlich keine Vorwürfe. So war das immer in ihrem Beruf: Man fand eine Todesursache, warum sollte man noch nach etwas anderem suchen? Ein tödlicher Messerstich – wer kommt auf die Idee, dass zusätzlich Gift eine Rolle gespielt haben könnte? Was hätte das für einen Sinn? Aber Maler hatte recht, ausschließen konnte man es nicht. Also, ran an die Arbeit, dachte sie.

Die Gerichtsmedizinerin mochte August Maler. Er

war einer dieser immer seltener werdenden Männer, dem man ansah, dass er viel mit sich selber austrug, bevor er andere mit etwas belästigte. Das gab ihm eine ruhige, abgeklärte Aura. Die Gerichtsmedizinerin arbeitete gern mit dem Kommissar, auch mit seinem Assistenten, der war auch so ein Ruhiger. Es gab in der Polizei viele Hektiker, und die wurden alle immer noch hektischer mit den Jahren, bei dem hektischen Job, bei den hektischen Zeiten. Grauenvoll.

In dem Telefongespräch eben hatte sie Maler auch das Endergebnis der Obduktion des Bankbeamten mitgeteilt. Der Mann war durch eine gezielte Injektion von reinem Heroin, versetzt mit einer Portion Schlangengift, getötet worden. Und diesmal gab es Spuren eines Kampfes, der Bankbeamte hatte sich deutlich gewehrt, war dann gefesselt worden. Der Mann hatte zusehen dürfen, sagte die Gerichtsmedizinerin, wie ihm die tödliche Spritze gesetzt wurde. Dieser Mord war eine Demonstration gewesen.

Teil 3

Am See

1

Nur ein einziges Mal waren wir allein, damals. Ball haben wir gespielt. Auf der Wiese mit der Birke. Aber du weißt es nicht mehr. Du hast es vergessen. Es war ein großer gelber Plastikball mit roten Sternen darauf. Nie mehr wieder musste mein Vater plötzlich weg, wenn du da warst. Nie mehr wieder hatte ich dich nur für mich. Aber an diesem Tag war es so.

Sie stand hinter einem Mauervorsprung, etwa hundert Meter oberhalb des kleinen Hafens in Maccagno und beobachtete den Fähranleger. Maccagno war kein großer Ort, aber er hatte erstaunlich viele Kirchen. Eine davon war direkt am See auf einen Felsen gebaut wie eine Burg. Die Hauptstraße führte inzwischen nicht mehr um sie herum, sondern in einem Tunnel unter ihr hindurch. Man konnte auf einem gepflasterten Weg hinaufgelangen und oben auf einer Art Terrasse vor der Kirche herabblicken. Eine alte, relativ hohe Mauer umgab die Terrasse.

Sie sah die Fähre ihre gerade Spur ziehen durch das bleigraue Wasser. Die alte *Alpino*. Und sie sah, wie Tretjak unten über die Holzbohlen des Stegs nach vorn ging, sich neben das Geländer stellte. Die Hände hatte er in den Taschen seines Mantels vergraben. Was sie von hier aus auch sehen konnte, war die kleine Piazza Roma mit den Palmen, den paar Parkplätzen, der hübschen Bar und dem Hotel *Torre Imperial*. Es war kühl geworden in den vergangenen Tagen. Das ging hier manchmal blitzschnell. Der Ort bereitete sich auf seinen Winterschlaf vor. Der Platz war leer, sowohl in der Bar als auch im Hotel brannte schon Licht.

Im Wohnzimmer hatte sie damals gestanden, das wusste sie noch genau, mitten im Wohnzimmer, und ihn hatte sie auf der Terrasse sitzen sehen, wie er die Zeitung las. Eine ganze Weile hatte sie so dagestanden, mucksmäuschenstill, in diesem albernen weißblaukarierten Kleidchen, viel zu kindisch für ihr Alter, sie war ja immerhin schon elf, fast elf, und ihr Herz hatte so fest geschlagen, dass man es durch den Stoff sehen konnte. Aber dann hatte sie sich getraut. Sie erinnerte sich genau an den Anblick ihrer Füße in den Sandalen auf den Steinplatten der Terrasse, wie sie einen Schritt nach dem anderen machten. Bloß jetzt nicht stolpern … Und dann hatte sie sich vor ihm aufgebaut, und das Herzklopfen hatte ihr fast die Luft genommen. »Wollen Sie vielleicht ein bisschen Ball spielen?«

Du hast so gut gerochen. Und du hast die Zeitung weggelegt und mich angesehen, und du hast gelächelt und meinen Namen gesagt. Und dann hast du gesagt: »Gut. Machen wir.« Und wir haben gespielt, auf der Wiese mit der Birke, den Ball hin und her geworfen. Und die Sonne war genau hinter dir, manchmal konnte ich dich gar nicht richtig sehen. Und ich hab gedacht, das wird nie aufhören, nie wird das aufhören. Und irgendwie hat das kleine Mädchen ja recht behalten, oder nicht? Warum hast du mich nicht erkannt? Die Sonne war doch damals hinter dir, nicht hinter mir. Du konntest mich doch sehen. Warum hast du mich nicht erkannt?

Sie sah, wie die Fähre anlegte. Ein Mann mit einem Fahrrad stieg aus, ein kleiner Junge war bei ihm. Und eine Frau stieg aus. Na also, dachte sie und zog sich unwillkürlich ein Stück weiter hinter die Mauer zurück. Sie beobachtete, wie die Frau auf Tretjak zuging, ihre Tasche abstellte und ein paar Worte mit ihm wechselte. Dann nahm er die Tasche, und die beiden gingen nebeneinander die Promenade entlang Richtung Piazza Roma. Wie zwei ganz normale Leute wirkten sie, dachte sie dort oben auf ihrem Posten. Mann holt Frau am Schiff ab und bringt sie ins Hotel. Niemand würde etwas anderes vermuten. Auch jetzt gleich beim Einchecken im Hotel nicht, dachte sie und schmunzelte. Dass für diese Nacht alle

Zimmer schon vorab bestellt und bezahlt waren, dass sie alle leer waren, außer demjenigen, das den beiden jetzt zugewiesen werden würde – wen interessierte das?

Immer wenn du bei uns zu Hause warst, blieb ich in deiner Nähe. So gut es eben ging. Einmal habt ihr Männer abends im Wohnzimmer gesessen, du, mein Vater und noch zwei andere, die ich nicht kannte. Ich war daneben in dem kleinen Fernsehzimmer, du weißt wahrscheinlich gar nicht, dass es das gab. Die Tür war zu, und ich konnte nur die Stimmen hören, verstehen konnte ich fast nichts, aber darum ging es nicht. Du hast nicht sehr viel gesagt, aber ich hab immer auf deine Stimme gewartet. Der Fernseher lief ganz leise, ich hab gar nicht mehr hingeschaut, ich lag auf dem Sofa und wartete auf deine Stimme. Manchmal war es nur ein Wort, zwischen den anderen Stimmen und dem Klirren der Gläser. Der Rauch der Zigarren und Zigaretten kam unter der Tür durch, und zwischen meinen Beinen hatte ich ein Kissen, ein großes blaues, ich hatte nur ein T-Shirt und ein Höschen an, und es wurde dort immer wärmer, und ich hab deine Stimme gehört und mich an dem Kissen gerieben. Und weiter an dem Kissen gerieben, und dann ist es losgegangen, und ich hab keine Luft mehr bekommen, und es war so unglaublich schön. Kannst dir was drauf einbilden auf meinen ers-

ten Orgasmus. Manche Frauen haben im ganzen Leben keinen.

Jetzt kam den beiden auf der Promenade ein stämmiger Mann mit einer etwas absurden roten Zipfelmütze entgegen, Marke deutscher Campingtourist, dachte sie. Von der Saison übrig geblieben. Der Mann fragte Tretjak irgendetwas, offensichtlich nach einer Straße, weil Tretjak ein paar Zeichen mit der Hand machte, bevor er schließlich seinen Weg fortsetzte. Charlotte Poland blieb während der kurzen Unterbrechung neben ihm stehen. Das war der richtige Moment, um die vorbereitete SMS zu schicken. Natürlich konnte sie von hier oben bei der Kirche nicht hören, wie die Nachricht im Telefon von Charlotte Poland ankam. Aber fast konnte man sich das Piepsen einbilden. Jedenfalls sah sie, wie die Schriftstellerin reagierte, das Handy aus ihrem Mantel holte und aufs Display blickte. Was für ein aufregender Gedanke: Beide Personen dort unten glaubten, dass sie selbst es waren, die bestimmten, was geschah und geschehen würde.

Daran, Gabriel, zweifelst du doch keine Sekunde, oder? Du hast Angst, ich weiß es, aber du glaubst zu wissen, wovor du Angst hast. Und du glaubst zu wissen, was du tun musst.

Sie sah zu, wie die beiden die Hauptstraße überquerten, die den See mit Hafen und Promenade vom Ort trennte. Wie sie die Piazza Roma überquerten und im Eingang des Hotel *Torre* verschwanden. Die Glastür mit den drei goldenen Sternen schwang noch eine kleine Weile hin und her.

2

Sie hatte an so vieles gedacht. Das sollten die Ermittlungen später ergeben. Es war ihr beispielsweise gelungen, die Telefonanlage des Finanzamtes München I mit einem Befehl zu programmieren, der jeden Anruf für Fiona Neustadt automatisch auch an ihr Handy weiterleitete. Sie wusste also immer, wer Fiona Neustadt sprechen wollte, und konnte mithören. Sie hatte sich als eine Mitarbeiterin der Telefonfirma ausgegeben, vom Wartungsdienst. Offenbar hatte sie eine ruhige halbe Stunde allein in einem Raum voller Bildschirme und Telekommunikation verbracht. Das Komplizierteste war die Umleitungsfunktion gewesen für sämtliche Nummern aus dem Polizeipräsidium, die Frau Neustadt erreichen wollten. Umleitung hieß: Keiner dieser Anrufe kam bei Frau Neustadt an, alle, auch sämtliche Handyanrufe aus der Mordkommission, landeten direkt bei ihr. Nur einmal hatte es an der Tür zum Technikraum geklopft. Eine nette Sekretärin hatte gefragt, ob sie vielleicht einen Kaffee mochte. Auch diese Sekretärin wurde später vernommen.

Sie hatte an so vieles gedacht. Was sie allerdings nicht bedacht hatte, war eine in der Mordkommission allseits bekannte und belächelte Eigenschaft des Kollegen Rainer Gritz. Er telefonierte nur höchst ungern, er vermied es, wann immer er konnte. Er schickte Mails, und am allerliebsten fuhr er irgendwohin, um selbst zu schauen, um viele Eindrücke gleichzeitig zu gewinnen, wie er es ausdrückte. »Ich bin am Telefon nur zwanzig Prozent«, hatte er einmal zu Maler gesagt.

Rainer Gritz wohnte im Münchner Stadtteil Schwanthaler Höhe, allein in einer Zweizimmerwohnung. Zwei Wochen im Jahr verfluchte er diese Lage, wenn wenige Straßen weiter unten das Oktoberfest auf der Theresienwiese tobte, ansonsten wohnte er sehr gern hier. Nicht weit von seiner Wohnung lief die Landsberger Straße, und in dieser Straße residierte das Finanzamt München I. Gritz hatte schon länger vorgehabt, bei Frau Neustadt persönlich aufzutauchen, aber es hatte zeitlich nie funktioniert. Gritz war immer der Erste morgens in der Mordkommission. Wenn er kurz vor sieben Uhr am Finanzamt vorbeifuhr, war dort noch alles dunkel, und wenn er irgendwann abends zurückfuhr, war schon wieder alles dunkel. Doch an diesem Morgen klappte es. Es war kurz vor halb neun, als er vor dem Finanzamt parkte. Am Abend zuvor hatte ein Kollege vom Sittendezernat seinen Geburtstag in einer kleinen Kneipe gefeiert. Es war ein bisschen später geworden.

Rainer Gritz hatte dieses spezielle Gefühl öfter, und obwohl er noch nicht sehr lange dabei war, nahmen die Kollegen der Mordkommission dieses Gefühl inzwischen ernst, zu oft hatte es sich als höchst nützlich erwiesen. Gritz selbst hätte gar nicht von einem Gefühl gesprochen, eher von einem noch nicht zu Ende gebrachten Vorgang. In diesem Fall wollte er ein Bild überprüfen, das in seinem Kopf nicht zusammenpasste – auf der einen Seite die Frau, die im schicken schwarzen Kleid beinah theatralisch an der Seite von Gabriel Tretjak auf der Beerdigung eines Mörders den Berg am Lago Maggiore hinauflief, und auf der anderen die Finanzbeamtin, die Akten vor sich aufhäufte. Gritz wollte sich die biedere Seite dieses Kontrastes anschauen. Er wollte das komplette Bild von Fiona Neustadt. Als offiziellen Grund für seinen Besuch hatte er sich die Frage zurechtgelegt, ob er einen kurzen Blick in den Abschlussbericht der Steuersache Tretjak werfen dürfe.

Ins Finanzamt geht man also einfach rein, dachte Gritz. Da gab es keinen Pförtner, keine Zentrale, keine Info-Stelle. Nur ein mächtiges schwarzes Brett, auf dem mit weißer Schrift die Namen der Mitarbeiter vermerkt waren. *Neustadt, Zimmer 237, Gebäude II, Steuersachen.* Gritz nahm die Treppe, ging in den zweiten Stock, rechts ins Gebäude II. Der Linoleumboden war grau und ein bisschen klebrig. Der fensterlose Gang hatte am Ende eine weiße Schwingtür mit matten Milchglasscheiben, Durchgang zum nächsten Gang. Es begegnete ihm eine Frau mit einem Blumentopf in der Hand. Wenn er das Wesen einer Behörde beschreiben sollte, dachte Gritz, dann würde er es mit dieser Szene versuchen: In Behörden liefen immer Frauen auf dem Gang herum, die einen Blumentopf in der Hand hatten.

Zimmer 237. Weiße Tür, schwarzes Schildchen mit zwei Namen: Neustadt, Pfister. Gritz klopfte, wartete kurz, ob eine Stimme antwortete, hörte nichts und öffnete vorsichtig die Tür. Ein Doppelschreibtisch inmitten des Zimmers, links saß ein Mann mit Bart und Glatze, rechts eine Frau, vielleicht Mitte fünfzig, geblümte Bluse, eher korpulent.

»Entschuldigung, ich bin auf der Suche nach Frau Neustadt«, sagte Gritz.

»Ja«, antwortete die Frau und blickte von ihren Akten auf.

»Fiona Neustadt?«, sagte Gritz.

»Jaaa!«, sagte die Frau, diesmal nicht nur gleichgültig, sondern leicht gereizt.

»Das muss ein Missverständnis sein, ich suche eine andere Frau Neustadt«, sagte Gritz und bemühte sich, seiner Stimme ein wenig Durchschlagkraft zu geben.

»Ich bin Fiona Neustadt. Und arbeite hier. Können Sie mir bitte sagen, was Sie wollen?«

Das weitere Gespräch zwischen den beiden ließ

sich so zusammenfassen: Die Frau am Schreibtisch wurde freundlicher, als sie hörte, dass Gritz von der Polizei war, also eine Art Kollege, wie sie es empfand. Sie wurde ein wenig nervös, als sie allmählich verstand, dass es eine andere Frau gab, die sich auch Steuerprüferin und vor allem auch Fiona Neustadt nannte. Und die Frau wurde leicht hysterisch und bat ihren eisern schweigenden, bärtigen Kollegen um ein Glas Wasser, als sie begriff, dass diese andere Frau Neustadt möglicherweise etwas mit einer Mordserie zu tun hatte.

»Haben Sie irgendeine Ahnung«, fragte Gritz, »warum jemand in Ihre Identität geschlüpft ist? Bearbeiten Sie eine besondere Art von Steuerfällen?«

»Keine Ahnung«, sagte sie, »ich betreue ganz normale Fälle. Nichts Dramatisches. Wenn es dramatisch wird, geben wir die Fälle weiter an die dafür zuständigen Leute bei der Steuerfahndung.«

»Frau Neustadt«, sagte Gritz und korrigierte sich, »also die falsche Frau Neustadt war in der Steuersache Gabriel Tretjak tätig. Behauptete sie jedenfalls. Könnten Sie mal nachsehen, ob Sie einen Vorgang finden, der mit dieser Steuerprüfung zu tun hat?«

»Ja, sicher.«

Gritz hatte längst auf einem Besucherstuhl vor ihrem Schreibtisch Platz genommen.

»Gabriel Tretjak, Sankt-Anna-Platz. Nein, es gibt keine Steuerprüfung gegen ihn. Nichts. Er ist nie auffällig gewesen. Aus steuerlicher Sicht ein völlig unbescholtener Mann.«

Als Gritz das Finanzamt verließ, konnte er es nicht erwarten zu telefonieren. Er tippte Malers Nummer, er hatte ihn unter *Chef* eingespeichert.

»Ja, was gibt's?«, meldete sich Maler.

Gritz ignorierte die belegte Stimme von Maler und legte gleich los: »Es gibt was Neues, Chef. Die Fiona Neustadt ist keine Finanzbeamtin. Sie muss was ganz anderes sein.«

»Wie bitte?«, fragte Maler.

Gritz erzählte ihm von seinem Besuch im Finanzamt, von der richtigen Frau Neustadt und dass es gar keine Steuersache Tretjak gab. Er beendete seine Ausführungen mit einer Frage: »Chef, was machen wir jetzt?«

3

Weißt du, wie oft ich nach dir gefragt habe? Plötzlich bist du nicht mehr zu uns gekommen, und sie taten alle so, als hätte es dich nie gegeben. Niemand sprach mehr von dir, jedenfalls nicht in meiner Anwesenheit. Mir wurde nur knapp gesagt, du seiest im Ausland. Einmal hörte ich durch eine offene Tür, wie ein Mann, ein Russe, der mit Akzent sprach, meinen Vater fragte: »Kann es sein, dass Gabriel uns alle betrogen hat?« Die Antwort meines Vaters konnte ich nicht verstehen, weil er die Tür geschlossen hat.

Sie ging den Weg hinunter, der von der Kirche auf die Piazza Roma führte und teilweise aus Treppen bestand. Die Boote, die in dem kleinen Hafen lagen, waren schon mit Planen abgedeckt. Die Kirchturmuhr schlug jetzt zweimal, halb sieben Uhr also. Ein metallisches Donnern kündigte den Abendzug an, der von Luino nach Locarno fuhr. Die Gleise verliefen wie die Straße auch am Seeufer entlang, hier im Ort knapp oberhalb der Piazza zwischen der Kirche und dem steilen Berg, der sich über den See erhob.

Sie blieb auf dem Platz stehen, einen Moment unschlüssig, und schließlich setzte sie sich auf eine Bank unter einen Khakibaum schräg gegenüber dem Eingang zum Hotel. Der Zug hatte jetzt die Höhe des Platzes erreicht und machte viel Lärm. Bestimmt schon zum dritten Mal überprüfte sie in den Taschen ihres Anoraks, ob alles vorhanden war, was sie in den nächsten Minuten brauchen würde. Sie dachte an ihren Vater und musste lächeln. Am Ende war er immer der Sieger geblieben, auch damals. Und bei ihr würde es genauso so sein. Sie war die Beste, das wusste sie. Wieder musste sie lächeln. Das hatte sie sogar schriftlich. Amtlich.

Du hast meiner Familie die Angst gebracht. Ich habe meinen Vater nie mit so viel Angst gesehen. Weißt du, dass ich einen Schal von dir hatte? Du hattest ihn mal vergessen, und ich hab ihn stibitzt. Kaschmir, mit deinem Geruch daran. Glaub mir, ich hab jedes Molekül da rausgeschnüffelt von deinem Geruch, bis nur noch ein fernes Echo davon übrig war, und ich hab den Stoff so geliebt und so gehasst, jeden Abend bin ich damit eingeschlafen, aber nicht tagelang, nicht wochenlang. Jahre, verstehst du? Die Liebe kann Brücken bauen, heißt es doch. Unsinn. Obwohl … Jetzt baut sie ja gerade eine, oder? Du liebst mich doch, sagst du. Du glaubst mir doch. Ich hab dir die Mörderin serviert. Die Beweise. Deshalb hast du sie hierherbestellt. Was machst du grade mit ihr? Ändern Menschen ihren Geruch im Laufe ihres Lebens? Das hab ich mich gefragt, als ich dich getroffen habe. Ich hab deinen Geruch nicht wiedergefunden. Aber dann in deinem Badezimmer am Sankt-Anna-Platz, da war er plötzlich wieder da, er hing in den Handtüchern, in den Schränken, im Bademantel – und ich wäre beinahe ohnmächtig geworden.

Sie blickte hinüber zum Hotel. Außer in der Eingangshalle und im leeren Restaurant brannte nur in einem Zimmer Licht, ganz oben im vierten Stock am Eck des Gebäudes. Die Vorhänge waren zugezogen. Offenbar interessierten sich die beiden nicht für den Blick auf den See, der im Halbdunkel matt schimmerte. Sie brauchte eine Weile, bis sie registrierte, dass das Geräusch, das in der Abendluft lag und sich mit den Motorengeräuschen der vorbeifahrenden Autos mischte, ihr Telefon war. Diese Nummer gab es noch nicht lange, kaum jemand hatte sie, und der Ton war noch ungewohnt. Sie kramte das Handy hervor, blickte auf die leuchtende Anzeige und runzelte die Stirn. Die Klinik in München? Jetzt? Warum?

»Hallo?«, sagte sie.

4

Die Schwester hatte schon morgens um sieben 38,5 Grad Fieber gemessen, und gegen neun Uhr Vormittag war es weiter gestiegen, auf 39,0. Maler wusste, was das Fieber bedeutete: Der Körper rief seine Abwehrkräfte zum Angriff – wäre er noch ein normal gesunder Mensch, wäre das kein Grund zur Sorge, sondern ein Zeichen für die Widerstandskräfte, die sich gegen Bakterien oder Entzündungen sammelten. Doch bei einem Transplantierten war Fieber gefürchtet, denn es war möglich, dass die Abwehrkräfte das fremde Organ als Feind ausgemacht hatten.

Die Schwester hatte gerade mit besorgtem Blick die 39,0 Grad festgestellt, als Gritz anrief, mit seinen Neuigkeiten. Kurz darauf stand der Stationsarzt im Zimmer und teilte mit, die Blutuntersuchung habe leider ergeben, dass die Abstoßungsreaktion größer geworden sei. 2a. Immer noch kein Grund zur Panik, aber man müsse jetzt noch ein paar Untersuchungen machen und ihn am Abend vorsichtshalber auf die Isolierstation verlegen, wo man bei deutlich geringerer Infektgefahr sein Immunsystem für eine Zeit ausschalten konnte. Der Stationsarzt sagte noch, er habe auch den Professor informiert, der ihn sicher später auf der Isolierstation besuchen werde.

August Maler hatte Angst. Er wollte nicht isoliert werden, er wollte nicht, dass alles wieder neu anfing, die Albträume, der Durchgang. Und er hatte Angst, weil er an seinem Leben hing, an seiner Frau, an seiner Familie und auch an seinem Beruf. Wie weit würde das Fieber noch steigen? Er spürte den Herzschlag, kein gutes Gefühl, sein Herz schlug unregelmäßig, es stolperte. Bitte, Körper, lass doch mein Herz in Ruhe, dachte er.

Aber er wusste, er durfte sich dieser Angst nicht ergeben. Maler hatte noch etwas zu erledigen, und dafür musste er den richtigen Zeitpunkt abpassen, zwischen den Untersuchungen – und vor der Verlegung auf die Isolierstation.

Es war schon Abend, als der Zeitpunkt endlich gekommen war. Maler fühlte sich ausgelaugt und schwach, hatte inzwischen fast vierzig Fieber. Viel Zeit hatte er nicht, höchstens ein paar Minuten, bevor der Pfleger kam, der ihn auf die andere Station bringen sollte. Maler zog seinen Bademantel an und eilte aus seinem Zimmer den Gang zum Aufzug hinunter. Er hatte Glück, dass ihn keine Schwester sah.

Er fuhr zwei Stockwerke nach oben und ging dann links zur Onkologie, zur Krebsstation. Maler klopfte ans Stationszimmer. Eine Schwester Judith öffnete die Tür und sah ihn fragend an: »Ja?«

Maler hatte sich eine Geschichte ausgedacht, die er nun erzählte: Er habe immer in der Cafeteria Schach gespielt mit einem Patienten, der, schwer krebskrank, zum Sterben in die Klinik gekommen war. Und jetzt wolle er sich nach ihm erkundigen, er wisse aber seinen Namen nicht mehr. Ein netter Mann, noch nicht sehr alt, vielleicht sechzig. Maler hatte Glück mit Schwester Judith, denn sie war bekannt dafür, dass sie gern redete. Sie sagte, sie hätten gerade vier Patienten auf Station, die zum Sterben hier seien, zwei Frauen, zwei Männer. Sie schüttelte den Kopf. Aber die Männer seien viel zu krank für ein Schachspiel, schon lange, der Herr Leucht und der Herr Braun, nein, nein, die seien das sicher nicht.

»Hat einer von beiden vielleicht eine Tochter, die regelmäßig zu Besuch kommt?«, fragte Maler.

»Nee, beim Herrn Leucht kommt immer der Sohn. Bei Herrn Braun kommt gar niemand. Aber Moment, stimmt, da war noch ein Patient, auch sterbenskrank, der hätte vielleicht noch Schachspielen können. Der lief hier auf der Station manchmal herum, und zu dem kam öfters die Tochter. Aber der ist nicht mehr hier, der wurde gestern verlegt, in ein Hospiz in Solln. Soll ich Ihnen die Adresse geben?«

Maler nickte.

»Also«, sagte Schwester Judith, »der Patient heißt Martin Krabbe, und die Telefonnummer des Hospizes lautet …«

Krabbe, Martin Krabbe. Maler hörte der Schwester nicht mehr zu. Der Mann, den ihm Dimitri Steiner genannt hatte. Von dem Steiner mit einer Mischung aus Furcht und Respekt gesprochen hatte. Und das hatte bei einem Mann wie Steiner etwas zu bedeuten. Gritz hatte noch versucht, Krabbe zu verhören, aber da war er schon zu krank, hieß es. Aber Schachspielen hätte er können? Maler wusste, dass all das hier nicht gut war für sein Herz, aber er hörte sich fragen: »Schwester, das ist er, den ich gesucht habe. Haben Sie eine Nummer von der Tochter, dann würde ich gleich sie anrufen?«

»Ja, wir haben immer die Nummer von den Angehörigen.« Sie blätterte in einem Karteikästchen und schrieb eine Handynummer auf einen Notizzettel. »Nora Krabbe heißt sie.«

Es war ein Berufsreflex, der Maler fragen ließ, ob er kurz das Telefon hier auf dem Tisch benutzen könne. Er tippte die Handynummer ein.

Es läutete ein paarmal, dann war sie dran.

»Hallo?«

Er erkannte sofort ihre Stimme. »Guten Tag«, sagte er, »hier spricht Kommissar Maler aus dem Krankenhaus. Guten Tag, Frau Neustadt, oder nein,

Frau Krabbe, was ist jetzt der richtige Name? Und was ist der richtige Beruf?«

Es klickte, und die Leitung war tot. Maler wählte noch einmal, wieder tot. Sie hatte das Handy ausgeschaltet. August Maler verabschiedete sich von der verdutzten Schwester Judith und ging zurück auf seine Station. Im Aufzug merkte er, wie ihm schwindlig wurde, nur für einen Moment. Er musste sofort Gritz anrufen. Als er zu seinem Zimmer kam, warteten schon zwei Ärzte und zwei Schwestern vor der Tür.

August Maler wollte etwas zu seiner Entschuldigung sagen, aber er konnte nicht. Er hörte noch die aufgeregten Worte der Mediziner, dann wurde ihm schwarz vor Augen.

5

Charlotte Poland spürte, dass ihre Knie zitterten, als sie an der Rezeption im Hotel *Torre* stand. Sie versuchte, es sich nicht anmerken zu lassen. Sie hörte nicht, was der Portier redete, schönstes Eckzimmer, Seeblick und so weiter. Sie hatte das Gefühl, die Luft um sie herum bestünde aus Watte. Alles war irgendwie gedämpft. Ihre linke Hand steckte immer noch in der Manteltasche und hielt das Telefon umklammert, auf dem vorhin die SMS eingegangen war. Es fühlte sich heiß an. Sie sah, dass Gabriel Tretjak in Richtung Fahrstuhl ging, sie hatte nicht die Kraft, ihm zu folgen. Aber als er sich umdrehte, sie aus seinen schwarzen Augen ansah und sagte »Komm«, hatte sie auch nicht die Kraft, ihm nicht zu folgen.

Nichts ist dem menschlichen Gehirn so verhasst wie der bloße Zufall, also ein Ereignis, das nicht vorhersehbar ist. Deshalb sucht das Gehirn ständig nach verborgenen Regeln, Gesetzen und Botschaften. Das Unvorhersehbare ist gefährlich. Tritt es dennoch ein, setzt das Gehirn sofort Prioritäten und konzentriert sich ganz und gar auf die Verarbeitung dieses Ereignisses. Ein schrecklicher Anblick kann das zum Beispiel sein. Oder eine schlechte Nachricht. Shock-Novel-Reize nennen Forscher solche plötzlichen Ereignisse, die das Gehirn zu einem ungewöhnlichen Verhalten zwingen: Es schottet sich ab, jede neue Information wird ferngehalten – bis der ungewöhnliche Reiz verarbeitet ist. Mediziner wissen, dass Patienten, die eine Krebsdiagnose erfahren, danach nichts mehr aufnehmen können, auch später nichts mehr davon erinnern, was gesprochen wurde.

Charlotte Poland hätte nicht sagen können, welche Farbe die Wände in diesem Hotel hatten, welche Beschaffenheit der Boden, ob es Bilder an den Wänden gab, einen Spiegel im Lift. Vermutlich hätte sie in diesem Moment nicht einmal die Frage beantworten können, warum sie hier war. Tretjaks Anruf, er wolle sie treffen, er habe einen neuen Plan, was ihren Sohn Lars betraf, war unendlich weit weg. Auch die Zeit im Sommer, als er Lars schließlich gefunden hatte, ihr immer wieder seine Hilfe angeboten hatte, als spüre er eine Nähe zu ihm – alles wie gelöscht. Ihr Gehirn war nur damit beschäftigt, die SMS zu verarbeiten, und verbat sich jede Ablenkung.

Während Tretjak in seinem schwarzen Kaschmir-Mantel die Tür zu Zimmer 405 aufsperrte, das Licht anknipste, zu den Fenstern ging und die Vorhänge zuzog, während er sich, immer noch im Mantel, auf einen der beiden Sessel setzte, ein Stück Papier entfaltete und begann, ihr Fragen zu stellen, wiederholte Charlotte Polands Gehirn den Text der Nachricht. Wieder und wieder.

Treffen Sie sich auf keinen Fall mit Gabriel. Ich habe etwas Furchtbares herausgefunden. Paul Tretjak war unschuldig. Ihr Leben ist in Gefahr. Glauben Sie Gabriel kein einziges Wort.

Und Charlotte Polands Gehirn wiederholte auch wieder und wieder den Namen, mit dem die Nachricht unterschrieben war: *Fiona Neustadt.*

Die Einrichtung des Zimmers 405 bestand aus einem großen Bett, einem Kleiderschrank und einer kleinen Sitzecke mit zwei Sesseln. Das Bett war mit einer dunkelgrünen Tagesdecke abgedeckt. Der Schrank war aus dunkelbraunem Holz wie der Fußboden. Die Sessel waren ebenfalls dunkelgrün, die Wände ockerfarben, die Vorhänge weiß. Über dem Bett hing ein gerahmtes Schwarzweißfoto. Es zeigte den kleinen Hafen von Maccagno, wie er früher einmal ausgesehen hatte, vor hundert Jahren vielleicht. Langsam drang all dies in Charlotte Polands Wahrnehmung. Sie sah, dass das Stück Papier, das Tretjak entfaltet hatte, eine Art Pergamentblatt war, mit bunten Verzierungen am Rand, Wappen waren zu erkennen. Und sie hörte jetzt auch, was Gabriel Tretjak sagte.

Ein Shock-Novel-Reiz löst im menschlichen Gehirn immer auch einen zweiten Effekt aus: Wenn das schockierende Ereignis verdaut ist, wird die Abschottung aufgehoben. Dann tritt das Gegenteil davon ein: eine besonders scharfe Wahrnehmung all dessen, was passiert.

»Ich werde die Geschichte jetzt zu Ende bringen«, sagte Gabriel Tretjak. »Und dein Schweigen wird dir nichts nützen. Ich werde die Wahrheit erfahren. Alles, auch das: Hattest du eine Affäre mit meinem Vater?«

Charlotte Poland sah ihn an. Sie spürte ein Gefühl aufsteigen, das sie zunächst gar nicht identifizieren konnte. Aber dann wurde ihr klar: Es war der Drang zu lachen. War das seine Frage? War es das, was ihn quälte? Sie sah in seine Augen, der Drang zu lachen war vorbei. Nein, wollte sie sagen. Ich hatte nichts mit deinem Vater. Aber in diesem Moment begriff sie, dass sein Blick gar nicht ihr galt, sondern auf einen Punkt hinter ihr gerichtet war.

6

Die Gerichtsmedizinerin konnte Kommissar Maler nicht erreichen, sie hatte ihm schon zweimal auf die Mailbox gesprochen: »Herr Kommissar, bitte rufen Sie mich zurück, es gibt Neuigkeiten.« Merkwürdig, dachte sie, dass er sich nicht meldete. Normalerweise dauerte es nie mehr als zwanzig Minuten.

Dann schrieb sie eine Mail an Rainer Gritz. Sie erinnerte sich, dass er ihr einmal gesagt hatte, telefonieren Sie nicht mit mir, schicken Sie mir eine Mail, das geht schneller. Erstens, schrieb sie, liege nun das Ergebnis der erneuten Obduktion der Leichen vor. Um es kurz zu machen: Keine Giftspuren im Körper, die Messerstiche in die Leber und ins Herz blieben die alleinige Todesursache. Aus ihrer Sicht gebe es keinen Zusammenhang zwischen den drei Morden und dem gewaltsamen Tod des Bankbeamten.

Dann schrieb sie: *Zweitens: Mir ist eine Merkwürdigkeit aufgefallen. Keine Ahnung, ob sie etwas bedeutet. Ich habe noch einmal die DNA-Proben von Paul Tretjak untersucht, die er nach seinem Selbstmord hinterlassen hat – und mit den Spuren auf den Leichen verglichen. Es ist zweifelsfrei auch dort die DNA von Paul Tretjak, aber da ist noch etwas. In allen drei Fällen ist der DNA etwas beigefügt, eine Art Massageöl, hochprozentig, eine Essenz davon.* Sie überlegte einen kurzen Moment, ob sie abschließend noch einen Satz hinzufügen sollte, ob sich jemand fragen würde, woher sie so etwas wusste, und dann schrieb sie: *Das ist diese Art von Öl, die häufig beim Sex verwendet wird.*

7

Ich bin die Beste, das muss jetzt eben auch die Polizei lernen. Dieser Kommissar Maler soll ruhig kommen in seinem Bademantel. Du hast mich nicht erkannt, Gabriel. Was meinst du: Wäre alles anders gekommen, wenn du die Steuerprüferin angesehen und einfach meinen Namen gesagt hättest, wie damals auf der Terrasse? Nora. Ballspielen, ja das machen wir. *Dimitri hat mich auch nicht erkannt, dieses Schwein. Er hatte aber auch nicht viel Zeit, das muss ich zugeben. Alte Männer sind so eitel, können es nicht ab, dass sie nichts mehr zu melden haben. Warum sonst hat er dem Kommissar von meinem Vater erzählt? Noch mal wichtig sein, noch mal mitspielen. Ist dir nicht bekommen, Dimitri. Auch dem musste Vater damals das Geld nachwerfen, damit er die Ermittlungen in Richtung der Russen erstickt. Vater war so verzweifelt, er hatte so große Angst vor diesen Russen, einmal hab ich ihn sogar weinen sehen. Was hätten sie mit ihm gemacht, wenn sie wirklich begriffen hätten, dass du alle reingelegt hast, abkassiert hast für nichts? Brasilien. Überlegst du noch, Gabriel? Brauchst du nicht mehr. Dein Geld ist schon auf dem Weg dorthin, habe ich heute erledigt. Aber es reist in meinem Namen.* Nora. *Erinnerst du dich?*

Sie hörte seine Stimme durch die Tür. Er redete über das Blatt Papier, das sie ihm gegeben hatte, von dem sie gesagt hatte, sie habe es bei der Beerdigung in Charlotte Polands Handtasche gesehen und später beim Abendessen im Restaurant gestohlen. Er wusste wahrscheinlich nicht, welchen Wert er da in der Hand hatte. Aber das spielte alles keine Rolle mehr. Unten auf der Piazza hupte ein Auto. Sie selbst stand vollkommen still, direkt vor der Tür. Zwischen ihrer Nase und den angebrachten Metallzahlen 405 lagen nur zehn Zentimeter. Sie spürte ihren Herzschlag in die Handgelenke abrutschen. Ganz ruhig bleiben, dachte sie. Außenperspektive einnehmen. Wer steht da? Eine Frau, die weiß, was zu tun ist. Die weiß, wie es zu tun ist. Eine Frau, die sich nicht abbringen lässt. Name: Fiona Neustadt. Eine Frau, die nach alldem nicht mehr existieren wird. Die nichts zu verlieren hat. Sie tastete ihre Taschen ab. Messer. Stilettnadel. Telefon. Pistole.

Warum antwortet die Schriftstellerschlampe eigentlich nicht? Warum ist von ihr nichts zu hören? Warst du mit der im Bett? Nein, du liebst ja mich, sagst du. Vater hatte das mit den Frauen besser organisiert. Sie wurden ihm gebracht. Diskret mit dem Taxi, mitten in der Nacht. Manchmal zwei auf einmal. Sie sind immer ins Nebengebäude, in die Praxisräume. Das hab ich schon geschnallt, als ich ganz klein war. Ich bin im Dunkeln rübergelaufen und hab an der Tür gehorcht … Wie jetzt. Das Leben, eine Kette von Wiederholungen. Apropos Wiederholungen: Ich habe dir einen Tipp gegeben, dir und auch der Polizei. Es hat mich viel Mühe gekostet, die Udine-Papiere zu besorgen. Alles Originale, keine Fälschungen. Für dich, Gabriel, war mir nichts zu teuer. Du hättest dich beschäftigen müssen mit dem Zyklus der Stadt Udine. Verrat ist das Thema. Aber du hast nichts verstanden. Wie immer. Du hast mich nicht verstanden.

Sie holte die Pistole aus der Anoraktasche und entsicherte sie. Sie legte ihre linke Hand auf die Klinke, konzentrierte sich und drückte sie mit einer sehr langsamen, aber gleichmäßigen Bewegung Millimeter für Millimeter nach unten. Falls abgeschlossen war, hatte sie einen zweiten Zimmerschlüssel. Aber es war nicht abgeschlossen. Sachte schob sie die Tür auf. Gabriel Tretjaks Stimme wurde klar und deutlich.

»… hattest du eine Affäre mit meinem Vater?«

Charlotte Poland saß mit dem Rücken zu ihr. Gabriel blickte zur Tür. Als er sie sah, richtete sie die Pistole auf ihn.

»Hallo, Gabriel«, sagte sie. »Nein, sie hatte keine Affäre mit deinem Vater. *Ich* hab deinen Vater gefickt. War gut, der Alte. Brauchte keinen Sternenhimmel, um einen Ständer zu kriegen.«

8

Maresciallo Mario Facchetti hatte kein besonderes Glück bei Frauen. Es lag nicht an seinem Äußeren, er war mittelgroß, mittelschwer, seine rötlichen Haare trug er kurz und adrett geschnitten, wie es sich für einen Carabiniere gehörte. Seine Augen waren von einem auffallend leuchtenden Blau. Was ihm fehlte, war eine gewisse Lockerheit, Charme, die Fähigkeit zu flirten. Mario Facchetti wirkte immer sehr ernst, und wenn Frauen in der Nähe waren, wirkte er noch ernster. Er hatte dann das Gefühl, innerlich zu verkrampfen. Er wusste nicht, was er sagen sollte, schwieg und dachte darüber nach, was er sagen könnte, und dann wusste er noch weniger, was er sagen sollte. Für einen wie ihn war deshalb dieser Mittwochabend ein ganz besonderer Abend.

Eine Geldbotin der Banco Popolare, die direkt gegenüber der Polizeidirektion in Luino lag, hatte schon länger ein Auge auf den Maresciallo geworfen. Und zwar so auffällig, dass seine Kollegen ihn schon damit aufgezogen hatten. Viel zu oft parkte sie ihren kleinen gepanzerten Fiat auf einem der Plätze vorm

Haus, die eigentlich für Einsatzfahrzeuge reserviert waren. Parkte und kam in die Dienststelle, um ein Schwätzchen zu halten. Stella hieß sie, sah ein wenig arabisch aus mit ihren dichten schwarzen Locken. Sie hatte einen schön geschwungenen Mund und, ja, das musste Mario Facchetti zugeben, einen entzückenden Hintern.

Irgendwann hatte sich Facchetti schließlich ein Herz gefasst und sie tatsächlich zum Abendessen eingeladen. Sie hatte sofort zugestimmt, und heute war der große Tag. Facchetti hatte im Ristorante Camino für acht Uhr einen Tisch reserviert. Treffen wollten sie sich schon um halb acht, um an der gemütlichen Bar einen Aperitif zu trinken. Es war das beste Restaurant in Luino und eigentlich zu teuer. Aber was sollte es, er war schließlich Maresciallo. Im Beruf hatte er eine glücklichere Hand als bei Frauen. Er war einer von vier Dienstgruppenleitern der Polizei in Luino, und er war erst 29 Jahre alt.

Jetzt war es Viertel vor sieben Uhr, und er saß an seinem Schreibtisch und überlegte, ob er zu diesem Abendessen seine nachtblaue Uniform anbehalten sollte oder nicht. Er hatte schon ein paarmal gehört, die Uniform stünde ihm ausgezeichnet, sie mache etwas her, wie es hieß. Und Stella hatte ihn so kennengelernt. Er würde den Eindruck eines vielbeschäftigten Mannes machen, der grade von seiner Pflicht kam, das war bestimmt nicht verkehrt. Andererseits:

Locker war das nicht. Vielleicht war es ja gerade attraktiv, nur in Jeans und einem frisch gebügelten weißen Hemd zu erscheinen, Botschaft: Schau, ich kann auch ganz anders sein.

Facchettis Büro lag im Erdgeschoss des altehrwürdigen Gebäudes mit dem Adler aus Stein auf dem Giebel. Er blickte auf den Platz direkt davor, wo jetzt schon die gusseisernen Straßenlaternen brannten. Wenn er sich etwas vorbeugte, konnte er sogar den See sehen. Es war fast ganz dunkel draußen, seine Schreibtischlampe beleuchtete zwei Berichte von Kollegen, die er jetzt noch lesen konnte oder auch nicht. Morgen früh würde auch reichen. Ein Fahrraddiebstahl und ein Einbruch in ein Ferienhaus.

Er sah zum wiederholten Male auf seine Uhr. Immer noch Viertel vor sieben. Er hätte schon gehen können, es waren genügend Kollegen in der Wachstube. Aber Mario Facchetti war ein korrekter Polizist. Und sein Dienst endete nun mal erst um sieben Uhr.

Der Anruf, der die Abendgestaltung des Maresciallo grundlegend ändern sollte, kam um sechs Minuten vor sieben. Mario Facchetti war das letzte Glied in einer kleinen Kette von dringenden Anrufen: München–Mailand, Mailand–Varese, Varese–Luino. Facchetti hörte etwa drei Minuten zu, machte Notizen, stellte ein paar Fragen, machte wieder Notizen – und rief schließlich alle verfügbaren Kollegen in sein Büro. Wenig später setzten sich drei blaue Alfa Romeo in Bewegung, ihr Ziel war Maccagno, das Hotel *Torre Imperial*.

In der Geschichte der Physik brachte ein bestimmtes Experiment die führenden Wissenschaftler in aller Welt lange Zeit schier zur Verzweiflung, da man einfach keine Erklärung für dessen Resultat fand. Egal, wie oft man das Experiment wiederholte, das Resultat blieb immer gleich. Man schoss ein Teilchen – ein Elektron – auf eine Bleiplatte mit zwei eng nebeneinanderliegenden Schlitzen, um festzustellen, durch welchen der beiden Schlitze es flog. Zu diesem Zweck war hinter der Platte eine Art Fotoapparat angebracht. Was die Wissenschaftler verstörte, war das Ergebnis, das der Apparat zeigte: Das Elektron war durch beide Schlitze gleichzeitig geflogen. Doch ein Elektron kann sich nicht teilen! Erst die Quantenphysik fand eine Erklärung – die für viele das Rätsel aber nicht kleiner machte: Das Elektron, so die Quantenphysiker, ist gar kein Teilchen, sondern eine Wahrscheinlichkeitswelle. Was bedeutet, dass jedes Teilchen immer alle möglichen Wege gleichzeitig nimmt – nicht nur zwei, wie in dem Experiment, sondern unendlich viele.

Da sowohl Maresciallo Mario Facchetti als auch die Geldbotin Stella Scipio aus Elektronen gebaut waren, kann man sagen: Es gab ihre Liebesgeschichte, in irgendeinem Wahrscheinlichkeitsraum nahm sie an diesem Abend ihren Anfang. Aber dokumentiert ist sie nicht. Die dokumentierte Wirklichkeit dieses Mittwochabends im Oktober war das blitzende Blaulicht der drei Fahrzeuge, die die Uferstraße des Lago Maggiore entlangjagten. Die Sirenen waren nicht eingeschaltet. Im ersten der Fahrzeuge saß Mario Facchetti. Er hatte ziemlich genaue Instruktionen erhalten. Von Luino nach Maccagno waren es nur sieben Kilometer. Im Tunnel vor dem Ortseingang gab Facchetti per Funk die Order, auch die Blaulichter auszuschalten.

9

Tretjak hatte keine Angst mehr. Und er wusste, dass das nicht nur auf die zwei Tavor zurückzuführen war, die er vor Ankunft der Fähre geschluckt hatte. War sein Freund Stefan Treysa jemals in seinem Leben in einer vergleichbaren Situation gewesen? Psychologen. Die Stunde ist um. Bis zum nächsten Mal. Nein, das konnte man hier nicht sagen. Tretjak war ruhig und hatte keine Angst. Fiona war im Begriff, ihn und Charlotte mit Handschellen an die Heizung zu ketten. Sie tat das geschickt mit einer Hand, in der anderen hielt sie die Pistole. Einmal hatte sie ihm den Lauf zwischen die Augen an die Stirn gedrückt, ganz plötzlich, ziemlich grob, und dann hatte sie kurz gelacht. Tretjak hatte auch keine Angst vor der Pistole.

So war es immer gewesen in seinem Leben. Wenn er genau wusste, was passieren würde, hatte er keine Angst. Schon als Kind war das so gewesen. Und jetzt wusste er sehr genau, was passieren würde.

Unten, direkt neben dem Eingang des Hotels, in dem Torbogen, der in den Hof führte, parkte ein Minivan der Marke Toyota. Er sah aus wie ein Baustellenfahrzeug, schmutzig, die verblichene Aufschrift einer Dachziegelfirma an den Seiten. Aber er war bis unters Dach mit Sprengstoff gefüllt. Wenn Fiona hier fertig war, würde sie gehen, das Zimmer hinter sich abschließen, das Hotel verlassen. Und dann den Zündmechanismus betätigen, der den Van in die Luft jagen konnte. Den Van, das Hotel, womöglich noch mehrere Gebäude.

Tretjak sah Charlotte Poland an. Sie wirkte völlig apathisch, wie gelähmt. Es tat ihm leid, dass er ihr nicht helfen konnte. Irgendwie mochte er sie inzwischen. Die Frau mit ihrem verkorksten Sohn. Vielleicht dachte sie gerade an ihn, jetzt hier verrenkt auf dem Boden kauernd, die Hände auf dem Rücken festgekettet. Und überlegte, was mit ihm geschehen würde, wenn ihr etwas zustieß. Aber vielleicht dachte sie auch gar nichts.

Das Gefühl, das in Tretjak aufstieg, war grotesk, aber es war da. Er fühlte sich plötzlich frei – obwohl er gerade gefesselt wurde. Zwanzig Jahre begleitete ihn jetzt der Geruch von verfaulten Stücken seines Lebens. Und jetzt, hier am See, würde das ein Ende finden.

»Wir sind aus dem gleichen Holz, Fiona«, sagte Tretjak. »Du solltest mich mitnehmen.«

Sie richtete sich auf und sah ihn an. Ihre Augen waren tot. Tretjak fragte sich, ob sie unter Drogen stand.

»Wir aus dem gleichen Holz?«, sagte sie mit flacher, tonloser Stimme. »Du bist so weit entfernt davon, etwas zu verstehen. Warst immer so weit entfernt davon.«

»Ich kenne eine Nummer«, sagte Tretjak und fügte hinzu: »BR69Q345.«

»Und? Was soll ich damit?«

»Denk nach, Fiona«, antwortete er. Es würde nichts ändern, aber es befriedigte ihn, sie zu verunsichern. Sein altes Spiel: Wann bekam wer welche Information?

»Ich wünsch dir die Hölle, Gabriel«, sagte sie. Und im nächsten Moment fiel die Zimmertür hinter ihr ins Schloss. Man hörte, wie der Schlüssel umgedreht wurde. In der Ecke hinter dem zweiten grünen Sessel begann Charlotte Poland zu weinen.

10

In München habt ihr das Mädchen getestet und gesagt, es ist genial. In Antwerpen habt ihr das Mädchen getestet und gesagt, es ist verrückt. So weit weg seid ihr, so hoffnungslos weit weg. Gleich machen wir ein kleines Feuerwerk. Danach sieht die Welt ein bisschen anders aus, jedenfalls meine Welt.

Sie nahm nicht den Fahrstuhl, sondern die Treppe. Fast lautlos glitt sie auf dem Teppichläufer die Stufen hinunter. Die Treppe mündete hinter der Rezeption in der Eingangshalle. Sie blieb stehen und betrachtete den Rücken des Portiers. Er war der einzige Mensch in diesem Hotel, mit dem sie zu tun gehabt hatte. Ein irgendwie teigiger Typ, der heute ein blauweißgestreiftes Hemd trug. Sie wollte auf Nummer sicher gehen. Nicht dass der noch aus irgendeinem Grund seinen Posten verließ. Sie verfolgte mit dem Blick einen der Streifen seines Hemdes auf der rechten Seite des Rückens von der Schulter abwärts. Sie griff in die Innentasche ihres Anoraks, die Stilettnadel steckte in einem eingenähten Futteral, das Messer daneben. Es ging schnell, es gab kein Geräusch. Dann lag der teigige Typ ausgestreckt am Boden hinter dem Rezeptionstresen und blickte mit einem starren, überraschten Gesichtsausdruck zur Decke.

Unfähig, meinen Platz in der Realität zu finden? Nicht in der Lage, den eigenen Anspruch an die Wirklichkeit anzupassen? Sorry, kann ich nicht teilen, dieses Gutachten. Das hast du meinem Vater gemailt, Herr Doktor Superschlau Kufner. Und mir hast du an den Arsch gefasst. Auch ein interessanter Weg, den Anspruch an die Wirklichkeit anzupassen. Was war das für eine Nummer, Gabriel? Ja, vielleicht sind wir aus demselben Holz. Aber du musst jetzt sterben.

Sie ging durch die Eingangstür hinaus auf die Piazza. Gleich links in dem Torbogen stand der Lieferwagen. Vor der Bar rauchte jemand. Sie verspürte jähe Lust nach einer Zigarette. Sie hatte lang nicht geraucht. Sie spielte mit dem Gedanken, den Mann dort um eine zu bitten. Warum den Moment nicht noch ein wenig genießen? Aber dann fiel ihr der Anruf des Kommissars ein. Handys konnte man orten. Sie würde noch viel Zeit haben, Zigaretten zu rauchen, dachte sie und setzte ihren Weg fort. Sie überquerte erst die Piazza, dann die Hauptstraße, ging die Promenade entlang bis zum Fähranleger, blieb dann stehen und drehte sich um.

Ein ruhiges Bild, eine schöne Komposition aus Licht, Schatten und den Konturen der Gebäude. Rechts oben die dezent angestrahlte Kirche, von wo sie vorhin alles beobachtet hatte. Vor ihr die Piazza mit den Palmen, den Laternen, der Bar, den zwei Steinbänken. Links das Hotel *Torre Imperial.* Über allem die Häuser des Ortes, die sich an den steilen Berg schmiegten und mit ihm in der Dunkelheit verschmolzen. Die Luft war frisch und glasklar. *BR69Q345.* Sie hörte Gabriel Tretjaks Stimme im Geiste, wie sie diese Buchstaben und Zahlen aufzählte. Plötzlich übersetzte ihr Gehirn die Stimme in geschriebene Zeichen. Von ihr selbst geschriebene Zeichen. Heute geschriebene Zeichen. Zeichen, die in ein Formular eingesetzt wurden.

Und jetzt wusste sie, was es war. Es war der Code für die Transaktion, mit der sie heute Vormittag 1,2 Millionen Euro, Tretjaks Bargeld, nach Brasilien transferiert hatte. Sie spürte, wie ihr heiß wurde, wie ihre Gedanken rasten.

Damals bei diesem Test im Ministerium, da ist das auch passiert, das mit den Gedanken, dieser Strudel. Dann hab ich dich angesehen Vater, und dann war es vorbei. Siehst du, ich bin ruhig. Ich bin ganz ruhig. Und ich bin die Beste.

Sie holte ihr Handy heraus, wählte auf dem Display im Menü das Wort *Ende* aus. Sie ließ noch einmal den Anblick der Piazza auf sich wirken, dann drückte sie die Taste, die den Zündmechanismus auslöste.

11

Mario Facchetti hatte seine Leute rund um die Piazza verteilt. Die Polizeifahrzeuge waren auf der Standspur im Tunnel unter der Kirche geparkt, wo man sie nicht sehen konnte. Einer der Männer stand rauchend vor der Bar, er hatte sich einen zivilen Mantel übergeworfen. Zwei andere waren im Hinterhof des Hotels postiert, einer oben an der Kirche. Der Maresciallo selbst stand mit einem zweiten Mann im offenen Wartehäuschen des Fähranlegers. Alles war dunkel hier, nach sieben Uhr abends fuhren die Fähren das kleine Maccagno nicht mehr an.

Er hatte die Frau aus dem Hotel kommen sehen und seinen Mann angewiesen, sich zu ducken. Er selbst trat hinter einen Pfeiler. Das musste die verdächtige Person sein, die da auf ihn zukam, schließlich anhielt und sich umdrehte. Facchetti stand keine fünf Meter von ihr entfernt. Er öffnete das Lederhalfter seiner Dienstpistole. Die Frau sah zwar nicht so aus, aber sie sei überaus gefährlich, hatte es geheißen. Er beobachtete, wie sie auf ihrem Telefon herumdrückte, und entschied: jetzt. Er nickte seinem Kollegen zu, gemeinsam überbrückten sie sehr schnell die paar Meter und zogen dabei ihre Waffen.

In Maresciallo Facchettis Protokoll sollte später stehen, dass Nora Krabbe alias Fiona Neustadt bei ihrer Festnahme keinerlei Gegenwehr geleistet hatte. Sie habe nur verwirrt und erstaunt gewirkt und immer wieder auf eine Taste ihres Handys gedrückt, bis man es ihr abgenommen hatte.

12

Er sah den Kriminalbeamten Rainer Gritz schon von weitem vor dem Tor stehen. Der Mann war auch schwer zu übersehen. Er musste über zwei Meter groß sein. Wie ein kleiner Leuchtturm stand er da, den Kragen seines blauen Regenmantels hochgeschlagen. Gabriel Tretjak sagte dem Taxifahrer, er könne bei der Gestalt dort anhalten, es sei nicht nötig, auf das Klinikgelände zu fahren.

Um 13 Uhr 20 war er am Flughafen Franz Josef Strauß in München gelandet. Lufthansa LH 701 aus Bordeaux. Vom Flughafen in den Stadtteil Haar konnte man fast durchgehend die Autobahn benutzen. Mittags war kein dichter Verkehr, das Taxi hatte nur knappe 30 Minuten gebraucht. Es war ein diesiger Novembertag, ein Dienstag, nasskalt, unangenehm.

Sechs Wochen waren seit Fionas Verhaftung in Maccagno vergangen. Sie waren nicht schnell vergangen, fand Gabriel Tretjak. Die neue Wohnung war bezogen, aber sie hatte keine Chance, das wusste er jetzt schon. Diese Wohnung war nur ein Übergang – von einer höchst unerfreulichen Lebensphase in eine hoffentlich bessere. Er wusste, dass er bald wieder ausziehen würde, auch wenn Stefan Treysa oft in den Sitzungen zu ihm sagte: »Du musst lange Brücken bauen in deinem Leben, nicht immer nur so kurze. Das ist wichtig.«

Auch die Reise nach Frankreich war seine Idee gewesen. Eine Schnapsidee, wie sich herausgestellt hatte. Tretjak hatte ihm von der Erinnerung an einen Urlaub erzählt. Es war der einzige Urlaub, den die Familie Tretjak je gemeinsam verbracht hatte. Vater, Mutter, die zwei Kinder. Alle in einem großen orangefarbenen Zelt. Direkt am Meer, am Atlantik, hinter einer großen Sanddüne, mitten im Pinienwald. Lit et Mixe hatte der Ort geheißen, und so hieß er immer noch. Das Meer gab es auch noch und die hohen Wellen. Sogar der Campingplatz war noch da, ein bisschen neu angelegt, aber im Grunde so wie damals. Geschlossen natürlich im November. Tretjak hatte sich in einer Pension einquartiert. Es hatte geschüttet wie aus Kübeln, und er war trotzdem ein paarmal am Strand gewesen, ganz allein auf dieser kilometerlangen Anhäufung von Sand. Aber empfunden hatte er nichts. Wie alt mochte er damals gewesen sein? Sieben? Er hatte sich an ein Volleyballspiel erinnert, zu viert. Und an ein furchtbares Gewitter, bei dem der Blitz in eine Pinie eingeschlagen hatte. Das war's. Der Anruf des Kriminalbeamten Gritz war ihm gerade recht gekommen, um diesen Aufenthalt vorzeitig abzubrechen.

»Wie geht es eigentlich Ihrem Chef, dem Kommissar Maler?«, fragte Tretjak, als sie nebeneinander über das Gelände des Bezirkskrankenhauses Haar liefen. Sicherheitsverwahrung, das war ihr Ziel. Haus 10. Zimmer 34/B. Nora Krabbe. Zwei Männer in weißen Kitteln kamen ihnen eiligen Schritts entgegen. Sie froren.

»Leider nicht gut«, antwortete Gritz. »Die Ärzte haben die Folgen der schweren Abstoßung immer noch nicht im Griff. Er ist wieder auf der Intensivstation.« Der junge Mann seufzte. »Ich war gestern bei ihm, aber das ist sinnlos, er redet vollkommen wirres Zeug.«

»Das tut mir leid«, sagte Tretjak.

Eine kleine Weile gingen sie schweigend weiter. Rainer Gritz hatte Tretjak angerufen, weil die Polizei, wie er sagte, dabei war, die Ermittlungsakte zu schließen. Er würde ihm gern alles mitteilen, was sie herausgefunden hatten. Und vielleicht noch ein paar letzte Fragen mit ihm besprechen.

Nora Krabbe, erfuhr Gabriel Tretjak, hatte wohl den Rechner ihres Vaters durchstöbert. Und dabei Gabriel Tretjaks Namen eingegeben. So war sie auf eine Mail gestoßen, in der ihr Vater ihn um Rat gebeten hatte. Drei Jahre etwa war das her. Tretjak erinnerte sich gut. Er hatte sich gewundert, dass Krabbe zu ihm Kontakt aufnahm – nach so langer Zeit und allem, was passiert war. Seine Tochter würde ihm Sorgen machen, stand in der Mail. Er hatte von großen psychischen Problemen geschrieben. Tretjak hatte ihm in seiner Antwort zwei Namen genannt: Harry Kerkhoff und Norbert Kufner, der eine Gehirnforscher, der andere Psychiater. Und er hatte bei beiden Termine gemacht. Mehr hatte er damit nicht zu tun gehabt.

»Wissen Sie«, sagte er jetzt zu Gritz, »ich konnte mich nicht mal an den Namen seiner Tochter erinnern.«

»Umgekehrt war das ganz anders«, sagte Gritz. »Unsere Gutachter sprechen von einer krankhaften Fixierung auf Sie.« Er sah Tretjak von der Seite an, als erwarte er einen Kommentar. Aber Tretjak verspürte keinerlei Bedürfnis, das zu kommentieren. »Apropos Gutachter«, fuhr Gritz schließlich fort, »Kerkhoff und Kufner sind damals zu denselben Ergebnissen gekommen wie unsere Experten heute: Schizophrenie, Ansätze zur multiplen Persönlichkeit, ein komplett disloziertes Wertesystem, autoaggressive Züge. Diese Gutachten waren natürlich nur für den Vater bestimmt. Aber die Tochter hat sie heimlich gelesen.«

Gritz redete weiter, sprach von der Verbindung der Gutachten zu ihm, Tretjak, von einer Verstärkung und Verselbständigung der Fixierung. »Schließlich hat Sie Ihnen eine E-Mail geschickt. Die Adresse hatte sie ja. Nur den Absender hat sie manipuliert. Finanzamt München I.«

»Ja, ich hätte mich wundern müssen«, sagte Tretjak. »Trotz E-Mail, E-Brief und allem: Finanzämter schicken ihre Sachen per Post.«

Sie waren vor Haus 10 angekommen. Gritz blieb stehen, öffnete seine Aktentasche. »Ich hab Ihnen etwas mitgebracht«, sagte er.

Er holte aus der Tasche einen Aktendeckel hervor, in dem etwa 200 Seiten Papier abgeheftet waren. Tretjak erkannte die Art des Papiers, auch in Schwarzweiß waren die Verzierungen sichtbar.

»Das ist eine Kopie der Aufzeichnungen von Nora Krabbe«, sagte Gritz. »Von dem Moment an, als Sie Ihnen die E-Mail als Steuerprüferin schickte, hat sie Tagebuch geführt, minutiös. Es ist zugegebenermaßen manchmal nicht ganz einfach, die Eintragungen zu verstehen. Sie folgen einer sehr eigenen Logik, wenn Sie verstehen, was ich meine, und sie sind Ausdruck einer ziemlich pathologischen Gefühlswelt. Aber ich dachte, es könnte Sie interessieren. Immerhin waren Sie …« Gritz errötete leicht und brach den Satz ab. Unschlüssig hielt er den Aktendeckel in der Hand. »Wollen Sie sie haben?«

Tretjak dachte an Stefan Treysa. Deine Vergangenheit ist wichtig, Gabriel. Du musst dich dafür interessieren.

»Nein«, sagte er. »Vielen Dank, aber ich werde das

nicht lesen.« Und er sah zu, wie Gritz den Stapel wieder in seiner Tasche verstaute.

Sie betraten das Gebäude. Tretjak folgte Gritz nach links auf eine Panzerglasschleuse zu. Sie mussten eine Reihe von Sicherheitsmaßnahmen über sich ergehen lassen: Röntgencheck wie am Flughafen, Metalldetektor, Ausfüllen von zwei Formularen, Abgabe von losen Gegenständen. Gritz sprach währenddessen weiter. Tretjak wusste, wie mühsam es sein konnte, Informationen zusammenzutragen, und er hatte den Eindruck, Gritz wollte ein bisschen glänzen mit dem, was er alles wusste.

Nora Krabbe, erfuhr Tretjak, war bei ihrem Vater, dem Hals-Nasen-Ohren-Arzt Martin Krabbe, aufgewachsen. Keine Geschwister. Und auch keine Mutter. Nach Recherchen der Polizei hatte Vater Krabbe die Mutter, eine Ukrainerin, unmittelbar nach Noras Geburt mit Geld abgefunden. Als junges Mädchen war Nora Krabbe in eine Testreihe des bayrischen Kultusministeriums geraten, die sich mit Hochbegabungen beschäftigte. Am Ende dieser Testreihe wurde ihr ein extrem hoher IQ bescheinigt und eine Art Superbegabung, die besonderer Förderung bedürfe. Tatsächlich war ihr Ergebnis das beste in ganz Bayern. Die Testreihe, so führte Gritz aus, sei allerdings wohl ziemlich fragwürdig gewesen. Man habe sie nie wiederholt.

»Es war eine Zeit, in der man glaubte, Hochbegabte identifizieren und erforschen zu müssen. Es gab die These, das Bildungssystem planiere solche Superbegabungen platt und müsse geändert werden.«

»Ja«, antwortete Tretjak, »die Konsequenzen kann man bis heute besichtigen. Jede Mutter, deren Kind Probleme macht, vermutet, es sei hochbegabt.«

Er musste an Lars Poland denken. War diesem Gritz eigentlich klar, dass hier, im Haus 10, in einem anderen Trakt zwar, aber im Haus 10, noch eine zweite Person eingesperrt war, die in Verbindung mit dem Fall stand?

Sie standen jetzt am Anfang eines langen Ganges, von dem rechts und links mehrere breite weiße Stahltüren abgingen. Sie sollten auf einen Beamten warten.

»Ist sie denn in einem Zustand …«, Tretjak suchte nach dem richtigen Wort, »… einem Zustand der Vernehmungsfähigkeit?«

Rainer Gritz schien ebenfalls zu überlegen, mit welcher Formulierung er antworten sollte: »Ich würde so sagen: Sie *war* zeitweise in so einem Zustand. Über die Vernehmungen gibt es diverse Protokolle, die noch mal einiges erhellt haben, vor allem über die Taten, ganz konkrete Dinge.«

Gritz sprach vom perfekten Umgang mit dem Stilett, den sie von ihrem Vater gelernt hatte, von Kerkhoffs Leiche, die sie an einer Autobahnraststätte von ihrem Kofferraum in den Pferdetransporter umgeladen hatte, Zufall sei das gewesen. Es habe ihr gefallen, was auf dem Transporter außen zu lesen gewesen war: *Nu Pagadi*. Na, warte. Bisschen Russisch konnte sie ja. Gritz redete davon, dass Nora Krabbe unmittelbar vor dem Ausflug an die Isar in Tretjaks Wohnung gewesen war und die Putzfrau ermordet hatte. Aber Tretjak interessierte etwas anderes. Er sah den Beamten an.

»Was heißt das: Sie *war* in einem vernehmungsfähigen Zustand?«

Gritz blickte auf den Boden. »Was Sie jetzt sehen werden, wird Sie etwas erschrecken, Herr Tretjak.« Er räusperte sich. »Frau Krabbe hat sich vor zwei Wochen mit dem Speisemesser beide Augen ausgestochen.«

Tretjak fühlte nichts. Er sah den Gang, er sah die Türen, er sah einen Sicherheitsbeamten in hellblauer Uniform von der anderen Seite des Ganges gemächlich auf sie zukommen. »Warum hat sie das getan?«

»Das wissen wir nicht. Sie ist seither in einer aggressiven Verfassung, in der sie sich sogar dem Gespräch mit den Psychologen entzieht. Erschrecken Sie nicht, sie trägt eine schwarze Augenbinde, und auch sonst sieht sie verändert aus, die Medikamente, Sie verstehen.«

Sie hatten sich inzwischen in Bewegung gesetzt und folgten dem Beamten bis zur vorletzten Tür links. Der Mann sperrte die Tür auf und ließ sie eintreten. Er selbst blieb im Gang und sperrte hinter ihnen die Tür wieder zu.

»Verschwinde, Gabriel«, sagte Nora Krabbe.

Tretjak sah Gritz verdutzt an, er hatte noch kein Wort gesprochen. War sie wirklich blind?

»Ich kann dich riechen«, sagte Nora, als hätte sie seine Verblüffung bemerkt. »Verschwinde«, wiederholte sie.

Ihre Haare waren abrasiert, vermutlich wegen der Augenverletzung. Sie wirkte seltsam aufgedunsen, bestimmt zehn Kilo schwerer als früher. Die schwarze Binde über beide Augen ließ sie hilflos wirken. Plötzlich stand sie auf, zog sich das Hemd über den Kopf, warf es hinter sich und griff an ihre Brüste. Mit absichtlich verstellter kindlicher Stimme sagte sie: »Oder wollen Sie vielleicht ein bisschen Ball spielen?«

Als sie wieder draußen waren in dem schönen Park, fragte sich Tretjak, ob man das Schreckliche wirklich besser ertragen konnte, wenn man es mit Bäumen und Blumen schmückte. Der Kriminalbeamte Rainer Gritz fragte sich andere Dinge, und er sprach sie auch aus. Zum Beispiel, dass noch immer ungeklärt war, wer den Bankbeamten Borbely getötet hatte. Man ging inzwischen von einem Racheakt in der Drogenszene aus. Tretjak dachte an Charlotte Poland. An die

Szene, in der sie so verzweifelt gewesen war, einem Zusammenbruch nahe, in der sie ihm alles erzählt hatte, auch von diesem Borbely. Und ihn schließlich gefragt hatte: »Können Sie mir nicht helfen?«

Sie mussten stehen bleiben, um ein kleines Gefährt vorbeizulassen, das die Wege kehrte. Tretjak spürte, dass Gritz ihn genau ansah. Früher hatte er manchmal, ohne es zu wollen, einen verräterischen, wissenden Zug um den Mund gezeigt, doch vor ein paar Jahren hatte er ihn sich mit Hilfe eines Mimikexperten abtrainiert. Gut so, dachte er jetzt.

»Eines interessiert mich noch, Herr Tretjak«, sagte Gritz. »Sie wussten ja schon *vor* dem schicksalhaften Geschehen in Maccagno, dass Ihre Freundin hinter den Morden steckte. Wie haben Sie das herausgefunden?«

In der Tasche seines Kaschmirmantels spürte Tretjak das Fläschchen mit den Rescue-Tropfen. Ein homöopathisches Mittel, Treysa schwor darauf. Tretjak hatte versprochen, dem Stoff eine Chance zu geben, wenigstens dem Placeboeffekt. Aber er wollte sich vor Gritz keine Blöße geben und ließ das Fläschchen in der Tasche.

»Der angebliche Brief meines Vaters enthielt einen Fehler«, sagte er. »Einen entscheidenden Fehler.«

Er erklärte Gritz, wie sein Vater immer allen ihre letzte Begegnung geschildert habe: Er, Gabriel, sei gegangen, ohne sich umzudrehen.

Gritz nickte: »So steht es auch als Vorwurf in dem Brief.«

»Aber so war es nicht«, sagte Tretjak. »Er war der Mann, der in der Tür stand. Ich war der, der gesagt hat: ›Oder gibt es noch etwas, womit wir unsere Geschichte ändern können?‹ Und er ist gegangen, ohne sich umzudrehen. Mir hätte er diese Szene nie falsch beschrieben.«

Gritz blieb stehen und sah ihn an: »Aber dadurch wussten Sie doch nur, dass Ihr Vater nicht der Mörder war. Sie wussten noch nicht, dass es Frau Neustadt war, vielmehr Frau Krabbe.«

Tretjak lächelte zu dem Zwei-Meter-Mann empor. »Sie sind ja auch draufgekommen, Herr Gritz. Lassen Sie mir die Gewissheit, in manchen Belangen schneller und besser zu sein als die Polizei.«

Als sie wieder vorn am großen Tor waren, winkte Tretjak einem Taxi vom gegenüberliegenden Stand. Er erkannte denselben Fahrer von vorhin, er war offensichtlich in der Zwischenzeit auf die erste Warteposition vorgerückt. Der Mann trug einen Turban.

Tretjak öffnete die hintere Wagentür und schüttelte dem Kriminalbeamten Gritz zum Abschied die Hand.

»Sagen Sie«, fragte Tretjak, »was waren das für seltsame Verletzungen an ihrem Körper? Sie war ja übersät mit Schnitten.«

»Ihre *Fehler*. Sie hat gesagt, sie führe jetzt ganz genau Buch über die Fehler, die sie gemacht hat«, antwortete Gritz. »Jeder Fehler ein Schnitt.«

Sie habe das alles an einem Tag erledigt, erklärte er. Mit der Gabel. Messer habe sie ohnehin keins mehr bekommen. Jetzt würde sie auch keine Gabel mehr bekommen. Und sie habe immer von ihrem größten Fehler geredet, sagte Gritz noch. »Irgendwas mit einer roten Zipfelmütze.« Er sah Tretjak fragend an. »Sagt Ihnen das was?«

Tretjak schüttelte den Kopf. »Keine Ahnung, was sie meint.« Er stieg ins Taxi und schloss die Tür. Luigi hatte es verdient, in Ruhe gelassen zu werden.

13

Der Typ mit der roten Zipfelmütze, der sich unten am Fährsteg für einen Augenblick in Nora Krabbes Blickfeld geschoben hatte, war im Grunde ein gemütlicher Mann. Luigi hieß er mit Vornamen, und so nannten ihn alle im Ort. Ein Tourist war er nicht. Er war der Wirt des Lokals direkt unten am Wasser, mit den großen Fenstern, durch die man den Lago Maggiore sah, tagsüber als glitzerndes Meer, nachts als schwarzes Nichts. Es war kein aufregendes Restaurant, aber die Ravioli waren gut, und auch der Wein, vor allem der Valpolicella. Luigi war überzeugt, er hatte den besten Valpolicella vom ganzen See. Klarer, purer Geschmack, ohne jeden Verschnitt.

Der nette Luigi, den alle kannten und mochten, war aber nur die eine Version dieses Mannes. Luigi stand seit vielen Jahren auf dem Gehaltszettel der italienischen Geheimpolizei. Er war kein einfacher Spitzel, sondern einer für die Jobs in der Grauzone. Was er genau machte, wusste vermutlich nur er selbst. Klar schien auch zu sein, dass er noch andere Auftraggeber hatte, Leute, die Recht und Gesetz schon aus Prinzip ablehnten. Seiner Erfahrung nach entstand daraus kein Widerspruch, eher im Gegenteil, Luigi war immer gut gefahren mit seiner eigenen Geschäftsphilosophie: Alles ist gut, solange die Leute von mir profitieren; wenn sie das nicht mehr tun, habe ich ein Problem.

Seine Begegnung mit Gabriel Tretjak lag schon ein paar Jahre zurück. Nur ein paar Tage hatten sie miteinander zu tun gehabt, doch diese Tage waren intensiv gewesen. Es hatte damals auch einen Moment gegeben, da hatte Luigi Angst gehabt, ein Gefühl, das ihn nur äußerst selten erreichte. Tretjak hatte ihm geholfen, und so etwas vergaß man nicht, schon gar nicht einer vom Schlage Luigis. Er hatte keine Sekunde gezögert, als Tretjak ihn im September angerufen und um einen Gefallen gebeten hatte.

Gabriel Tretjak hatte gefragt, ob er sich umhören könnte, in Maccagno und den umliegenden Orten. Ob irgendetwas Besonderes vorginge, ob sich etwas Spezielles ankündigte. Das war alles.

Luigi hatte schon früh im Leben begriffen, dass man mit hundert Leuten reden und gar nichts mitbekommen konnte, wenn es die falschen waren. Und man konnte mit drei Leuten sprechen und alles begreifen, wenn es die richtigen waren. Diesmal waren es am Ende vier Leute gewesen, mit denen er gesprochen hatte. Danach hatte festgestanden, dass sich tatsächlich etwas Spezielles ankündigte in diesen Herbsttagen.

Es gab etwas Großes, und es gab etwas Kleines, von dem Luigi glaubte, es könnte Tretjak interessieren. Das Kleine: Jemand hatte im Hotel *Torre* alle Zimmer reserviert. Und alles im Voraus bezahlt. Angeblich wegen eines Klassentreffens. Aber niemand wusste etwas von einer Feier. Das Große: Jemand hatte beachtliche Mengen von Sprengstoff gekauft. In diesem Fall war die Recherche besonders einfach gewesen: Der Mann, bei dem die Frau den Sprengstoff bestellt hatte, war ein alter Schulfreund von Luigi. Sie kannten sich aus den verschiedensten Versionen des Lebens.

Als Luigi Tretjak dann informiert hatte, hatte der ihn gefragt, ob er noch etwas für ihn organisieren könnte. Er solle dafür sorgen, dass der Sprengstoff zwar geliefert würde, aber nicht explodieren könne. »Klar«, hatte Luigi gesagt, »geht in Ordnung.«

Es war jetzt später Nachmittag am Lago Maggiore. Luigi mochte den November. Das Lokal war noch leer, es würde noch eine gute Stunde dauern, bis die ersten Gäste kamen. Nicht viele um diese Jahreszeit. Luigi saß allein in dem leeren Gastraum, nur in der Küche hörte man ein paar Geräusche. Er öffnete eine Flasche Wein, nur für sich, seinen teuersten Wein, einen Amarone, den großen Bruder des Valpolicella. Er goss sich ein Glas voll und schwenkte es, einmal, zweimal, immer wieder. Ein Sprengstoff, der nicht explodiert. Der Job hatte Luigi gefallen. So etwas könnte ruhig öfter kommen. Er dachte an den Moment, in dem er Tretjak am Fähranleger das vereinbarte Zeichen gegeben hatte, dass alles geklappt hatte. Dann nahm er einen Schluck vom wunderbaren Amarone und dachte, wie angenehm das Leben doch war.

Epilog

Am Schluss blieb immer etwas übrig, ein allerletztes Puzzlestück. Diese Erfahrung hatte Rainer Gritz in seinem bisherigen Polizistenleben gemacht: Irgendetwas war am Ende immer noch zu klären.

Diesmal lag das letzte Puzzlestück in Südtirol, in einem Dorf über Bozen, weit oben, eingeschlossen von den Bergen. Es war der 21. Dezember, drei Tage vor Weihnachten. In München lag kein Schnee. Mild und klar war die Luft, als Gritz morgens um sieben losfuhr. Sein Navigationssystem teilte ihm mit, er werde Bozen gegen 11 Uhr 12 erreichen.

August Maler hatte ihm von dem Mann erzählt, der bei den Adlern wohnte. Ein Hinweis von Tretjak senior. Der Mann mit den Adlern könne die Geschichte aufklären, die zwischen seinen beiden Söhnen passiert war, damals vor zehn Jahren. Die angebliche Geschichte. Warum der eine Sohn verschwunden war und der andere, Gabriel Tretjak, nichts dazu sagte.

Rainer Gritz hatte als Kind sehr viel und sehr gern gepuzzelt. Sich Stück für Stück einem Gesamtbild zu nähern, das begeisterte ihn. Er hatte nie jemandem bei der Polizei davon erzählt, noch nicht mal Maler. Es erschien ihm doch ein wenig zu banal. Als Kind puzzelst du, als Erwachsener jagst du Verbrecher.

Aber jetzt im Auto durfte er es ja denken, wie sehr ihm dieses Puzzle-Prinzip lag. Etwas abzuschließen, abzuhaken. In diesem Fall war es ihm besonders wichtig. Noch nie hatte er es mit derartigen Abgründen zu tun gehabt. Das Tagebuch der Nora Krabbe: Etwas Grausigeres konnte man sich nicht vorstellen. Eine durch und durch böse junge Frau, die durch und durch böse Dinge getan hatte. Und als sie draußen nichts mehr anrichten konnte, richtete sie das Böse gegen sich selbst. Es war aber gar nicht in erster Linie diese Grausamkeit, die Rainer Gritz so zu schaffen machte. Die ihn nachts nicht einschlafen ließ und ihn stundenlang an den Tisch in seiner kleinen Küche fesselte, mit einem Pfefferminztee nach dem anderen. Es war nicht die Brutalität, die ihn manchmal beinahe durchdrehen ließ. Es war das Gefühl von Unsicherheit in diesem Fall, das er nie losgeworden war: Was war Realität, was war Imagination? Was konnte man glauben, was sollte man glauben? Dieses Doppelspiel von Fakten und Suggestion – in der Welt eines Gabriel Tretjak konnte das alles nebeneinander stehenbleiben, solch ein Nebel war gewissermaßen seine Geschäftsgrundlage. In der Welt des Kriminalbeamten reduzierte es sich aber immer wieder auf eine simple Frage: Was stimmte und was nicht? Wann immer man bei dieser Geschichte gedacht hatte, so muss es gewesen sein!, *war es anders gekommen. Wann immer man gedacht hatte, diesen Gabriel Tretjak verstanden zu haben, war etwas passiert, das die Lage wieder völlig veränderte. Der Mann blieb für Gritz eine undurchsichtige, rätselhafte Figur, der er nach wie vor alles zutraute.*

Da war zum Beispiel die Sache mit dem Blut auf dem Gelände des Bauernhofes gewesen, Tretjaks Refugium, wo er in die Sterne schaute. Gritz hatte den Bauernhof absuchen lassen, nach allen möglichen Spuren. Sie fanden die Blutspuren, noch nicht mal ganz getrocknet. Gritz war sich sicher gewesen, dass diese Spur den Fall lösen würde. Am Tag darauf kam das Ergebnis aus dem Labor: Kaninchenblut, von einem frischgeschlachteten Tier. Was bitte war das für ein Mist?

Oder die Geschichte mit den Brüdern: Gritz hatte den Verdacht, dass es dieses Treffen der Brüder vor zehn Jahren überhaupt nie gegeben hatte. Vielleicht hatte die verrückte Nora Krabbe es dem alten Tretjak nur eingeredet, um seinen Zorn auf Gabriel neu zu wecken. Andererseits gab es seit genau dieser Zeit kein Lebenszeichen mehr von dem Bruder. Wo steckte er? Was machte er? War er beseitigt worden? Hatte er sich eine neue Identität verschafft? Was war wirklich und was nicht?

Gritz neigte nicht zu größeren Gefühlsausbrüchen, aber jetzt am Steuer, über all das sinnierend, schüttelte er sich. Nur noch ein paar Kilometer, dachte er, dann abschließen, abhaken. Endlich. Bitte. Oder musste es ein Wunsch bleiben? Konnte ein Puzzle funktionieren, wenn die Grenzen des Spielfelds dauernd verwischten?

Um 11 Uhr 07 erreichte er Bozen. Fünf Minuten schneller als vom Navigationsgerät ausgerechnet, dachte er. Es fing an zu schneien. Er hatte sich auf seinen Dienst-BMW noch Winterreifen montieren lassen, und Schneeketten hatte er auch dabei. Die Straße, die in das Dorf hinaufführte, war auf der Landkarte nur als dünner Strich vermerkt, aber sein Navigationsgerät sagte, er solle sie benutzen. Als er die Straße dann fuhr, dachte er: Navigationsgeräte wissen nicht, wie breit ein bayrischer BMW sein kann.

Die Straße hinauf zum Ort Jenesien verlief durch den Wald, war sehr steil und sehr schmal und wurde immer steiler und schmaler. Er steckte wie in einer Röhre. Und es schneite stärker und stärker. Die Scheibenwischer stellte er auf die stärkste Stufe. Er hörte keine Musik mehr. Noch drei Kilometer, vermeldete das Navigationsgerät. Die Räder fingen an zu rutschen, aber noch zog der Wagen nach oben. Gritz hatte seinen Kommissarkollegen in Südtirol angerufen, ob er schon mal etwas gehört habe von diesem Adler-Mann. Der Kollege sagte, er müsse sich erkundigen, und rief einen Tag später zurück. Ja, einen solchen Mann gab es in Jenesien. Musste ein merkwürdiger Typ sein. Lebte in einer umgebauten Zitadelle, etwas abseits vom Dorf, in einem Waldstück. War oft Monate nicht da, aber zurzeit, so die Auskunft, schien er anwesend zu sein. Es hatte mal Ärger gegeben, weil er Jugendliche um sich geschart hatte, die sich von ihm angezogen fühlten. Es hatte damals geheißen, er sei ein Satanist, sagte der Kollege, oder so was Ähnliches. Hatte aber nicht gestimmt. Die Gemeinde hatte sich mit ihm getroffen, seither herrschte Frieden.

Gritz hatte das Dorf erreicht. Es schneite stark. Ein kleines Dorf, und trotz des Wetters sah Gritz überall die Silhouetten einer Idylle. Ponys auf der Wiese, links Ziegen und Schafe. Wälder, die Schatten der Berge. Ein paar hübsche Bauernhäuser. Was für ein schöner Ort, dachte er. Da könnte man im Sommer vielleicht mal Urlaub machen.

Gritz erkundigte sich bei einer Bäuerin, die zwei Kühe vor sich her trieb, wie er zu der Zitadelle komme. Er musste den Wagen abstellen, das letzte Stück zu Fuß gehen. Ein paar hundert Meter, er versank mit seinen Schuhen bereits im Schnee. Seine Füße waren nass und eisig, als er die Zitadelle sah, und den Mann, der Holz auf einen Schubkarren lud. Als Gritz näher kam und ihn erkannte, wusste er, dass es nichts werden würde mit dem fertigen Puzzle.

»Guten Tag«, sagte Gritz, als er schon fast vor ihm stand.

Der Mann hatte ihn noch nicht gesehen und drehte sich um.

»Guten Tag«, sagte Joseph Lichtinger.

Als Gritz den Hof wieder verließ, musste er seinen Wagen von einer dicken Schneedecke befreien. Es hatte draußen ununterbrochen weitergeschneit, als sie zusammengesessen hatten, der merkwürdige Geistliche und der lange, dünne Kommissar. Was konnte, was sollte man glauben? Als er losfuhr, begann es dunkel zu werden. Gritz schaltete das Licht ein. Nein, es war zu keiner Auflösung gekommen. Nichts war klar. Doch, eine Sache schon: Es waren keine Adler, die sich das Grundstück der ehemaligen Zitadelle als eine Art Flugknotenpunkt ausgesucht hatten. Es waren Falken. Aber die waren so gewaltig, dass man sie verdammt leicht mit Adlern verwechseln konnte. Falken, das wusste Gritz, waren in der keltischen Mythologie die Boten zwischen Diesseits und Jenseits. Und noch etwas wusste er jetzt beim Blick auf sein Navigationssystem: Stau am Brenner. Keine Umfahrung möglich.

Max Landorff

Die Stunde des Reglers

Thriller

352 Seiten. Broschur

Fass die Vergangenheit nicht an –
du wirst es nicht überleben.

Er ist der Regler. Doch hat er noch die Kontrolle über sein eigenes Leben? Gabriel Tretjak hat sich in die Berge über dem Lago Maggiore zurückgezogen. Als die Quantenphysikerin Sophia Welterlin ihn aufsucht, ahnt er nicht, dass eine eiskalte Jagd im Gang ist: Wenn die Zeit in mehr als eine Richtung läuft, gegen wen arbeitet sie?

»Rasant, subtil, vielschichtig:
Dieser Ermittler ist wirklich ein spannender Typ.«
Für Sie

Scherz

fi 4-00018 / 1